W0231065

Undine Gruenter

Sommergäste in Trouville

Erzählungen

Carl Hanser Verlag

5   07 06 05 04 03

ISBN 3-446-20270-6
Alle Rechte vorbehalten
© 2003 Carl Hanser Verlag München Wien
Satz: Gaby Michel, Hamburg
Druck und Bindung: Ebner & Spiegel, Ulm
Printed in Germany

Inhalt

Übungsstunde

Noch vor einem Jahr machten wir Schattenspiele, wenn wir rund um den Tisch saßen und uns langweilten, weil draußen Regen war und die Ferien uns zwischen den Fingern zerrannen. Jean-Paul war schon vierzehn, und wir wußten, er ließ sich ein wenig herab zu uns Kleinen, aber weil wir Mädchen waren, ließ er es durchgehen, und so hüpften lauter Kaninchen als Schatten seiner Finger über die Wand, hüpften, hoppelten, sprangen, schlugen Haken oder starben im Straßengraben. Andrée war dreizehn, aber sie spielte die Altkluge, an Schulwissen dem älteren Bruder weit überlegen, und stellte ihm Fangfragen, wann die Pyramiden von Gizeh gebaut wurden oder in welcher Epoche Honfleur Exporthafen war. Sie trug jetzt eine runde Nickelbrille und steife Zöpfe und übte sich in der Rolle einer puritanischen Gouvernante, die sich, war der Zeitpunkt gekommen, als eine Julia Roberts entpuppen würde. Jedenfalls sprach sie viel über *Charakter* und *Persönlichkeit* einer Filmrolle und wußte noch nicht, daß sie im nächsten Jahr in Lisieux bei der Bank arbeiten würde, in den Ferien. Von Charakter oder den Pyramiden würde sie nichts mehr sagen, statt dessen redete sie von der *hohen Schule der Praxis.* Jean-Paul wäre in diesem Jahr der Sieger, auch mit Brille, aber ohne Verpflichtung zur Arbeit, mit einem Haufen Bücher in seinem Dachstübchen und freien Ferientagen, an denen er mit der Badehose zu seinen Freunden verschwände. Aber noch vor einem Jahr liefen wir, wenn der Regen vorbei war, in den Hof, Andrée sagte automatisch, paßt auf, daß ihr nicht in die Rosen von Mama rennt, und wir spielten mit den Kindern von nebenan eine Art Versteckspiel, dessen Auftakt wir abwechselnd ansagten:

War einmal ein kleiner Kreis
Standen Mädchen auf dem Eis
Kam ein Vogel ganz in Weiß
Streute aus den harten Reis

In dem Reis da stand geschrieben:

»Du bist da und du bist hier
Und am dritten Ort ist keiner
Ich bin fort und du bist weg
Wo wir sind das weiß nur einer«

Das alles war voriges Jahr, und dieses Jahr ist alles anders, und dieses Jahr hat man mich wieder ans Meer nach Trouville geschickt, das Haus der Tante Silvie ist groß genug, und ich könne dort so schön spielen, da wir alle im gleichen Alter sind. Aber wir sind nicht mehr im gleichen Alter, Jean-Paul lehnt es ab, mit kleinen Mädchen zu spielen, und verschwindet mit seinen Büchern und seiner Badehose, und Andrée ist unter der Woche in Lisieux, wo sie den Bankangestellten belegte Brote und Bier aus der Brasserie holt und Briefe sortiert. Natürlich läßt sie am Abend nur Namen wie IBM und Cannon fallen und Formeln von Computerprogrammen, die auf uns wie ägyptische Hieroglyphen wirken.

Amüsier dich gut, sagt die Tante am Morgen, wenn sie in ihren Laden geht, sie hat einen kleinen Bric-à-Brac-Laden in der Rue des Bains mit alten Büchern und Gläsern, Besteck,

Spiegeln, Schmuck und Spielzeug, und da Saison ist, sitzt sie dort, und das Haus ist leer. Es ist ein Eckhaus, mitten in der Stadt zwischen der Rue des Bains und der Rue Général-de-Gaulle. Das Haus ist weiß gestrichen, im ersten Stock ist seitlich eine Balustradenterrasse und vor der Tür der Hof mit den Ziegelpflastern und Kletterrosen, Korbweiden und Hortensien. Neben der Tür steht in schmiedeeiserner Schrift *Ville Méridienne*. Ein paar Häuser weiter ist die Post von Trouville, ein alter Schinken aus den dreißiger Jahren, die Schalterhalle so groß wie die Hauptpost in einem Pariser Arrondissement. Gegenüber die Lieferantenzufahrt auf der Rückseite von MONOPRIX und die Milchglasscheiben vor den Lagerräumen. Das ist alles, was über die Straße zu sagen ist, meist wirkt sie still, schattig und verlassen, denn die Leute, die einen Brief einwerfen, sind nie zu sehen. Ich bin also allein, mir selbst überlassen, wie man sagt, und aus Höflichkeit verabrede ich mich auch weiter mit den Kindern von nebenan, die noch auf den Ponys am Strand reiten und stundenlang im Meer planschen und Muscheln sammeln. Aber es gibt Tage, an denen sie etwas anderes vorhaben, und Tage, an denen ich sie nach ein paar Schwimmrunden im Meer unter einem Vorwand verlasse. Erst gegen Abend, wenn die Tante den Laden schließt, der letzte Kunde hat ihr gerade einen Satz Käsemesser mit Elfenbeingriffen abgekauft, findet sie uns wieder vereint auf der Straße vor, wo wir Federball spielen, bevor wir zum Essen gerufen werden.

An solchen Tagen bin ich Stunden um Stunden allein im Haus, und ich könnte nicht sagen, wie ich sie verbringe, obwohl ich wie nach einem verabredeten Plan vorgehe. Ich bleibe meist im Parterre in dem doppelten Salon mit dem Durchgang. Die Hälfte liegt zur Straße, mit gerafften Vorhängen, Kanapee, ein paar Sesselchen und einem kleinen Sekretär. Im anderen Teil stehen Tisch und Stühle und eine

Kommode, da wird gegessen. Neben dem Durchgang hängt ein schmaler Spiegel, in dem das Kanapee und das Eckfenster zur Straße zu sehen sind. Diese wenigen, zierlichen Möbel und ein kleiner Gebetsteppich, den Tante aus Ägypten mitgebracht hat, verwandeln das Zimmer, wenn ich allein bin, in eine Puppenstube, eine kleine Theaterbühne, und ich spiele die Figuren, mit denen ich Andrée eines Tages am Ende der Ferien überraschen will. *Agonie:* ich lege mich auf das Sofa, die Beine hoch über die Seitenlehne drapiert, den Kopf ein wenig herabpendelnd, zwischen den Brüsten den Handspiegel, auf dem ein dumpfer Fleck den letzten Hauch symbolisiert, die Augen geschlossen. Es ist schwierig, Totenblässe zu bewahren, das Herabhängen des Kopfes treibt Blut ins Gesicht, und das Puterrot einer Sterbenden muß durch angehaltenen Atem in Schach gehalten werden. *Atem:* ich stelle mich auf das Sofa, immer in meinem kurzen Röckchen, im *démi-plié,* vierte Position, linker Fuß mit Spitze nach links außen parallel zu rechtem Fuß mit Spitze nach rechts außen, die Arme halbhoch erhoben, fast zum Bogen geschlossen. Bis dahin besteht die Übung aus Atemanhalten. Dann aus langsamem Ausatmen und gleichzeitigem In-die-Höhe-Wachsen des Körpers, die Rechte oder Linke hält abwechselnd einen Drahtring, in dem sich langsam eine Seifenblase so vergrößert, bis sie sich löst und als torkelnder kleiner Ballon durch das Zimmer schwebt. *Geheimnis:* ich sitze, ohne mich anzulehnen, ein wenig seitlich auf dem Sofa, um den Kopf das Tuch einer alten Frau, das Gesicht in uralte Falten gelegt, und spähe in den Handspiegel. Variation: ich sitze in ähnlicher Position auf dem Kanapee, ein wenig zurückgelehnt, die Arme über die Rücken- und Seitenlehne gelegt, auf den Augen eine kleine Höhensonnenbrille mit schwarzen Plastikkappen und Rändern aus weißem Schaumgummi. *Gewalt:* ich stehe auf dem Kanapee, halte den Handspiegel wie einen

Schild vor die Brust, Spiegelseite nach außen. Die Beine, wie in Schienen, ein wenig gegrätscht und im Knie angewinkelt. Ausfallstellung. Auf die Spiegelfläche ist mit schwarzer Farbe eine Maske aufgemalt, Schreckensfratze einer Bestie, speiender Mund, rollende Augen, drohende Augenbrauen. Variation: auf dem Sofa stehend mit gesenktem Kopf und hocherhobenen, nach vorne gebogenen Armen. Angriffsstellung. Gespreizte Finger mit langen schwarzen Krallen. *Rätsel:* ein schwarz-weiß gewürfeltes Dominotuch stellt ein Schachbrett dar. In der Mitte des Zimmers, auf dem Parkett ausgebreitet. In schwarzem Trikot und Strümpfen, mit schwarzem Reifen um die Taille, an dem kurzer Tüll befestigt ist, stelle ich die schwarze Dame dar. Die Arme in zwei Stufen übereinander vor die Brust gehalten. In der linken Hand ein weißer Läufer, in der rechten Hand ein weißes Pferd. Schachmatt oder Remis ist die Position. Variation: Hände eng an den Körper gelegt. Um die Stirn eine weiße Binde. *Stillstand:* um den Kopf ein Reifen mit von der Stirn abstehendem Steg: am Ende des Stegs ist an langem Faden die kleine Taschenuhr befestigt, die immer auf dem Sekretär liegt. Die Uhr stammt aus dem 19. Jahrhundert und geht nicht. Ich, stehend vor dem Wandspiegel, geschlossene Augen. *Erotik:* Haltung ähnlich wie bei Agonie. Gespreizte Beine, über die Lehne des Kanapees gelegt, etwas herabhängender Kopf. Augen verdreht. Regloser Leib, wie im Krampf. Das Röckchen hochgeschlagen bis an die Ränder des Höschens. Variation: kein Höschen, Röckchen hochgeschlagen bis zur Taille. *Licht:* die Stühle des Eßzimmers sind im Durchgang so aufgestellt, daß sie eine perspektivisch sich verengende Allee darstellen. Ich stehe im ersten Drittel der Strecke, im langen weißen Nachthemd, vor der Brust eine Messinglampe mit Glaszylinder: die Petroleumflamme brennt. Variation: nackt.

Manchmal überlege ich, ob ich die Kordeln an den Vorhängen lösen soll, um eine künstliche Nacht herzustellen. Auch die Vorhänge, die im Rahmen des Durchgangs zur Seite gerafft sind, möchte ich schließen und einen Stuhl zwischen sie stellen, den Stuhl eines imaginären Zuschauers. Aber am Ende entscheide ich mich dafür, das dämmrige Licht zu lassen, das im Parterre herrscht, da die Nachbarhäuser das Tageslicht filtern und den Sonneneinfall verstellen. Und am Ende höre ich manchmal nach einer einzigen Übung auf, stelle meine Figur ein wenig ab, in die Ecke, wo sie niemand stört, und verlasse allein das stille Haus, das zu klein ist, um unheimlich zu wirken, nur ein kleiner Schauplatz ist für melancholische Briefe, die auf dem Sekretär liegen, und für die beiden Drucke, die im Eßzimmer über der Kommode hängen. Der untere zeigt einen Zimmerdurchbruch, durch den ein Kanapee zu sehen ist, auf dem eine weiße, nackte Frau liegt, wie tot. Ein Mann in Mantel und Hut steht, mit dem Rücken zur Nackten, im Vordergrund neben dem Trichter eines alten Grammophons. Er lauscht der Musik, zum Aufbruch angezogen, aber selbstvergessen vor sich auf das Parkett blickend. Durch das Fenster blickt von der Straße ein Gendarm mit schwarzem Schnurrbart, und im Zimmer, vor dem Rahmen des Durchbruchs, steht eine kleine Gaslaterne. Keiner von uns Kindern weiß, ob der Mann der Mörder ist oder der unschuldig am Tatort Überraschte. Warum er nicht entsetzt die Hände über dem Kopf zusammenschlägt, statt dessen der Musik lauscht, vertieft, wie in einen Orchestersessel vergraben. Warum die Straßenlaterne im Zimmer steht? Die Figuren wirken wie die simplen Illustrationen aus einem Detektivroman. Ist das Ganze ein Traum? Bei Tag, bei Gaslicht? Und die Laterne im Zimmer das Zeichen, daß die Szene der Traum des Mörders oder des Unschuldigen ist? Auf dem anderen Druck sitzt ein

Mädchen auf einem Kanapee, dessen Stoffverkleidung zum Teil hochgeschlagen ist, so daß man Stangen und Federn des Gestells sieht. Auf der Lehne sitzt eine Katze, die Schwanzspitze um die Pfoten gelegt. Das Mädchen, mit vorne geteiltem, zur Seite geschlagenem Rock, hält der Katze eine Zuckerzange mit einem mausähnlichen Stück Stoff hin. Man sieht Strümpfe, einen weißen, einen, da er im Schatten liegt, fast schwarzen, sie sind bis über die Knie hochgezogen. Alles liegt klar vor Augen, wie auf dem Silbertablett serviert, das neben dem Sofa steht, mit einer Zuckerzange und Teegeschirr. Jean-Paul hat vorgeschlagen, die Bilder *Zwei Fallen* zu nennen, obwohl sie von verschiedenen Malern stammen. Titel und Künstler stehen auf der Rückseite – ich glaube, sie heißen so ähnlich wie Magritte oder Balthus, und Tante hat sie in der Galerie gegenüber gekauft, sie ist mit dem Besitzer befreundet und hängt sich nicht, wie sie sagt, die Wände voll Landschaftsbilder oder Seestücke aus der Umgebung. Einmal, als ich, den Strohhut schon auf dem Kopf, ins Eßzimmer zurückkam, um mein Portemonnaie zu holen, das ich auf der Kommode vergessen hatte, sah ich, es war keine Laterne da und auch keine Zuckerzange mit Mausfell.

Häufig also, wenn Tante glaubt, ich spiele mit den Kindern der Nachbarn am Strand, verlasse ich allein das Haus, mit Sonnenbrille, Strohhut und Basttäschchen, und gehe zu MONOPRIX. Ob es so viel amüsanter ist, durch die leeren und kühlen Verkaufshallen zu gehen als im gleißenden Licht, geblendet von Sonne und Wasser, am Strand zu toben, weiß ich nicht genau. Es ist eher ein wenig öde und einsam und trotzdem seltsam und aufregend, als könne man diesen tausend verschiedenen Sächelchen auf die Spur kommen. Im Erdgeschoß kann man Cremetuben, mit dem Namen *Miel doré* zum Beispiel, aufschrauben und mit einem Spachtel auf die Hand auftragen, um die Farbe zu prüfen. Neulich habe ich ein wenig in Andrées Zimmer spioniert, hinter dem Spiegel auf ihrem Toilettentisch steht ein Fläschchen *Sable fin* von Vichy, sie würde nie zugeben, daß sie sich schminkt, da sie von Natur aus die schönste, feinporigste Haut hat und Schönheiten sich nicht schminken. Man kann Lippenstifte aufdrehen, die wie Puppen aufgereiht zur Probe in ihren Haltern stehen – himbeer- und pflaumenfarbene, blaßrosa und grelles Pink, Kupfer und Schokolade. Auch pfauenfarbene Augenschatten lassen sich als glitzernde Puder in der Höhlung zwischen Daumen und Zeigefinger auf dem Handrücken verreiben wie auf einer Palette. Da blickt mich von unten ein verriebenes Auge an, blaues oder Pfauenauge. Ein Sortiment von Pinseln für Puder und Rouge steht in Bechern, steckt in durchsichtigen Plastikhüllen. Oh, der Verpackungsterror, höre ich Tante, wenn sie die Hüllen nicht aufkriegt. Eine kleine Malerausrüstung, Besteck für ein Badezimmer, das wie eine Sammlung aussieht, wie die Sammlung von Staubwedeln, die wie ein Chrysanthemenstrauß in Tante Silvies Küche steht. Man kann, wenn der Hausdetektiv nicht argwöhnisch um einen Käufer streicht, eine dieser harmlosen Figuren mit kleinen Schnurrbärten und schäbigen Windjacken, Probeflakons mit Toilettenwasser aufschrauben und verwerfen. Lavendel von Mont-Saint-Michel – ja, Loulou von Cacharel – vielleicht, Anaïs – nein. Zahnbürsten, Haarbürsten, Nagelbürsten betrachten oder prüfen, Wattebäusche auf ihre Farben hin begutachten und – da steht der Hausdetektiv in der Nähe und starrt, Hände auf dem Rücken, eine Flasche mit blauem Haarwasser an. Man könnte – stehlen, doch ich weiß nicht einmal, was ich kaufen möchte, möchte nur alles sehen, probieren und keinen Verkäufer im Nacken. Oder doch: diese kleine Haarspange, eine weiße Plastikschleife in Schmetterlingsform, die nehm ich, sie paßt zu meiner Sonnenbrille. Vielleicht würde ich

14

doch eine Bürste stehlen oder ein wenig Sonnencreme, weil es ein Abenteuer ist und der Schnurrbart des Hausdetektivs bei all seiner Witterung zuviel mit sich selbst beschäftigt ist. Aber ich weiß ein großes Geheimnis: einmal haben sie Andrée geschnappt und in die Mangel genommen wegen einem Päckchen Kaugummi. Um ein Haar hätten sie eine Anzeige losgelassen, wegen 7 Francs und 60 Centimes. Andrée malte mir aus, daß ihr Leben zerstört war, um ein Haar, nahe am Abgrund, so nah – sie zeigte zwei Fingerbreit – sei sie gewesen, wegen eines Päckchens Kaugummi. Denn als Vorbestrafte könne man nie mehr einen ordentlichen Beruf ergreifen, und welcher Mann nähme schon eine in jungen Jahren Verurteilte? Ich bin mir nicht sicher, ob nicht ab und zu doch noch ein Päckchen Strümpfe in ihre Tasche gewandert ist, sie trägt immer passende zu ihren T-Shirts und hat sogar rosa Netzsöckchen. Die steifen Zöpfe sind jetzt durchflochten mit passendem Band – ich glaube, sie hält sich für Brigitte Bardot, wenn die wie vierzehn aussieht –, und sie malt sich einen kleinen Leberfleck über die Oberlippe. Ich streife die Dessous und die Nachthemden, niedliche, aber meist praktische Sachen, nichts Aufregendes, und nehme die Rolltreppe in den ersten Stock. Wie ich unten die Lebensmittelabteilung links liegenlasse, weil ich kein Kind mehr bin und aus dem Interesse für Bonbons und Schokolade, Cremespeisen und Kuchen herausgewachsen, meide ich hier die Abteilung mit Schreibwaren. Das Entzücken über Stifte, Hefte mit bunten Hüllen, Spitzer und Tintenkiller hat mich schon länger verlassen, und die Spielzeugtiere betrachte ich nur, um den Grad an Häßlichkeit zu konstatieren, mit denen die Kleinen heute ruhiggestellt werden. Ich gehe schnurstracks in die Abteilung für Haushaltswaren, um meine Sammlungen zu vervollständigen. Ich sehe mir die Pichets an, Achtel-, Viertel-, Halbliterkaraffen aus Glas, und stelle

sie auf, meist zu dritt, mit einer Pfingstrose, einem Strauß
Pinsel, einem Haufen von Centimes, die kein Mansch aus-
gibt und die ich in allen Ecken und Taschen zu Hause
sammle. Sets – sehr verlockend die Dessins, aber ein blau-
weißes Muster mit Rankenlinien paßt nicht in Tantes Eßzimmer, nicht mal gerahmt neben die Drucke. Geflochtene
Papierkörbe, Dosen aus Plexiglas, in denen man getrocknete
Sträuße einsargen kann, Wassergläser, die auch im Badezimmer anstelle der monotonen Zahnputzbecher verwendet
werden können – was machst du hier, fragt die Stimme der
Nachbarin neulich, und ich weiß keine Ausrede, bis mir ein-
fällt, ich suche ein Abschiedsgeschenk für Tante Silvie. Aber
sie hat solche Sachen in ihrem Laden, sagt sie, und viel hüb-
schere. Ich werfe einen resignierten Blick auf meine Reiche
und Sammlungen und sage, dann kaufe ich Tante vielleicht
ein Seidentuch. Und gehe, im Rücken ihren mißtrauischen
Blick, gehe schnell in Richtung Treppe, das türkisfarbene
Licht hinten in der Pulloverabteilung für Herren aus dem
Augenwinkel streifend, Licht wie in einer Tiefkühltruhe, in
das ich am Schluß meiner Expedition hätte eintauchen mögen wie in eine untermeerische Landschaft. Dazu der Geruch nach Kartons und Styropor und billigem Putzmittel,
die Tür zum Notausgang steht auf, und man sieht die durch-
einandergeworfenen Warenpakete, die niemand auspackt.
Die Kassiererin sitzt an der Kasse neben der Treppe und liest
in einem Werbeprospekt, und die Stimme im Lautsprecher
kündigt Ananas an für 99 Centimes. An der Wache vorbei,
durch die Tür und die Rampe hinunter, und draußen die
Hitze, das Licht und die Autoschlange an der Ampel.

Zu Hause setze ich meinen Hut ab, lege Sonnenbrille und
Basttasche auf die Garderobe im Flur, und als ich mich im
Spiegel sehe, möchte ich am liebsten gleich losheulen, so ver-
zogen sind schon Mundwinkel und Brauen, und dabei habe

ich keine neue Figur im Kopf. Das Haus ist still und dämmrig wie immer, ich gehe in den Salon und setze mich auf das Sofa, ein vages Gefühl von Öde und Langeweile und Einsamkeit, dabei sind dies die letzten Tage der Ferien, und vielleicht wünsche ich mir die Schule zurück, den ewigen Trott, die Ballettstunde und den Geschichtsunterricht mit ägyptischen Hieroglyphen. Ich werde müde und strecke mich aus auf dem Sofa, vor dem Fenster streicht die Katze der Nachbarin mit steif in die Höhe gerecktem Schwanz über das Sims. Ich nehme die kleine Nackenrolle und schiebe sie mir unter den Kopf, und dann schließe ich die Augen. Sehe mich hier liegen vor einem Jahr, Andrée und Jean-Paul waren im Haus, ich war müde vom Üben, die Szene, die ich Andrée später bieten wollte, Andrée mit den steifen Zöpfen und der Nickelbrille, hieß *Paradies*. Ich lag nackt auf dem Sofa, die Fußnägel blutrotlackiert und einen grünen Apfel um den Hals gehängt. Der Trick bestand aus einem Stück Stoff, das man blitzschnell um die Taille wickeln konnte, den Zipfel über die Schulter werfen. Ohne Stoff hieß die Figur *Paradies*, mit *Das verlorene Paradies*. Adam mußte man sich denken. Ich lag nackt auf dem Sofa, den Apfel wie einen Mühlstein um den Hals gehängt. Lautlos trat Andrée ins Zimmer, nahm das Fußbänkchen, setzte sich mir zu Füßen, schnitt den Apfel ab von der Schnur. Der Apfel rollte in einen Winkel des Sofas, und als Andrée sich über meinen Bauch beugte, um ihn zu suchen, ihre Hand lag leicht auf meinem Schenkel, sah ich ihn hinter dem Vorhang. Nur der Kopf guckte um die Ecke, ich sah Jean-Paul hinter dem Vorhang im Durchgang stehen, und als Andrée mich in die Schulter biß, den geteilten Apfel in der Hand, legte er das Ohr an die Falten des Vorhangs.

Hortensien und Stanniolpapier

Im Lauf des Sommers wechselten die Hortensien mehrmals die Farbe. Von blaßem Rosa über grelles Pink zum langanhaltenden Himbeerton, der dem Garten mehr Schatten und Brüchigkeit gab, und schließlich zum bräunlichen Bordeaux der welkenden Blüten. Der Garten, in dem die Hortensien standen, gehörte einem alten Fräulein, das solch weitschweifende Beobachtungen nicht anstellte. Er lag hoch über dem Meer von Trouville in den Hügeln und umgab ein kleines Haus, das das Fräulein seit Jahrzehnten allein bewohnte. Vielleicht hatte sie sich hier oben angesiedelt, weil die Villen unten am Meer unerschwinglich waren und keine Gärten hatten. Und hätte sie ihn geerbt, wie hätte sie den Palast allein bewohnen, ausfüllen und heizen sollen? Die Immobilienhändler bezeichneten die Ansammlung von Häusern in den Hügeln als *Quartier Résidentiel,* obwohl die meisten, wie unten am Meer, nur in den Sommermonaten geöffnet wurden. Das Fräulein lebte also allein in den Hügeln, allein zwischen geschlossenen Häusern, geschlossenen Fensterläden und Gartenpforten, in einer Straße, die weder gepflastert noch geteert war, obwohl auf beiden Seiten kein Platz mehr für neue *Ferienhäuser* geblieben war. Zu Anfang hatten nur wenige Villen, um die Jahrhundertwende hier oben gebaut, mit dem weiten Blick übers Meer, verstreut in den Hügeln gelegen. Aber obwohl das abschüssige Gelände für Architekten ungünstig war, obwohl es Erdrutsche und

Einstürze gab, hatten sich nach dem Krieg mehr und mehr Neubauten dort angehäuft.

Auch das Fräulein, das um die Jahrtausendwende an die fünfundachtzig Jahre war, besaß ein neues Haus. Sie hatte das Kapital in jungen Jahren in Paris verdient, hatte Trouville mit siebzehn verlassen, um, wie man in Frankreich sagt, *monter à Paris,* und dort als Sekretärin in einer Anwaltskanzlei am Boulevard Malesherbes gearbeitet. Eine romantische Liebesgeschichte, die die Ursache für den Aufbruch nach Paris gewesen wäre, gab es nicht. Kein Seemann, der ertrunken wäre, kein normannischer Bauernsohn, der eine andere (katholische?) hätte heiraten müssen. Sie hatte zwei Geschwister, und da sie sich in den kleinen Besitz des Vaters hätten teilen müssen, war sie in den Moloch gezogen, hatte achtzehn Jahre in einer Dachkammer überwintert und nur die kurzen Ferien und Feiertage am Meer verbracht. Dann war sie zurückgekehrt und hatte das Haus bauen lassen. Ein quadratisches *Einfamilienhaus,* ein Bungalow mit Hochparterre, mit Betontreppe vor dem Eingang und braungestrichenen Fensterläden. Inzwischen schmücken Glyzinien, Hibiskus und in die Höhe rankende Kapuzinerkresse die hellverputzten Wände. Wer vorbeiging, mochte den Widerspruch zwischen dem einfachen Haus, der privilegierten Lage und dem weitläufigen Garten bedauern. Zur Straße durch eine niedrige Hecke aus Stechpalmen abgegrenzt, zog er sich mit einer ein wenig öden Rasenfläche den Hügel hinab, vor dem Haus gab es ein buntes Beet mit alten Rosen und, den Weitblick verstellend, eine ins Riesige gewachsene Gruppe mit finsteren Lebensbäumen. Kein heiterer normannischer Apfelbaum, keine Korbweide, kein rauschendes Laub – nur diese starre ewige Lebensbaumgrün und die üppigen Hortensien, vor denen niemand das Fräulein je stehen sah, wenn sie sich, alt, ledig und müßig, der Bewunderung der Farben hingab. Man sah sie morgens in dicken Filzpantoffeln, Wollstrümpfen, die Kittelschürze über der hellblauen Wolljacke verknotet, die Treppe herunter zum Briefkasten ans Gartentor gehen. Man sah sie, ein Körbchen am Arm, die Hecke schneiden und die Blutstropfen aufsaugen, wenn sie sich in den Finger gestochen hatte. Man sah sie, über den Zaun hinweg, mit Vorbeikommenden reden, dem Briefträger, dem Taxifahrer, den wenigen Nachbarn, die das ganze Jahr über dort wohnten. Man sah ihre beiden Hände, die sich an einem Geländer festhielten, man sah die Katze mit hocherhobenem Schwanz seitlich an ihr vorbei die Treppe hinunterschleichen, und man hörte sie gegen Abend im Garten umherirren und rufen Miou-Miou-Miou. Die Katze verbrachte Stunden auf dem warmen Blech eines vor dem Nachbarhaus geparkten Autos oder strich durch die umliegenden Gärten. Die älteren Bewohner wußten zu erzählen, daß einer der Brüder in der Jugend nach Australien ausgewandert war, der andere in Deutschland Arbeit gefunden hatte, in einer Fabrik für Schrauben und Nägel im Schwarzwald. Beide hatten, typisch für Kinder von Seestädten, den Drang aufzubrechen, und hatten das Zuhause verlassen. Doch beide waren seßhaft und keine Meerfahrer. Die Älteren wußten auch, das Mademoiselle Heuline neben dem kleinen Häuschen wohnte, das ihr Vater besessen hatte und das seit langem verkauft war. Ein kleines graues Haus mit großem Kiesplatz vor der Tür, klein und ärmlich wie die Fischerhäuser unten in der Stadt. Und die Schüssel fürs Satellitenfernsehen ragte neben der Dachluke in die Luft wie ein absurder Scherz. Der Vater hatte vor dem Ersten Weltkrieg das Gelände verwaltet, Wald, Wiesen, Weiden und Gärten, die damals zu dem Herrensitz *La Bagatelle* gehörten und fast den ganzen Hügel einnahmen. Der Besitz gehörte noch immer derselben jüdischen Familie, doch war er bis auf

Haus und Garten zusammengeschrumpft, das Gelände verkauft und bebaut. In nächster Nachbarschaft stand eine *Résidence* mit meist geschlossenen Appartements, Zweitwohnungen für Pariser, und freitags erfüllte der ohrenbetäubende Lärm einer riesigen Mähmaschine das Gelände.

Das also wußte man, das also sah man: für Mademoiselle Heuline war diese Anrede keine Kränkung. (In Deutschland bestand jede Fünfzehnjährige in der Schule darauf, als *Frau* angeredet zu werden.) Trotz Kittelschürze und trüber Augen zeigte sie, noch nicht steinalt, die Koketterie älterer Französinnen, die lächelnd nicken, wenn Bäcker und Fleischer ihnen ewige Jugend bescheinigen. Das also sah man: das Fräulein hinter dem Küchenfenster sitzend, die Gardinen waren stets zur Seite geschoben an jenen Tagen, wenn Madame Heubert, ihre *femme de ménage,* kam, sie diskutierte am Küchentisch – Speisen? Gartenarbeit? Silber polieren? –, putzte Gemüse oder löste ein Kreuzworträtsel. Später waren die Gardinen wieder vorgezogen, und das Haus lag wie zuvor viele Stunden rätselhaft, verschlossen und wie verlassen da. Samstags sah man dieselbe Person, die ohne Kittelschürze an Volumen zu verlieren schien, überraschend zierlich und klein das Haus verlassen und zu Fuß zu einem Besuch in der nahen *Résidence du Calme* aufbrechen. Sie trug abwechselnd ein blaßblaues oder blaßrosa Kostüm, weiße Schuhe und einen weißen Hut, und niemand, der sie unverhofft von hinten sah, erkannte sie, wenn sie allein auf der breiten, wenig befahrenen Landstraße zu Fuß ging. Manchmal stieg sie auch in die Stadt hinunter und kehrte mit einer kleinen Plastiktüte mit Tomaten oder Karotten zurück. Und auch dies war ein Ausgang, denn der Hut saß auf ihrem Kopf, gleich, ob der Weg einer der wenigen überlebenden alten Freundinnen galt oder einem Bund Radieschen. Nur den, der glaubt, in Provinzstädten sei niemand anonym und allein, um so weniger, wenn es sich um eine der ältesten Bewohner handelt, mag es erstaunen, wie unbekannt und unerkannt das bekannte Fräulein war. Das Alter? Es ist nicht schön, pflegen die Alten im *Café du Port* zu sagen und sich zu erzählen, wer zuletzt gestorben ist. Es ist nicht schön, sagen sie, das Alter, und nicken über ihrem Gläschen Calvados. Alle sind tot, man ist allein und übriggeblieben, ein Rest, Überbleibsel, von – und blicken durchs Fenster aufs Meer, als erwarteten sie von dort ein wenig Stolz auf die Anstrengungen ihres Überlebens. Aus Calvados machte das Fräulein sich nichts, nicht das geringste aus einem heimlichen oder erlaubten Gläschen *eau-de-vie* oder einem Grog gegen den Wind. Tafelfreuden langweilten sie, ein Glas Tee, eine trockene Galette genügten – sie war ein anspruchsloser oder ein undankbarer Gast. Doch plötzlich bestellte sie Milch und Kuchen und Kekse und Nudeln, Vanille für *crème brulée* und Orangenaroma für *mousse au chocolat*. Mademoiselle Heuline füllt ihre Vorratskammern, sagten die Leute in der Épicerie, vielleicht fürchtet sie eine Epidemie. Vielleicht hat sie plötzlich den Tic vieler Alter wie einen Virus gefangen, den Tic, verhungern zu müssen, je mehr sie auf Hilfe von anderen angewiesen sind. Doch es war weder das Alter noch hatte sie einen Tic, und bevor es sich herumgesprochen hatte, war das Bett im Gästezimmer bezogen, und auf dem Nachttisch stand eine gefüllte Wasserkaraffe. Die Märchen von Perrault und die Fabeln von La Fontaine lagen in einer Ausgabe für Kinder auf dem Tisch, auch wenn sie wußte, daß ein Video- oder Computerspiel vielleicht mehr gefallen hätte. Immerhin hatte sie einen großen Tanker mit Fernsteuerung gekauft. Einige Grenzgängereien an der Côte Fleurie während der Okkupation hatten ihren patriotischen Sinn bewiesen, der den Antimilitarismus der Gegenwart verachtete.

Ein paar Tage später stand ein kleiner Junge am Ufer des Meeres und beobachtete einen graugrünen Tanker, der durch die algentrüben Wellen zog. Es war noch früh im Sommer, die Ferien hatten noch nicht begonnen, und nur wenige Gruppen von Kindern waren über den Strand verteilt, die in der Nähe in einem Camp wohnten, ferienverschickt. Das Fräulein saß windgeschützt hinter der Glasscheibe des *Café Galatée*, und während sie die Zeitung las, wartete sie vielleicht darauf, daß der Junge zu den anderen hinübergehen würde, um mit ihnen zu spielen. Nach ihrer Rückkehr aus Paris hatte sie lange Zeit in der Mairie gearbeitet, und als sie an jenem Morgen – Hand in Hand, obwohl der Junge schon über zehn schien – am Strand angekommen war, hatte sie ein Schild mit der Signatur des Bürgermeisters gesehen, das sie empörte und ihr zugleich ins Gedächtnis rief, wie weit die Zeit in der Mairie zurücklag. Das Schild verbot, Waffeln, Pommes frites und Eis am Strand zu verzehren. Es verbot, Hunde mitzubringen und auf den Planken Fahrrad zu fahren. In gemessenem Abstand säumten neue Mülltonnen aus Plastik den Strand, und die Waffel- und Eisverkäufer machten verdrießliche Gesichter, weil die Sommergäste im Stehen auf den Planken essen und das Papier gleich wegwerfen mußten. Wer denkt, die Alten empörten sich stets gegen den Vandalismus der Jugend, verdreckte Strände, Coladosen und Papier, gegen Radrennen und Rempeleien auf den Planken, hätte sein Wunder erleben können. Aber die Empörung kochte im Innern des Fräuleins, die zu den Strandgängen bequeme Sportschuhe und eine doppelt gestrickte Jacke aus Shetlandwolle trug, sie kochte hinter der Glasscheibe und vor fast leerem Strand. Hatte sie nicht auf Sandwiches und traditionelles Picknick mit Melone und hartem Ei verzichtet, um den Großneffen keinen der Genüsse vorzuenthalten, die

Pommes-frites-, Waffel- und Crêpes-Buden ihm böten? Enkel ihres Bruders, Sohn ihres Neffen, die sich in einer Kleinstadt im deutschen Schwarzwald niedergelassen hatten und dort ihr Leben mit Nägeln, Zangen und anderen kleineren Eisenwaren verbrachten. In einer plötzlichen Eingebung würde sie ihren Neffen bitten, Papiere und leere Dosen in eine von ihr bereitgehaltene Plastiktüte zu werfen. Sie würde Tag für Tag, Woche für Woche, diese kleinen Abfalltüten vom Strand mit nach oben schleppen, gleich welchen Weg sie nähmen, den gewundenen von den Roches Noires, den steilen von der Rue des Bains, die sanfteren Biegungen über die Rue Petit und Rue Mannheim. Sie würde die Tüten in die Garage neben dem Haus stellen, gleich neben dem Stapel trocknenden Holzes für den Kamin. Denn das Fräulein in seinem unpassenden Haus – unpassend zum Wort Mademoiselle, das nach einer kleinen Chaumière verlangte, nicht nach einem öden Bungalow – hatte zwar kein Auto, aber vorsichtshalber eine Garage anbauen lassen. Platz für Gerümpel, Holz, Gartengerät und – diese Abfallbeutel. Platz, genügend Raum für Tics? Die Katze, dreifarbig im Fell und kräftig von Statur, würde die Mäuse aufstöbern, die durch Dosen und Aluminiumpapier wenig angezogen würden.

Die regnerischen Tage waren zu Ende, der Tanker lag auf dem Sand neben der Fernbedienung, und der deutsche Junge spielte mit den anderen Fährtensuche um die Badekabinen herum, oder sie tauchten unter Aufsicht nach Seesternen und Krebsen. Manchmal machten die anderen Gruppenausflüge über Land, um einen Ponyhof oder eine Molkerei zu besichtigen, dann lag er auf dem Bauch und las in den Comicheften, die sie zuvor in der Papeterie am Casino gekauft hatten. Das Fräulein empörte sich nicht über den Mangel an Kultur, Perrault und La Fontaine lagen ungelesen im Haus, denn der Junge hatte in der Schule gerade erst mit Englisch angefangen. Sein Großvater hatte ihm wohl einige Phrasen beigebracht, deren Komik er nur halb verstand: Grâce à Dieu, mes parents sont encore en vie. Er hatte auch einen Namen, etwas wie Paul oder Robert, aber Mademoiselle Heuline nannte ihn, das Hätschelkind einer betagten Ferienlaune, partout und überall: mon Chou, mon Chou-Chou. Elende Gleichmacherei aller Objekte der Liebe? Miou-Miou, Chou-Chou, Chou-Chou, lautete das Echo ihrer konzentrierten Aufmerksamkeit. Sie hatte die Seite der Glasscheibe gewechselt, saß in der Sonne auf der Terrasse neben den Planken und blickte, einen weißen Leinenhut auf dem Kopf, versonnen auf die Tanker am Horizont vor Le Havre. Der versonnene Blick, bei dem sich die Pupillen manchmal zu winzigen Stecknadelköpfen zusammenzogen, hätte auf einen zufälligen Beobachter unheimlich wirken können. So viel Chou-Chou und Karamelbonbons und Hand-in-Hand und ein konzentrierter Blick wie bei der generalstabsmäßigen Planung einer Attacke. Die Karamelbonbons, die der comiclesende kleine Kohlkopf nicht verschmähte, kauften sie bei Corday an der Place Général Foche. Dort saßen, wie in einer kleinen Crémerie aus einer anderen Epoche, an winzigen Tischen ältere Tanten herum, deren Rougeflecken auf den Wangen Chou-Chou den Kopf verdrehen ließen. Auf dem Rückweg erzählte Mademoiselle die Geschichte von Charlotte Corday und Marat in der Badewanne. Blutrünstig genug war sie, nur schien es den Jungen zu stören, daß es eine Frau war, die das Messer erhoben hatte. Sie blieben stehen und nahmen jeder ein Bonbon aus der runden Spandose, umständlich, denn jedes war eingewickelt in doppeltes Papier, dann knackte Chou das Bonbon und zermahlte es in wenigen Sekunden zwischen seinen Backenzähnen, anstatt es geduldig zu lutschen. Wenn du so weitermachst, werden wir zum Dentisten gehen müssen, noch in den Ferien. Das kam, so nebenher, von Mademoiselle. Sekundenlange Stille zwischen den Zähnen, und dann erzählte sie weiter blutrünstige Geschichten aus der französischen Geschichte. Manchmal machten sie eine Pause nach dem Aufstieg und setzten sich auf die Bank auf der Anhöhe neben der Route Nationale nach Honfleur. Von dort führte eine Steiltreppe direkt hinunter zur Rue d'Orléans und zum Meer. Und von der Bank aus sah man über die Dächer und Türme von Trouville auf das abendliche Wasser, das bei Ebbe in weiter Ferne glitzerte, und auf einen endlosen Strand ohne Papier, ohne Dosen, endlos und sauber bis zum Wahn.

Sie trug die kleinen Tüten mit dem am Strand vermiedenen Abfall, zusammengerollt unter dem Arm oder in der Basttasche mit den Strandsachen. Niemand sah ihren Tic, und wenn sie laut sagte, früher hätten die Strandgäste ihre Picknickreste eingepackt den Strandwärtern überlassen, die bürokratische Verfügung zu selbstverwalteter Ordnung und Sauberkeit züchte nur kleine philiströse Arschlöcher, Fingerzeiger und Denunzianten, verstand sie niemand. Der Junge verstand nicht soviel Französisch, und der Bürgermeister hörte sie nicht. Vielleicht hätte er ihr, in Anbetracht ihres Alters, eine sanfte Lektion erteilt: das Budget erlaube es heutzutage keiner Gemeinde, Ordnungsaufgaben zu übernehmen, die der Bürger selbst erfüllen könne.

Dann kamen die Abende, das Fräulein hantierte mit Pfanne und Eiern in der Küche, während der Junge vor dem französischen Fernsehprogramm saß, und Miou-Miou kroch langsam aus dem unheimlichen düsteren Lebensbaum und installierte sich auf dem Buffet. Denn obwohl die Sonnenuntergänge schön waren und die Abende lang, speiste das Fräulein grundsätzlich aus Diskretion in ihren vier Wänden. (Über das Innere dieses unpassenden Hauses sei hier kein

Wort verloren, da der Beobachter dieses vagen Geschehens seinen vagen Standort nicht verlassen möchte – er stellt es sich unpassend vor wie das Äußere, gleichgültig, ob altertümlicher Hausrat oder praktische, funktionale Möbel es vollstellten oder leer ließen.) Nach dem Abendessen spielte der Junge bis zum Sonnenuntergang draußen im Garten, war er am unteren Ende, war er vom Haus aus nicht mehr zu sehen. Einmal brach die Dunkelheit ein, und man hörte Unruhe und Rufen im Garten. Chou-Chou, Chou-Chou, und beinahe hätte er die Katze aufgescheucht, die sich in ihr dunkles Versteck im Lebensbaum geschlichen hatte.

Und samstags ging sie nicht in die *Résidence du Calme* oder in die Rue Guillaume le Conquereur hinter der Kirche, um eine alte Freundin zu besuchen. Man sah die beiden in der Biegung der Rue Pierre Cassagnavère, in der Mitte der alten Landstraße gehen, den Jungen in kurzen Hosen, das Fräulein in jenem weißen Rock, der zum dritten Ausgehkostüm gehörte, die Jacke war zu Hause geblieben, die Bluse rosa und ohne Ärmel, man sah die beiden von hinten und in gerader Luftlinie über den Dächern das Meer und an den Mauern Wolken von himbeerfarbenen Hortensien. Sie gingen zum Quai an der Toucques, wo eine Kirmes ihre Stände aufgeschlagen hatte, und auch dort gab es genügend Abfall für die kleine Plastiktüte. Das Fräulein liebte den Rummel zuwenig, um sich mit Flinte in der Hand und Karnevalshütchen beim Dosenschießen zu vergnügen. Sie schoß dreimal und trat die Flinte dann ihrem Neffen ab. Als er keinen Preis gewonnen hatte, bei Glücksspielen Nieten zog und für die Karussells schon zu alt war, nicht aber für Zwerge, die ins Spiegelkabinett führten, gingen sie, zur Feier des Tages und weil es das letzte Wochenende war, zum Casino ins Kino. Roter Plüsch, ein großer Saal, *Robin des Bois* mit Kevin Costner (ihr gefiel das Gesicht nicht), Dunkel und kühle

Luft und wenig Besucher und Eiskonfekt und Abfall und tatsächlich – Popcorn?

Dann war er weg, Chou-Chou, die Hortensien, die niemand beachtete, wurden langsam bordeauxrot und bräunlich an den Rändern. Eine Weile noch behielt das Fräulein die Gewohnheit bei, an den Strand zu gehen und im Café ihre Zeitung zu lesen. Die Ferienkinder waren längst abgereist, der September brachte die Gäste, die Kinderferien vermieden, und Regentage, die fast alle vom Strand vertrieben. Das Fräulein stand mit einer Regenhaube aus Plastik, die man zu einem winzigen Viereck zusammenfalten konnte, vor dem alten Badehaus. Auf dem Parkplatz standen die kümmerlichen Reste der großen Kirmes, ein Karussell mit kleinen Flugzeugen und eine Eisenbahn, alles mit Plastikplanen bezogen, stillgelegt und im Regen verlassen.

Das Fräulein erhielt einen Brief, ein paar französische Dankesworte und einige Comiczeichnungen, der kippende Tanker und das Messer der Corday und einige Abfallpapiere von Milky-Way. Und man sah sie, in der Kittelschürze über der hellblauen Strickjacke, die Treppen hochgehen und sich mit einer Hand am Geländer festhalten. Aus dem Haus herauskommen und einen Hühnerflügel für Miou-Miou auf den Treppenabsatz vor der Tür legen. Aber jetzt rief sie sie Minou-Minou. Gedächtnisschwäche oder Variation der allzu ähnlichen Anreden ihrer Lieblinge? Obwohl die Abende kürzer wurden, aß sie ihr Omelette jetzt am Gartentisch auf der Terrasse und spähte den Hügel hinab.

Eines Morgens wachte sie auf, und der ganze Strand blinkte, der Regen war weg, eine blasse Sonne stand schon am Himmel, über und über bedeckt war der Sand bis zum Horizont mit glänzendem Silber, Stanniolpapier, Dosenmetall, eine endlose blinkende Fläche, die kein Mensch zu betreten wagte. Als ginge es übers Meer und die Wellen trügen die Füße nicht. Das Fräulein wachte auf, und das Glitzern und Gleißen spiegelte bis zu den Höhen hinauf. Ganz Trouville sprach von Sabotage, von nächtlichem Vandalismus, doch keiner wußte, wer diese Tonnen von Silberpapier, Metall, Aluminium in einem einzigen Zug über den Strand ausgeleert hatte. Eine kleine Weile herrschte Schweigen und Aufregung in der Stadt, und die silberne Mondlandschaft wurde beflüstert wie eine Naturkatastrophe.

Noch eine Weile später hielten die Sperrmüllwagen vor den wieder geschlossenen Häusern in den Hügeln und räumten ab, was vom Sommer noch übrig war. Vor dem Haus Mademoiselle Heulines standen riesige Müllsäcke, und durch die offene Garagentür sah man das Holz, das Gartengerät und die Leere.

Sommergäste im Weidenhaus

Plötzlich wurden die Abende lang, die Pausen dehnten sich, niemand sprach. Amélie betrachtete den Flug der Schwalben, die mit großem Lärm ihre stürzenden Kreise drehten, als gelte es, dem Abendhimmel ein Geheimnis zu entreißen. Was siehst du dort, fragte René und steckte sein Gesicht gleich wieder in die Zeitung, eine neue Färbung des Zwielichts? Er war Kunsthistoriker und für Himmel (nach der Natur) interessierte er sich genauso wie für Deckengemälde. Nichts, murmelte Amélie, ich sehe nichts, ohne Brille bin ich blind wie ein Maulwurf. Sie war kurzsichtig, aber vielleicht war der Blick eines Kurzsichtigen nötig, um die Färbung am Horizont nach Sonnenuntergang von blaßrosa bis ocker so lange, so versonnen und fast verzückt zu betrachten.

Sie saßen im Garten, auf der kleinen Terrasse neben dem Haus, sie hatten zu Abend gegessen, und die Karaffen mit Wasser und Wein standen noch immer auf dem Tisch. René war ein großer Säufer, ein Weintrinker, und Amélie sagte, was er sonst noch war: bei René kommt keine ungeschoren davon. Der Tisch war ein alter Eisentisch und die Stühle auch, so oder weißgelackt standen sie in jedem französischen Garten. Sie waren seit drei Wochen hier, René hatte sich mit seinen Büchern und Tennisschlägern auf den ganzen Sommer eingerichtet, und Amélie war wie immer später gekommen, würde früher fahren und telephonierte fünfmal soviel wie René. Sie war Anwältin mit Sitz auf dem Pariser

Boulevard Malesherbes, aber es gab boshafte Stimmen unter den Freunden, die sagten, im August hätten selbst Anwälte nichts in Paris zu tun. Außerdem die Gerichtsferien und außerdem ... im Augenblick habe sie wohl drei Liebhaber. Amélie war die einzige unter den Freunden, die nicht soff, hatte sie einmal vier Gläser Weißwein getrunken, sagte sie, ich bin so betrunken. Sie behauptete, viel Wein mache ihr einen dumpfen Kopf, sie nähme lieber ab und zu eine Prise Kokain, das mache den Kopf klar. Sie vergrub sich, nicht nur an Regentagen, im Haus und wetzte, auf dem Diwan in ihrem ägyptischen Zimmer liegend und geschult an Dorothy Parkers böser Zunge, ihre eigenen Messerchen. Trotz der ihr nachgesagten Liebhaber hatte sie viele Freundinnen, von denen René wenig Ahnung hatte, vor allem Orientalinnen aus dem jüdischen Klub im Marais. Sie variierte den Spruch einer anderen bewunderten Schriftstellerin, Gedeih und Verderb einer Partnerschaft hänge davon ab, daß jeder ein eigenes inneres Zimmer behielte, unbetretbar für den anderen, und bestand auf den Freundinnen, mit denen sie auf russische Hochzeiten gehen konnte und in orthodoxe Kirchen oder nach Jerusalem an die Klagemauer fliegen. Sempruns Bericht über Buchenwald hatte sie schon dreimal gelesen, und von Primo Levi hatte sie behauptet, er habe einen Gang wie ein Fragezeichen. Waren sie in der Stadt, las sie René manchmal Gedichte vor, auch die Übersetzung der *Todesfuge* von Celan, und sie war selbst nur Vierteljüdin und nicht einmal spezialisiert auf Wiedergutmachungsfälle. Man hätte denken können, eine altmodische Erziehung verbiete ihr, ihre Professionalität zur Schau zu stellen, verbiete ihr, wie die Aufsteiger ihrer Generation in Gesellschaft über Beruf und Geld zu reden. Sie verdiente ihr Geld – es hieß: eine Menge – mit Vermögensverwaltung, doch da man sie nie arbeiten sah, immer nur hörte, sie habe zu tun, konnte auch das Geld ein Gerücht sein. René mochte keine Business-Frauen, aber Amélie mit ihrer Kurzsichtigkeit und ihren Nachmittagen auf dem Diwan trug nicht einmal ihr Aktenköfferchen mit sich herum. Sie unterhielt ihn manchmal mit psychologischen Studien aus der Praxis, die nicht groß war, da sie die Sekretärin mit ein paar Anwälten teilte und in der Kanzlei nur ein Zimmer hatte.

Ich glaube, langsam brauchen wir eine Auffrischung, sagte sie, ohne den Blick von den Schwalben zu wenden, die pfeifend um die Schornsteine rasten, als gehörte ihnen der Abend. Was er tat. Die Nachbarn waren noch nicht angekommen, es war noch vor dem 14. Juli, und die meisten Häuser in den Hügeln über Trouville waren noch geschlossen. Jetzt haben wir uns drei Wochen verkrochen, als Turteltaubenpaar, aber ich glaube, jetzt könnten wir ein wenig Auffrischung vertragen. Sie hatten vor einem Jahr geheiratet, nach knapp zwanzig Jahren des Zusammenlebens, und Amélie vereinte im Augenblick noch die alterfahrene Freundin mit der ein wenig aufgeregt herumflatternden Braut wie in einer schizophrenen Figur. Das Wort Zusammenleben, der Amtssprache entnommen, in der sie zuweilen ihre Schriftsätze aufsetzte, traf die Realität nicht ganz. Sie hatte drei Psychoanalysen angefangen und Gesprächs- und Verhaltenstherapien absolviert, aber sich nie entschließen können, ihre Unabhängigkeit im konventionellen Sinn aufzugeben. Das kleine Haus in Trouville gehörte ihr, ebenso eine Stadtwohnung im 17. Arrondissement. Aber weder war René je bei ihr eingezogen noch waren sie in eine neue Wohnung zusammengezogen, wie es in ihren Studentenjahren üblich war. Genausowenig war er, der aus einer Familie ohne Geld kam, an einer konventionellen Beziehung mit Frau und Kind interessiert, auch wenn er sich gelegentlich bereit erklärt hatte, eine gemeinsame Wohnung zu beziehen. Er war früh mit seinen Examen fertig, jahrelang ohne feste Stellung, und hatte sich über Wasser gehalten, indem er Lehraufträge annahm und leicht zu lesende Einführungen in das Werk moderner Maler verfaßte, Munch, Rops, Khnopff, Schiele, Klimt. Das hatte ihn von seinem Thema, Himmelsdarstellung in der Landschaftsmalerei des 19. und 20. Jahrhunderts, ein wenig abgebracht, aber bevor er dies *chef d'œuvre* in zwei Bänden abschließen konnte, war er Professor in Paris VI. geworden und hatte einen hundertzwanzig Seiten langen Essay geschrieben über das Thema: der Maler und sein Modell. Das Buch war zur selben Zeit herausgekommen wie Jacques Rivettes Film nach Balzacs Novelle *Das unbekannte Meisterwerk*. Es verkaufte sich gut, gerühmt wurde vor allem die Interpretation von Manets Bild *Das Frühstück im Atelier* – Modell war Manets eigener Sohn, und es wurde in Pivots Sendung *Bouillon de Culture* vorgestellt. Nach dem Muster eines Gesellschaftsromans, mit dem sein Onkel, der ihm in jenen mageren Jahren finanziell manchmal geholfen, die gesellschaftliche Wirklichkeit oft verwechselte, hätte René den Ruhm und Amélie das Geld zu dieser unklassischen Verbindung beigetragen. Amélie fuhr in Trouville einen Porsche und in Paris einen Jaguar, und was diese Ungleichheiten noch komplizierte, war das Gerede. Niemand wäre so weit gegangen zu behaupten, René hielte sich eine reiche Erbin – obwohl der Onkel eine solche Ehe begünstigt hätte –, aber Amélie war ein paar Jahre älter, und vielleicht hatte sie deshalb diesen armen akademischen Schlucker behalten. Derselbe Freund, der in einer ihrer Krisen vorgeschlagen hatte, Amélie solle etwas springen lassen, um den jüngeren Liebhaber zu halten, hatte ihr während ihres Hochzeitsfestes drei Liebhaber nachgesagt. Sie war gerade fünfzig, und ihre kleine Brille kleidete sie wie einen kleinen Advokaten im schwarzen Talar. Andere Freunde versuchten es von der anderen Seite, zu Hause habe er seine Mondgöttin sitzen, und in der Stadt vertreibe er sich die Zeit mit einer Schauspielerin vom Tep-Theater oder einer Literaturkritikerin aus dem *Journal de Dimanche*. Er hatte noch immer sein kleines Appartement in der Rue d'Assas, fünf Minuten von den Seminarräumen am Boulevard Raspail entfernt, in denen er auftrat, und wenn er Amélie seine Mondgöttin nannte, umschrieb er keine bequeme Lösung, sondern meinte, keine käme an sie heran. Die Médisance hatte recht, es gab rothaarige Schauspielerinnen und verheiratete Literaturkritikerinnen, von Zeit zu Zeit und nur für kurze Zeit. Seine Affairen waren in erschreckender Weise von absehbarer Kürze, sie waren überschaubar wie Anfälle von Fieber und Erkältung. Er selbst hätte diese Metapher aus der Schule der Liebesdenunziation nicht gewählt, er sah in Rauschzuständen keine Krankheit.

Und nun brauchten sie also Auffrischung; und waren keine Zyniker. Amélie ging durch den kleinen Garten, der in allen Abschattierungen von Rot bis Rosa blühte, Hortensien, Rosen, Hibiskus, Fuchsien, und sah, daß durch die Korbweide, die sie vor sechs Jahren gepflanzt hatte, eine Straßenlaterne schimmerte wie ein Mond. Das Haus war aus rötlichem Bruchstein, Treppe, Balkon, Tür und Fensterrahmungen wie Applikationen im geometrischen Stil der zwanziger Jahre. Die Fenster waren groß und breit, im Souterrain gab es ein Gästezimmer mit Waschbecken und Toilette, im Erdgeschoß Salon und Küche und oben Bad und drei kleine Zimmer. Eins davon war ihr ägyptisches mit dem Diwan in schwarzem Holzgestell und goldenen Sphinxköpfen, dem schwarzen Tisch mit der fünfarmigen Kandelaberlampe und den kolorierten Stichen von Luxor und den Pyramiden von Gizeh. Sie verbrachte Stunden dort, und niemand wußte, was sie dort tat, sie lag auf dem Diwan und betrachtete die Wände oder die Wolken vor ihrem Fenster, sie arbeitete nicht, las nicht, telephonierte nicht. Sie behauptete, sie brauche diese Ruhepausen, das Nichtstun, aber die Analytiker hatten ihr beigebracht, sich selbst zu verdächtigen, und so stellte sie sich noch manchmal mit schlechtem Gewissen die Frage, ob sie an Zuständen der Depression leide oder sich ängstlich vor der Welt verstecke. Die Korbweide war jetzt ein einziger schwarzer Schatten vor dem Himmel, und René saß noch am Tisch, obwohl es zum Lesen zu dunkel war. Sie ging im Dunkeln ins Haus, um die Falter nicht anzuziehen, und rief René gute Nacht zu. Kurz darauf hörte sie, daß René ins Haus kam, mit Karaffe und Gläsern klirrte, die Tür schloß und den Fernsehapparat anstellte.

Die Auffrischung war da, zwei kleine Auffrischungen aus Paris, und sie waren neu. Niemand aus der ein wenig abgehalfterten Crew der alten Freunde, und Reminiszenzen an alte Krisen wurden so vermieden. Bei den neuen riskierten sie freilich, daß sie nachts laut die Toilettentür schlagen würden oder Schweinebraten servieren, aber sie hatten beschlossen, das Risiko einzugehen, Madame Heubert hatte das Bett im Gästezimmer frisch bezogen, die wenigen Möbel entstaubt und im Badezimmer eine frische Rose vor den Spiegel gestellt. Amélie, die wie viele Frauen überflüssige Einkaufsstreifzüge liebte, hatte in einem Trödelladen in Honfleur eine neue Lampe gekauft, Messingfuß mit Zylinder aus grünem Glas, und sie auf den Tisch gestellt. Dann hatte sie das Fenster geöffnet, um den Geruch lange geschlossener Kellerzimmer zu vertreiben, vor dem Fenster standen große lachsrote Papa Meilland, und in der schräg einfallenden Nachmittagssonne vergaß man, daß man im Souterrain war. Am Abend waren André und Françoise angekommen, hatten ihre Koffer geöffnet herumstehen lassen und im Wäschezimmer und im Schrankzimmer nasse Handtücher, Badeanzüge, Kleidungsstücke ausgebreitet. Sie waren schon vor ihrer Ankunft im Meer gewesen, verlangten zu duschen und stellten fest, daß es im Gästetrakt nur ein winziges Bad mit Waschbecken und Bidet gab. Während die anderen Apéritif tranken, stieg Amélie hinunter, um die Wasserkaraffe im Gästezimmer zu füllen, und sah mit einem kurzsichtigen Blick, daß Françoise ein taubenblaues Nachthemd mit Spaghettiträgern an die Garderobe gehängt hatte. Nach drei Wochen Stille spielte sich die Ankunft der Neuen ein wenig lautstark ab, als Mondgöttin merkte Amélie vielleicht ihre Nerven. Mit einigem Befremden mußte sie feststellen, daß René aufgekratzt in der Gegend herumrannte, Korbsessel heranschleppte, Wein und den Kübel mit kaltem Wasser, daß er den Gästen das Haus zeigte und Haus- und Gartengeschichten erzählte, die eigentlich ihr gehörten. Die Mondgöttin lag im Liegestuhl, nippte am Wein und hörte zu. Françoise und André wohnten in Paris an der Porte Bagnolet, in einem kleinen Appartement im dritten Stock eines modernen, eher schäbigen Mietshauses. André war Geschichtslehrer an einem Lycée im 20. Arrondissement und hatte gerade eine Biographie über Churchill aus dem Englischen übersetzt. Churchill war im Augenblick genauso aktuell wie de Gaulle, 68 war vorbei und die Kritik an den großen Figuren der Großmachtpolitik, vorbei wie die Kritik des Strukturalismus am Humanismus. Françoise war eine Hünin mit Schlapphut und hohen Absätzen, sie arbeitete an einer Bewerbung für die École des Hautes Études und hatte ein Buch, eine Doktorarbeit, über Wahnsinn und Erotismus in der phantastischen Literatur des 20. Jahrhunderts geschrieben.

Hinter dem Haus plätscherte der kleine Brunnen, den

Amélie angestellt hatte, ein halbrundes Becken aus Bruchstein, an die Mauer des Hauses gebaut, und das Wasser kam aus der Wand, aus einem in ein Dreieck eingelassenen Art-déco-Auge. Sie saßen in Korbsesseln im Schatten der Korbweide, bis es kühl wurde, dann gingen René und Françoise in den Keller, um den Wein zum Essen zu holen. Françoise trug immer Lippenstifte wie flammende Streifen im Gesicht, Zyklamen-, Fuchsie-, Geranienrot, André behauptete, Françoise habe einen Jeanne-Moreau-Mund, große, breitgeschwungene Oberlippe und heruntergezogene Mundwinkel, und als sie wiederkamen, war der Lippenstift noch da. Sie würden eine Woche bleiben, vielleicht auch zehn Tage, sich die Küste ansehen, hinauf bis nach Arromanche und zum Atlantikwall und herab bis zur Seinemündung, und Amélie hatte inzwischen mit André ein leises Gespräch gehabt über die Verwendung von Edelhölzern an Armaturenbrettern von Luxusautos. André, obwohl nur ein kleiner Lehrer, still und bescheiden, fuhr ein BMW-Sportkabrio, sie knackten Pistazienkerne und redeten über Acht- und Zwölfzylinder.

Die Mondgöttin war für die Küche nicht zuständig, höchstens für Frühstück mit Espresso oder für ein kleines Omelette. René war der Küchenchef, und daß er wie alle Männer die Küche wie Kraut und Rüben hinterließ, störte Amélie nicht im geringsten. In Paris hatte er eine Polin, in Trouville hatten sie Madame Heubert, und so profitierten sie ohne häusliche Keifereien von ihrem Junggesellenleben. Sie setzten sich an den eisernen Tisch, auf die eisernen Stühle, die Spatzen flogen an, in Erwartung der Brotkrumen, und René servierte trotz Hitze in der Abendsonne eine Terrine mit kochendheißer Fischsuppe. Alle schwitzten, der Sonnenschirm stand bereits zusammengeklappt im Hausflur, und die Sonne röstete die Krumen der Baguette. Sie redeten über Univer-

sitäten, Berufungspolitik, berühmte Namen, dann über die
noch aus den siebziger Jahren um die Sorbonne übriggebliebenen Kinos und vietnamesischen Restaurants, und dann
spielte René den Landherrn und Provinzbewohner und erzählte Anekdoten aus Trouville. Das Problem solcher Anekdoten ist, daß sich nur die Erzähler selbst für die unbedeu-
tenden Figuren aus der Provinz interessieren, an der sie
hängen. Aber René wußte immer mit Pointen Stimmung zu
erzeugen, vielleicht war er wirklich ein guter Erzähler, alle
schienen animiert wie selten. Es kam ein Gratin mit verschiedenen Fischen und aus der Schale gelösten Langusten
in einer Sauce mit Champignons und Crème fraîche, schließlich ein Livarot und dann Erdbeeren. Die nächsten Tage würden sie einfacher kochen, sich abwechseln, und Françoise
und André versprachen Tomates confites auf dem Blech.
Françoise sah blaß aus in der Dämmerung, ihr Lippenstift
war abgegessen, und sie erzählte, wie oft ihr Computer in
den letzten Wochen ausgefallen war, wenn sie in der Biblio-
thèque Ste.-Geneviève hinterm Pantheon gearbeitet hatte.
Die leeren Flaschen von Pinot Gris häuften sich in der Ecke
der kleinen Terrasse, René und Françoise führten die Unterhaltung allein, als sei zwischen ihnen eine Leitung mit Stark-
strom entstanden. Nichts geschah. Selbst ihre Blicke hätte
man nicht als verliebt bezeichnen können. Amélie saß blaß
und fröstelnd in ihrem Stuhl und rauchte lange Zigaretten.
Sie hatte eine eigentümliche Art, den Kopf zu senken wie ein
Vogel, wenn sie das Feuerzeug tief vor die Brust hielt und
aufschnappen ließ, und André saß die ganze Zeit am Tisch
gegenüber und sah diese ein wenig rührende, verschlossene
und aparte Geste. Gegen Mitternacht stand sie auf und ging
in die Küche, um ein Windlicht zu holen, und André folgte
ihr mit vollen Aschenbechern und leeren Flaschen. René und
Françoise waren vertieft in ihre Debatte, und ihre Stimmen

waren rings um das Haus zu hören. Sie standen eine Weile am Küchenfenster, der Himmel über dem Meer war hell, ein transparenter, türkiser Streifen über dem Wasser. Irgendwann sagte Amélie, ich habe das Haus, das Villa Suzanne hieß, nach der Weide genannt, L'Osier. Der Satz fiel absurd und ein wenig hilflos zwischen die überall herumstehenden Stapel von Geschirr. André nahm ihr das Windlicht aus der Hand und küßte sie langsam von der Stirn bis zum Kinn. Amélie rührte sich nicht, als sei sie nicht richtig da, sie lehnte nur ihre Schulter ein wenig gegen André. Doch dann sagte sie mit klarer Stimme, ich verbringe die Nacht allein auf dem Sofa im Salon. Sie gingen wieder in den Garten, und André öffnete die letzte Flasche Champagner. René sah im Dunkeln sonnenverbrannt und ein wenig faltig aus und machte einen schiefen Witz. Noch am Tag unserer Hochzeit behauptete Amélie vor unseren Freunden, eine Affaire habe nichts Tragisches, man müsse sie genießen wie Champagner. Aber Françoise lachte nicht, vielleicht hatte sie nicht zugehört, vielleicht fand sie, die junge Gelehrte, solche Ansichten zu bequem. Nur Amélie lachte.

Englische Quarantäne

Warum dieses Hotel an der französischen Küste einen englischen Namen hat? Engländer, wenn sie reisen, bevorzugen auf der ganzen Welt ihren eigenen Komfort. Und sie reisen oft in die Normandie, weil die Küste sie an ihre eigene erinnert. Der Mann, der das St. James eröffnet hat, spekulierte vermutlich auf solche Kundschaft. Oder auf Franzosen, denen eine Reise nach England zu kostspielig ist und die den Mangel durch die Wahl eines Hotels ausgleichen, dessen Name ihren Snobismus befriedigt. Ich bin der siebte Nachfolger des Gründers. Allerdings nicht der Besitzer, sondern der Pächter. Die Abrechnungen gehen an eine Verwaltung, die in Caen sitzt und sich *Administrateur des Biens* nennt. Man sagt, in der Not frißt der Teufel Fliegen. Auch in der Not nehme ich nicht gern englische Kunden. Sie verbreiten überall Chaos, hinterlassen Dreck und Zerstörung – tropfende Kräne, kaputte Türklinken, ausgeschraubte Birnen –, nichts an englischer Erziehung, nur eine impertinente Form von zivilem Größenwahn. Der kompensiert den Verlust der Weltmacht, indem er auf dem Kontinent zertretene Dosen und fleckige Teppiche hinterläßt. Und in der *yellow press* über die Französlein höhnt, deren knappe Polizeiuniformen Taille und Hintern betonen, als liefen sie über den Schwulenmarkt. In der Provinz kann man solche Dinge offen sagen. Kein Vorwurf über Chauvinismus, und ideologische Säuberungen gibt es nur während der Wahlen, wenn die Linke die Front National ausschalten will und betont, daß in internationalen Seebädern wie Deauville-Trouville Amerikaner ebenso willkommen sind wie Araber oder Italiener.

Wenn ich von der Straße ins Hotel zurückkomme, nehme ich nicht die Tür für die Gäste mit der Klingel und dem Nachtcode in der Wand. Durch diese Tür geht es in den kleinen Flur und die steile Treppe hinauf in den ersten Stock, die Treppe mit den roten Kordeln als Geländer. Der kleine Flur ist tapeziert mit Vignetten aus dem englischen Landleben auf gelbem Grund, darüber hängen ein paar Stiche desselben Genres. Hier verbringt der Hund einen Teil des Tages, wenn ein Gast in der Halle frühstückt oder wenn ich morgens in den oberen Zimmern bin, um aufzuräumen. Wenn ich von der Straße her das Hotel betrete, nehme ich die große zweiflügelige Glastür mit Sprossen und Rahmen in rotem, englischem Lack. Ohne Schwelle, ohne Stufen betritt man gleich die Halle mit Sesseln, Tischen und Zeitschriften. Manchmal werfe ich einen Blick durch die Glasscheiben, bevor ich die Tür aufschließe. Rechts und links schwere Vorhänge, die bei Wind vorgezogen werden, grüne Wände mit Reiterstichen, gestreifte Ohrensessel und ein großer Kamin aus dem weichen Sandstein von Poitou, der an kalten Tagen bereits am Vormittag brennt. Alle Gäste, die wiederkommen, rühmen die Atmosphäre dieser Halle – und ich wundere mich immer, wieviel Häßliches und Geschmackloses es gibt, während ein bißchen grüne Farbe, gestreifte Sesselbezüge und ein brennender Kamin keinen großen Aufwand erfordern.

Es ist Januar, und die Stadt ist fast leer. Die Feiertage sind vorüber, die Pariser abgereist, und die meisten Geschäftsleute gönnen sich ein paar Tage Pause oder renovieren ihre Geschäftsräume. In Seebädern, die fast nur vom Tourismus leben, verdienen die Leute ihr jährliches Einkommen zum größten Teil in der Saison. Den Rest des Jahres verbringen sie damit, ihre Hotels oder Cafés zu polieren, in den Regen zu starren oder zu schließen. Ich habe Glück, auch in den schlechten Monaten sind immer drei oder vier Zimmer besetzt. Es gibt die Durchreisenden, die ein einfaches Zimmer mit Waschbecken nehmen, und die Individualisten, die die *hors-saison* bevorzugen, um sich zu erholen, und das gelbe Zimmer zahlen. Dort haben sie Bad und separate Garderobe, zwei bequeme Betten, Schreibtisch und einen halben Salon, Sessel und Tisch, an dem sie frühstücken oder Bridge spielen können. Der Balkon geht auf die Straße und hat Morgensonne, und das Meer ist gleich um die Ecke. Im Augenblick wird es von zwei Engländerinnen bewohnt. Abgesehen davon, daß sie jeden Abend eine frische Literflasche *Badoit* verlangen, gleichen sie dem vandalistischen Ruf ihrer Landsleute nicht im geringsten. Sie scheinen penibel, ihre Nachthemden hängen morgens am Haken und die schmutzigen Handtücher über der Wanne. Das Zimmer riecht nach Eaux de Toilette mit Zitrone und Sandelholz – ich bin mir fast sicher, daß es Herrenparfums sind. Manchmal nehmen sie einen Aperitif bei mir in der Halle oder setzen sich nachts noch ein Weilchen an den Kamin und trinken einen Whisky. Ich serviere ihn ohne Soda, auf einem kleinen Tablett mit Eisbehälter und Zange. Im Hintergrund der Halle ist die Bar, eine Wand voll Flaschen und eine Theke mit Barhokkern. Vielleicht sind ihre langen Röcke hinderlich für die hohen Sitze. Sie sitzen in den Sesseln oder bleiben stehen für ihren Port oder Whisky oder um die Landkarte auszubreiten und neue Routen auszuarbeiten. Tagsüber machen sie Touren über Land und die Küste entlang, sie schreiben für eine englische Zeitschrift eine Serie über die Küste zwischen Le Havre und Cherbourg. Eine schreibt, eine hat den Photoapparat. Aber sie lesen nicht nur Reisebücher, nicht nur Maupassant oder Duras' *Sommer 80,* sondern auch ganz gewöhnliche Reiselektüre von Leuten, die Zeit haben und Ferien machen, *Murder in the Train* von Agatha Christie, ich sah es auf ihrem Nachttisch. Obwohl sie kaum über fünfzig sind, scheinen sie kein Interesse zu haben, sich mit Männern einzulassen – mich behandeln sie freundlich als Neutrum. Vielleicht gehört auch das zum englischen Stil. Die munteren Französinnen oder Skandinavierinnen, die zu zweit reisen, bleiben nachts oft bis zwei an der Bar, als warteten sie auf ein spätes Abenteuer, angetrunkene Junggesellen, die im Casino gespielt und gute Laune haben. Ich bin ein Neutrum, ich trage meinen doppelreihigen Sweater wie eine Uniform, und vielleicht lassen meine manikürten Fingernägel vermuten, daß auch ich ein wenig penibel bin, nichts für kurze Abenteuer und am Morgen im Zimmer herumliegende Unterwäsche. Vielleicht habe ich, trotz meiner Abneigung gegen englische Gäste, das *Don't touch me* mit dem englischen Flair des Hotels übernommen. Ich weiß, daß es Leute in der Stadt gibt, die sich Fragen stellen, ob ich meine kahlen Schläfen und großen blauen Kinderaugen für junge Matrosen reserviere. In einer französischen Kleinstadt unverheiratet zu sein riecht nach Hochstapelei, Abenteuer oder Dummheit. Die Gerüchte stören mich nicht – oder ich rede mir ein, sie berührten mich wenig. Ich bin mit niemandem wirklich vertraut, obwohl ich viele hier kenne. Ich komme von Dieppe und habe das Hotel vor acht Jahren übernommen. Ich habe den ganzen Tag zu tun, habe keinen Nachtportier und keine *femme de ménage,* und in der Saison nehme ich Aushilfsmädchen für Stundenlohn. Meine Erfahrungen in Dieppe bei einem alten Hotelier, der Tag und Nacht im Empfang hinter mir saß, lassen mich meine Einsamkeit als Zugezogener in Trouville kaum empfinden. Es gibt viele Stunden, die ich an einem Tisch in der Halle über meinen Rechnungen verbringe, ich beobachte Regentropfen und Nebel in der leeren Straße, und auch der Hund zieht es an solchen Tagen vor, am Kamin zu liegen und seinen Ausgang auf die Sackgasse neben dem Haus zu beschränken. Das Haus ist an der Seite von Efeu überwachsen, und der Regen gurgelt in den Abflußrohren zwischen den Blättern. Wenn er lange ausbleibt, suche ich ihn mit dem großen Regenschirm für die Gäste – es ist ein altes Spiel, er verbringt eine halbe Stunde in der Sackgasse, und ich stelle mich dumm und suche ihn die Straße hinauf und hinab, ein erstaunliches Spiel, denn der Regen muß alle Spuren weggespült haben, die ihn in der Gasse interessieren könnten. In letzter Zeit ist er ein wenig dick geworden, als trüge er rechts und links auf den Hüften zwei Satteltaschen. Aber ich denke, ein paar Kilo zuviel schaden einem ausgewachsenen Labrador weniger als die Diäten, die die Hunde künstlich mager trainieren. Er ist ein freundlicher Hund, auch wenn er schon mehrfach den Besitzer gewechselt hat – ich übernahm ihn von dem Paar, das das *Café du Port* betreibt. Eines Tages bekam die Frau ein Kind, und wie die Leute sind, sie bilden sich ein, ein Hund kompliziere die Kinderpflege und Hygiene. Er war bereits drei Jahre, aber der Kamin, der Geruch des Teppichs, die Stille zwischen den tiefen Ohrensesseln schienen ihm zu gefallen. Auch bekommt er viel frisches Fleisch und wenig Dosenfutter – ich bin ein ökonomischer Hotelier, aber ich spare nie an Futter für ein Tier, an frischen Blumen für die Gäste und an Holz für den Kamin. Wenn ich das Hotel verlasse, hütet er die hinteren Räume, Küche, Büro, meinen privaten Salon mit Schlafzimmer und einen kleinen Hof mit ein paar Hortensien und Kletterrosen. Ich lasse ihn nicht gern allein zurück in der Halle, er bellt kaum und begrüßt alle Gäste mit gleicher Freundlichkeit, aber es

gibt Gäste, die einen Hund lästig finden und ihn mit einem
ungeduldigen Wort verscheuchen, während sie auf die Klingel an der Rezeption drücken und auf mich warten. Böse
Worte, brüske Gesten – und die Atmosphäre der Halle ver-
düstert sich für den Hund. Ich bin kein Hundenarr, ich
habe nie einen Hund gehabt, und ich weiß, daß die Meinungen über die Haltung von Hunden in Hotels auseinan-
dergehen. Die einen finden sie unzumutbar, sehen überall
dreckige Pfoten, ausgefallenes Fell und gebleckte Zähne. Die
anderen fühlen das Hotel, ihre Koffer und Taschen und
ihren Schlaf besser beschützt. Nächtliche Diebe, meinen sie,
haben keine Chance, auch wenn Hunde wie Laughton mit
seinem runden Kopf und den traurigen unterlaufenen Augen den Einbrechern sicher nicht im Weg stünden. Der
Hund hieß angeblich von Geburt an Benny, aber da ich wie
alle Egozentriker meinen Besitz mit einem (symbolischen)
Brandzeichen der Liebe auszeichnen mußte, nannte ich ihn
Laughton, nach dem englischen Schauspieler mit dem Kopf
und den blutunterlaufenen Augen einer Bulldogge. Die alte
Erbfeindschaft zwischen England und Frankreich und die
neue gegen die Neovandalen und Hooligans schienen mir
gut getarnt hinter einem solchen Namen. Ich brachte ihm
bei, unten im kleinen Flur zu warten, wenn ich die Früh-
stückstabletts hinaufbringe. Es war nicht schwer, denn er
hört auf ein deutliches *Non*. Und die süßen Sachen des kon-
tinentalen Frühstücks, Konfitüre, Jus d'Orange, Croissants,
sind längst nicht so interessant wie ein englischer Bacon mit
Spiegelei. Für mich ist das Treppensteigen am Morgen mit
den Tabletts einer der vergnüglichsten Momente des Tages –
nicht weil ich einen der Gäste seinen seidenen Morgenmantel tragen oder das verschlafene Gesicht seiner Begleitung
zwischen den Kissen sehen darf, sondern weil die silbernen
Sahnekannen und Zuckerdosen, die Messer und Teller zwi-

schen den Konfitüren- und Butterschalen so hübsch und ordentlich funkeln. Den Sinn für Dekoratives hatte ich seit je (übrigens finde ich, abstrakt gesehen, auch die verschmierte und verkrümelte Unordnung danach interessant), und auch das sagt man den Homosexuellen nach.

Im Augenblick habe ich außer den Engländerinnen nur zwei Japaner. Sie reisen zusammen, aber wohnen in getrennten Zimmern und brachen in Entzücken aus angesichts der Bettüberwürfe und Sesselbezüge aus weinrotem Sanderson-Leinen. Von französischer Feindschaft zu England wissen sie nichts, in ihren Augen ist alles in diesem Haus genügend europäisch, nicht weltweit genormt wie im Hilton oder Sheraton. Trotzdem begrüßen sie zum Frühstück ein wenig rohen Fisch – hauchdünne Scheiben von mariniertem Salm, eine französische Variante japanischer Vorlieben. Wenn sie die Küste bereist haben, wollen sie nach England übersetzen. Vor ein paar Tagen traf ich sie nachts in der Halle an mit den Engländerinnen, nüsseknackend und Laughton damit fütternd, eine Probe auf das englische Klima vor den warmen Schatten, die das flackernde Feuer über die Wände warf. Ich hatte mich in meine Wohnung zurückgezogen, um mit meiner Mutter zu telephonieren, und als ich in die Halle kam, hörte ich gerade eine der Engländerinnen sagen: Aber wir haben Quarantäne, sechs Monate, wegen der Tollwut. Die Japaner machten große runde Augen wie erstaunte Kinder, die drauf und dran sind, den Lagern mit den Quarantänetieren als europäische Spezialität mit ihren Photoapparaten auf den Leib zu rücken. Es schien, als ob sie – noch vor ein paar Jahrzehnten an eine hierarchisch gegliederte Gesellschaft gewöhnt, deren strenge Regeln den einzelnen verschwinden ließen – nur eine kuriose Attraktion in der Quarantänehaltung sahen. Ich verschwieg, daß meine Abneigung gegen England auch auf dieser Quarantänevorschrift beruhte. Die Unverhältnismäßigkeit der Mittel schien mir nicht mehr durch den berühmten Stolz auf die Eigenheiten des Inselvolkes gerechtfertigt. Sie lehnen ein gemeinsames Europa ab, ein europäisches Parlament, den Beitritt Englands. Obwohl die roten Telephonhäuschen angeblich verschwunden sind und mit ihnen auch einige typische Schönheiten der Insel, halten sie an dieser Regel fest, die nicht nur dem eigenen Tourismus schadet, sondern auch Leute trennt, die sich von Kontinent zu Insel gerne besuchten. Die jährliche Spritze gegen Tollwut ist seit Jahren Vorschrift. Die Hunde haben einen Paß, der ihre medizinische Versorgung nachweist. Ich habe einen Freund in Bath, der die französische Küche in Dieppe gelernt hat. Ich würde ihn gern besuchen, von Zeit zu Zeit. Aber auch um die Kathedrale von Canterbury zu besichtigen oder mit den roten Bussen in London zu fahren, würde ich den Hund keinem Freund geben, weil England die Einreise verweigert. Nirgends sind Hunde so beliebt wie in England. Sie dürfen in den Betten der Gentlemen schlafen und bei Konferenzen dabeiliegen. Aber ein Journalist oder ein Botschafter, der in London seinen Posten bezieht, muß seinen Jagdhund oder den Spaniel seiner Frau in ein Tierlager geben, sechs Monate Hospitalismus. Ich stelle mir engagierte Photographen vor, die das Elend der internierten Tiere anklagen. Ich stelle mir eine sardonische Comic-Serie von Art Spiegelman vor, der in den gefangenen Tieren ehemalige Politiker des Kontinents, größenwahnsinnige Redner und kleinkarierte Untertanen, zwischen geschwollenen Boxern und kleinen Pinschern, sieht. Die beiden Engländerinnen verteidigten militant die Quarantäne, als hätten Rinderwahn und die Creutzfeld-Krankheit die ausländischen Gespenster einer Seuche, die sie selbst hatten, aufs neue an die Wand gemalt. Wer eine eigene hat, antwortet mit Ausgrenzung anderer Seuchen, die nur

noch in den Karpaten vorkommen oder in Transsilvanien –
die Spezialisten für Vampirstories lehren in jenem Land in
Oxford und Cambridge. Der traurige Hundeblick, der dem
Herrn aus seinem Gefängnis folgt, steht dem englischen
Pragmatismus unter kontinentalem Kitschverdacht. Ich hielt
mich im Hintergrund, sagte nichts und servierte den Gästen
vier angewärmte Gläser mit altem Calvados. Aufmerksam-
keiten des Hauses. Laughton hatte sich zu den zwei Frauen
gelegt und bewegte manchmal leise den Schweif in seinen
Träumen vor dem Kamin.

In der Nacht sah ich im Traum zwei Engländerinnen in
Uniform, die eine lange Reihe zu viert nebeneinander auf-
gestellter Hunde im Stechschritt durch eine alte Fortanlage
an der Küste von Cornwall kommandierten. Dann wurden
sie durch enge Boxen zu sechst in eine große Halle ge-
schleust, dort warteten lange Schläuche mit Spritzen und
chemischen Desinfektionsmitteln. Sie bekamen dieselbe Ladung viermal am Tag. Nach Feierabend durften sie Links-
verkehr üben, Überqueren der Straße, Sitzen vor der Ampel
und bekamen nach dem Lehrgang ein Stück saftiges Rind,
Ausschußware.

Am Morgen wartete Laughton auf mich vor der Tür im
kleinen Flur, zehn Uhr, Zeit für den Morgenspaziergang. Die
Gäste hatten ihren Orangensaft, ihren Tee und ihre Tartine,
wenn ich wiederkäme, wäre das Haus leer, und ich könnte
in Ruhe die Zimmer aufräumen. Laughton saß vor der Tür,
und seine Vorderpfoten schienen keinen Halt auf den Kacheln zu finden. Sie rutschten vor und zurück, und er behielt
mühsam sein sitzendes Gleichgewicht. Magnetische Strö-
mungen, elektronische Wellen, Radioaktivität? Die Kacheln
werden stets nur mit Kernseife gewischt, das Haus soll –
nicht nur wegen Laughtons empfindlicher Nase – vom bi-
zarren Duft der Putzmittel verschont bleiben. Kein Seifen-

film bleibt auf dem Boden, wenn er getrocknet ist. Draußen rannte Laughton wie je über den Bürgersteig, die geteerte Straße, die Holzplanken am Meer und über den Strand. Ich lasse ihn frei laufen, auch wenn die Vorschrift verlangt, daß Hunde ab zehn Uhr morgens am Strand an der Leine geführt werden müssen. Aber es ist Januar, Winter, weit und breit ist kein Mensch zu sehen, und er hielt sich lange auf an den Säulen im Atrium der Badekabinen. Ich bleibe auf den Planken, alles ist grau, Sand, Meer und Himmel, eine watteweiche Winterstille, kein Wind, und alle Läden von *Trouville Palace* sind geschlossen, braun gestrichen und geschlossen, der ganze riesige Koloß mit den Ferienappartements. Die goldene Schrift *Trouville Palace* leuchtet auch ohne Sonne wie auf einem Art-déco-Filmpalast. Verlassen der Tennisplatz vor dem *Palace,* vor dem Zaun blühen Winterrosen so üppig und in Beeten zurechtgeschnitten wie auf einem Photo von Beverly Hills, das einzige penetrante, farbige und vitale Element, dem ich auf meinem Spaziergang begegne. Laughton kam mir nachgerannt, quer über den Sand, setzte über die Rosen und – rutschte, fing sich, rutschte weiter, lief. Nichts als eine kleine Irritation, und ich komme schon ins Offene, keine Badekabinen, keine Tennisplätze mehr zwischen mir und dem Meer, selbst die Küste von Le Havre scheint nur in schemenhaften Kuben und Kesseln durch die neblige Luft. Laughton schnüffelte an den Gartenmauern, die die Villen vom Strand abgrenzen, und pinkelte gegen den Pfeiler, an dem er einst eine kleine Yorkshire-Hündin begehrte. Die Besitzerin nahm die winzige Diva in Schutz vor dem sexuellen Gebrüll und setzte sie oben auf den Pfeiler. Dort saß sie, ängstlich, und thronte über der Ohnmacht. Wir gehen am Vormittag stets bis zur Mole – in der Saison schon morgens um sechs –, die das offene Meer vom Segelyachthafen trennt. Bei Ebbe kann man weiter über den Strand laufen bis zu den Roches Noires und weiter in Richtung Villerville. An der Mole rutschte er wieder, knickte ein und humpelte weiter, ungefähr zwanzig Meter.

Und so blieb es. Stunden und Tage läuft er herum wie ein gesunder Hund, dann plötzlich rutscht er und läuft humpelnd weiter. Seit Tagen will ich mit ihm zum Veterinär gehen, aber der in Trouville ist in Skiferien gefahren, und in der Praxis in Deauville sind Vertreter, junge Veterinäre, an die ich nicht gerne geraten will. Vertreter sind manchmal wie Lehrlinge in einer Versuchsanstalt – sie übertreiben, experimentieren mit Antibiotika und schweren Schmerzmitteln und halten den Hunden die Schnauzen zu, wenn sie ihre Pfoten untersuchen. Laughton will sich seine Pfoten nicht untersuchen lassen, er jammert, wenn ich eine von ihnen packen will, um zu sehen, ob sich ein Stück Dreck zwischen den Ballen versteckt. Und Dreck – kann Dreck einen Körper elektrisch aufladen wie eine Batterie mit vertauschten Minus- und Pluspolen?

Ich bekam neue Gäste, ein Pariser Paar mit zwei Kindern, die sich in Honfleur die Boudin-Ausstellung ansehen wollten, aber es vorzogen, in Trouville zu wohnen. Das Wochenende war mittags sonnig warm, man konnte in Pullovern auf den Terrassen der Restaurants sitzen und neben den Infrarotheizern Muscheln essen. Die Gesichter der Pariser Kinder glänzten vor Fettcreme gegen Wind und Kälte, und sie fütterten den Hund mit kleinen Hundekuchen, die ich ihnen gab. Ich hatte morgens genug zu tun mit dem Wechseln der Badetücher, Bettenmachen und Staubsaugen, und wenn ich die Treppe herunterkam durch das leere Haus, saß Laughton unten mit großen ängstlichen Augen – denselben Augen, die er hat, wenn er sich bei Kolik vor Geräuschen in seinem Bauch fürchtet – und zitterte vor Anstrengung, denn er konnte im Sitzen das Gleichgewicht nicht halten, die Vorderpfoten rutschten wie auf spiegeln-dem Eis.

In der Nacht unterhielten sich die Engländerinnen wieder mit den Japanern, die auf das Quarantänethema zurück-kamen. Wissen Sie, sagten die Engländerinnen, am Kamin, mit Whisky und Eis, wissen Sie, daß man, um Personal zu sparen, den Hunden heutzutage dort kleine Sender unter das Fell setzt, um sie besser überwachen zu können, außerhalb ihrer Käfige? Aber es heißt, die elektronischen Impulse, die die Sender ausstrahlen, bringen die Hunde aus dem Gleich-gewicht. Sie verlieren den sicheren Gang. Man hat eine Kommission eingesetzt, um die Bedingungen in diesen La-gern zu untersuchen. Es heißt, manchmal vergäßen die Auf-seher, die Sender herauszunehmen, wenn die Quarantäne abgelaufen ist.

Impasse du Bon Secour

Wieder gehe ich die kleine Straße entlang bis ans Ende, bis an das große weiße Gittertor, das verschlossen ist und in der Dämmerung leuchtet wie die Grenze zu einem unbetretbaren Teil der Stadt. Dahinter, in der Dunkelheit kaum erkennbar, zieht sich ein Garten voll Schatten und Treppen den Hang hinauf, steht man direkt davor, glaubt man, eine Wand, fast schwarz, erhebe sich hinter dem Tor. Im Verhältnis zur kleinen Straße hat es pompöse Ausmaße, zwei mächtige Flügel, das Eisen barock geschwungen. Obwohl die Scharniere gut geölt sind, nirgends eine Spur von Rost, das Gitterwerk frisch gestrichen, scheint es seit langem verschlossen. Die schäbige kleine Straße und die Lanzettenspitzen machen eine Kette ums Schloß wohl überflüssig, kein Einbrecher, kein neugieriges Kind versucht, das Tor zu öffnen oder hinüberzuklettern. Das Tor ist verschlossen und führt auf eine Wand. Wie der Name sagt, die Straße ist eine Sackgasse. Impasse du Bon Secour. Wieder gehe ich, gegen Abend, die Straße bis ans Ende, eine Straße mit vielen leeren Häusern und geschlossenen morschen Fensterläden, eine Straße, die wie die ganze Stadt ist, jetzt, außerhalb der Saison, eine gespenstische Stadt, durch die der Wind weht und in der sich der Sand als zeitlose Spur in allen Ritzen abgelagert hat. Es ist niemand da, den ich stören könnte, nirgends ein Hund, der anschlägt, keine hysterische Frauenstimme, die in der Küche mit einem Kind oder einer diebischen Katze zankt. Ich gehe ungestört auf und ab, die glühenden Kippen auf dem Fußboden austretend, als wartete ich auf jemanden, der aus einer verschlossenen Tür herauskommt, bevor die Laternen ausgehen. Im Sommer wird es hier anders aussehen. Aber der Sommer, wenn alle Häuser bewohnt sind, die Läden offen, die Balkone voll von Badeanzügen und Geranientöpfen und Katzenklos, interessiert mich nicht.

Mein älterer Bruder, der Gedichte schreibt, wie ich, nennt mich den *décadent* der Familie und behauptet, ich produziere sauren Kitsch mit dem Kult verlassener Städte. Doch ich könnte nicht einmal sagen, daß ich mich wohl fühlte in solchen Stimmungen. Im Gegenteil, das Verlassene zieht mich nicht an, ich gerate zuweilen hinein, und meist ist es ein Zeichen, das mich anlockt, wie dieses Tor. Als ich das erste Mal kam, war ich von der Hauptstraße abgebogen, um dem abendlichen Terror der Motorradfahrer zu entgehen. Sie kreisten in wahnwitzigem Tempo um die Kirche, ein Höllenspektakel und unbewachtes Vergnügen der Stadtjugend. Ich bog in die Straße, ging, bis ich sah, daß es nicht weiterging, und wollte gerade umkehren. Das Echo des Lärms hallte ein wenig nach zwischen den Mauern, dann sah ich den weißen Mond über dem Hügel aufgehen, sah das bleiche Tor im Zwielicht und plötzlich, vor noch hellem Himmel, in der Höhe ein festlich erleuchtetes Haus. Es war ein langgezogenes zweistöckiges Haus mit klassischem Giebel, die breite Front voll hoher Fenster, die in der Beletage alle erleuchtet waren, als hätte jemand in einem Anfall von Wahnsinn das Haus in eine Galerie von brennenden Fackeln verwandelt. Denn auf den zweiten Blick sah ich, daß alle Räume menschenleer waren, nur die Lüster an der Decke strahlten hell wie bei einem Fest. Auf den ersten Blick war ich freudig erschrocken und neugierig unten am Gitter stehengeblieben, um als ungebetener Zuschauer einen Blick auf das sonst für Reisende verborgene Leben der Bourgeoisie von Trouville zu werfen. Doch nach ungefähr einer Viertelstunde sah ich, daß sich nichts dort oben bewegte, die Lüster brannten, die Wandlampen brannten, ich meinte, hinter den geschlossenen Fenstern Tanzmusik zu vernehmen, und der bleiche Mond hielt die phantastische Szenerie so weit im Schatten, daß sie unheimlich hätte wirken müssen. Doch in meine Neugierde mischte sich kein Entsetzen, die zweite Etage lag völlig im Dunkeln, und ich dachte mir, ob sich wohl eine verlassene Frau an diesem Abend den Eklat eines imaginären Festes geleistet hatte. Oder ein halbblinder Alter, der, nachdem seine Haushälterin sich zurückgezogen hatte, in allen Schubladen und Kästen nach einem zerknitterten Photo oder einem vermißten Dokument suchte.

Nun stehe ich wieder hier, und wie die letzten Abende liegt das Haus ohne Festbeleuchtung, nur im Eckfenster sehe ich den sanften Schein eines roten Lampenschirms, als säße ein Jemand, geschützt vor der Monotonie der leeren Straßen und des Sandes in allen Winkeln, in einem Ohrensessel in der Ecke und verbrächte den Abend mit einem Buch. Träumereien eines Durchreisenden, als gäbe es in der Provinz solche Abende mit Lampe und Buch, während selbst im Café, der alten Poststation *Au-Relais,* jetzt der Fernseher liefe und das Fußballspiel Bordeaux gegen Bayer Leverkusen. Kein Mond scheint heute, hinter den Wolken nimmt er zu wie die Verlassenheit dieser Seestadt, die die Künstler nur dann zu inspirieren scheint, wenn alle Welt sich am Strand zeigt. Als ich mich umdrehe, fällt mein Blick auf drei schäbige schmale Häuser zur linken Hand, alle drei gleich, seit hundert Jahren ist der Ruß nicht vom Backstein gewaschen, auf jedem Stockwerk ein einziges Zimmer, nur die Türen haben verschiedenen Anstrich. Es sind Reihenhäuser, wie man sie in vielen Küstenstädten von Irland bis Nordfrankreich findet, schmal und hoch, mit einem offenen Stiegenhaus, das vom Hof aus ansteigt, in dem die klamme Wäsche trocknet und das Kaminholz unter einem Vordach lagert. Man sagte mir, die Häuser gehörten früher den Fischern, und heute kauften sie Leute aus den Großstädten, die ihre Ferien am Meer verbrächten und solch ein Haus einem Appartement mit Meerpanorama vorzögen. Ich habe manche besichtigt, die Balkone im ersten Stock vor dem einen Fenster sind lustig gestrichen, meist himmelblau, und die Küchen sind wie Kapitänskajüten dekoriert mit Fernrohren und Schiffsuhren und Steuerrädern und Seestichen. Die drei Häuser liegen in völliger Dunkelheit, und die Balkone sind schwarz. Da sehe ich, im mittleren Haus, im Parterre hinter der dichten Gardine, einen schwachen Schein, mehr ein Glimmen als ein Licht. Es liegt vielleicht an dem Winkel, in dem sich meine Augen dieses Mal auf das Fenster einstellen, plötzlich sehe ich ein Kind in der Mitte des Zimmers sitzen, es starrt mit einem weißen, apathischen Gesicht auf eine erleuchtete Weltkugel, die vor ihm auf einem runden Tisch steht. Die Weltkugel leuchtet blaß und weiß durch die Gardine. Ein Lachen durchläuft mich wie Schüttelfrost, die Kugel im dämmrigen Zimmer erinnert mich an den bleichen Mond, der sich versteckt hält, und an die tanzende Weltkugel, die, auf dem Finger von Chaplin balanciert, wie ein Ballon durchs Zimmer schwebt, wie der Traum des größenwahnsinnigen Diktators. Und das verlassene Kind in dem leeren Haus brütet vielleicht über einem stillen Wahn.

So plötzlich der Einblick, so undeutlich ist er, doch später, im Bett, wird mir das Kind wieder einfallen, das weiße Gesicht, der leere Blick und die stille Kugel, auf der die Linien der Längen- und Breitengrade, die Umrisse der Kontinente und Meere kaum zu erkennen waren. Nach wenigen Schritten bin ich schon im Hotel und der einzige in der

Halle, die anderen Gäste sind noch im Restaurant oder unterwegs, es ist kaum neun Uhr vorbei. Ich lese ein wenig in den herumliegenden Zeitungen, sehe Werbeprospekte von Immobilienfirmen an, ein Château in der Nähe von Pont-L'Éveque ist zu kaufen mit Hektar voll Apfelbäumen und Weiden, ein Landsitz bei Beaumont-en-Auge mit weißgestrichenen Gattern, ein altes Pfarrhaus mit Garten auf den Höhen über Dives s/Mer, und auf dem Photo sieht man vor der Tür eine Wippe für Kinder aus rot-gelbem Kunststoff. Viele Photos sind zur Zeit der Apfelblüte aufgenommen, als zöge der Anschein irdischer Paradiese mehr Käufer an. Ich werde in der ausgestorbenen Stadt bleiben und hier eine Wohnung suchen, ausgestorben, weil die Fischerei nicht mehr genug einbringt oder es an anderer Arbeit fehlt. Hier bleiben, weil für einen Junggesellen ein Landhaus wie eine illegitime Liaison wäre, wenn er es nicht geerbt hat und keine Zeit, jahrzehntelang Sprößlinge zu hüten und Bäume hochzuziehen, die am Ende an zweifelhafte Nichten und Neffen fallen werden. Ich trinke den dritten Calvados, einen jungen, da kein Festtag ist, und rede ein wenig mit dem Nachtportier, der in einem Kämmerchen neben der Rezeption gegen Mitternacht sein Lager beziehen wird. Der Besitzer des Hotels hat gerade gewechselt, und es stehen Veränderungen bevor. Schon hat der Name von *Maison Normande* zu *La Côte Normande* gewechselt. Von der Küste ist weit und breit nichts zu sehen, das Hotel liegt an der Hauptstraße, schräg gegenüber der Kirche, Notre-Dame-de-Bon-Secour, die Stunden der Messen sind auf einer Tafel angeschlagen, die im tagsüber geöffneten Eingang steht, und das Läutwerk scheint wochentags *hors-saison* abgestellt, nie werde ich morgens zu unzeitgemäßer Stunde geweckt. Im Augenblick führen die neuen Besitzer gegen die alten einen Prozeß, es scheint, diese haben seit fünf Jahren geltende Versicherungsbedingungen nicht erfüllt, Isolation und Feuerschutz, so daß der Kaufpreis nachträglich gemindert werden muß. Neue Besen kehren gut, sagt der Nachtportier und enthält sich jeder weiteren Bemerkungen. Aber ich habe verstanden, daß die alte Holztreppe im Treppenhaus verschwinden soll, die Kupfertöpfe an der Wand und das ganze über die Jahrzehnte hierher geratene Sammelsurium. Vermutlich machen sie ein Vorzeigehotel daraus, mit Bettüberwürfen und Vorhängen, wie in *Maison et Jardin* abgebildet, mit Nachttischlampen, deren Schirme in Pastelltönen gefältelt sind, das ist jetzt Mode. Das Hotel hat nur einen Stern, und die breite Gardine zur Straßenfront sieht aus wie in einer Familienpension. Ich bin zum ersten Mal hier abgestiegen, aus Neugier, selbst Dichter sammeln Eindrücke, so vage sie sich auch als gesellschaftliche Kenntnisse in ihren Gedichten niederschlagen mögen. Steigt man aus dem bescheidenen, im wörtlichen Sinn stil-losen Entrée die dunkle Holztreppe hinauf, wird sogar das Bedürfnis, sollte man es haben, nach klammen Wänden und der unheimlichen Atmosphäre einer Absteige, in der niemand sich blicken läßt, befriedigt. Ich habe das beste Zimmer bekommen, ein Zimmer mit langem Balkon zur Straße – kein Gast wird sich je auf dem Balkon aufhalten, aber das Wort Balkon allein suggeriert Ferien am Meer, schönes Wetter und schöne Aussicht. Das Seitenfenster geht auf eine feuchte, düstere Gasse mit Abflußrinne, aber im Zimmer hängen alte Stiche von den Hauptstädten der Normandie, vergilbte Kirchen, stockfleckige mittelalterliche Fassaden, vor Feuchtigkeit gewellte Justizpaläste und grau gewordene Himmel über der Seine. Über Tapeten, Bettdecke, Lampen, wacklige Stühle ließe sich nur wiederholen: das Ganze ist so luxuriös, so abschreckend und anheimelnd wie das Haus einer alten Tante, die fällige Reparaturen mit liebevoll gehäkelten Kissenbezügen vermeidet. Man findet nichts Schrilles, Unheimliches, nichts Verwahrlostes – die Bettlaken und die Bezüge von Kissen und Rolle sind schneeweiß, und das alte Bad mit den klapprigen Kränen und wackligen Kacheln wird jeden Tag geputzt, frische, wenn auch fadenscheinige Handtücher hängen schon am Mittag über den Stangen. Die einzige Unregelmäßigkeit sind ausgebrannte, nicht ausgewechselte Birnen in Zimmer und Bad – wenn es auch kaum knackende Bohlen und nirgends das Getrappel von Mäusen hinter den Tapeten gibt, so sorgt das funzlige Licht und das leise Stöhnen des Windes gerade für das Gran an Unbehaglichkeit, das einem chronischen Einzelgänger die auf zeitgenössischen Komfort versessenen Reisenden vom Hals hält. Ich sehe meine Pariser Schwester, die im 16. Arrondissement wohnt und geflissentlich die neuen Hochhäuser übersieht, die vom Horizont in ihr Quartier wachsen und mit gigantischen Wänden die Perspektive der Straßen verstellen, ich sehe sie die Nase rümpfen über die kleinbürgerlichen Spitzendeckchen und normannischen Gestecke aus getrockneten Blumen.

In der Nacht träume ich von der *femme de ménage,* die morgens um acht in der Kammer neben meinem Zimmer die frische Wäsche herausholt und deren leises Gerumpel meinen Halbschlaf begleitet. Ich träume, daß sie im Zimmer neben dem Kind steht, daß sie sich freundlich herabbeugt und dem Kind zeigt, wie die Kugel zu drehen ist, zeigt, wo Paris liegt und die Küste der Normandie. Dann dreht sich die Kugel, das Kind lächelt nicht, spricht nicht, starrt nur mit hohlen Augen auf die rotierende Kugel, und neben ihm steht stockgerade die Frau, stellt Fragen wie Peitschenschläge, wo Nordpol, wo Südpol und wo der Grad von Greenwich. Verstockt, da es nicht antwortet, und die Frau geht aus dem Zimmer und dreht den Schlüssel im Schloß. Und das Kind, das sich nicht rührt, das mit den Beinen am Sessel zu kleben scheint, dessen Füße über dem Boden baumeln, nimmt die gläserne Kugel und wirft sie in eine Ecke. Aus den Scherben ragen schwarze verkohlte Drähte. Als ich aufwache, kann ich mich an den Traum kaum erinnern, ich gehe auf nackten Füßen über die kalten Kacheln im Bad, und als ich die Lampenröhren über dem Becken anknipse, sehe ich wieder, nur eine brennt. Beschließe, gleich am Morgen Röhren und Birnen fürs Zimmer zu kaufen, da ich erst gegen Mittag eine neue Verabredung mit dem Immobilier von *Normandy Castle* habe. Verlasse das Hotel, ein regnerischer Tag, der sich gegen Mittag aufhellen wird, kaufe Zeitungen am Carrefour in der Rue des Bains, setze mich in die Mozin-Bar, trinke Kaffee und warte, daß es zehn Uhr wird und die Geschäfte öffnen. Die Antiquariate, die Antiquitätenläden und Modeboutiquen öffnen in diesen Monaten erst am Nachmittag oder am Wochenende. Alle anderen Läden sind auf, und als ich die Mozin-Bar verlasse, die ihren arabisch klingenden Namen einem Trouviller Maler verdankt, dessen Seestücke im Musée Montebello hängen, sehe ich mit Befriedigung, daß auch diese schmale lange Einkaufsstraße von Trouville nichts vom niedlichen Seestädtchen hat, keine bunten Farben, im Wind wehende Wimpel und mit Blümchen herausstaffierte Fassaden. Reisende Rentner, die hier den Andenkenladen suchen, werden enttäuscht sein, wenn es auch im vorderen Drittel zwei, drei hastig eröffnete Boutiquen mit Billigkram gibt, die in der nächsten Saison hoffentlich wieder geräumt haben. Die Rue des Bains ist eine französische Straße, nützlich und dem alltäglichen Genuß verpflichtet – Bankbüro, Handarbeitsladen, Weincave, Drogerie, Käseladen, Boucherie, mehrere Boulangerien und an der Ecke ein kleines Blumengeschäft. Der größte Teil der Waren ist auf dem Bürgersteig ausgestellt, und das Angebot verrät den verborgenen Reichtum dieser neben Deauville so ärmlich erscheinenden Verwandten. Keine preisgünstigen Töpfe mit bunten Geranien und Primeln stehen dort in den feuchten Flecken, die vom morgendlichen Guß auf dem Pflaster übrig sind. Große Stöcke mit Rosen, Hibiskus und Kamelien für die Terrassen der Pariser, die in den Residenzen am Meer seit Generationen ein Appartement fürs Wochenende besitzen. Und die Bouquets aus weißen Lilien und blaßgelben Amaryllis, die keine fünf Tage in den hohen Vasen im kleinen Laden stehenbleiben. Ich kaufe einen kleinen Strauß mit winzigen Nelken, und als ich die Drogerie betrete, um die Birnen zu kaufen, sagt Madame, wie selten kaufe ein Mann Blumen für sich selbst, als wisse sie schon Bescheid über mich, ein alter Bewohner, der aus Paris kommt, wenn die anderen verschwunden sind, und keiner Frau seine Blumen mitbringt.

Mittags fahre ich mit Monsieur Herault in die Höhen über dem Meer. Ich habe ihm gesagt, daß ich Junggeselle bin und einen ruhigen Platz in Trouville suche, in Trouville wegen der Nähe zu Geschäften und Restaurants. Ruhe als Arbeitszuflucht vor dem Pariser Trubel. Aber vielleicht preist er mir gerade deshalb ein geräumiges Haus an, mit Platz für Gäste und unübertrefflichem Fernblick aufs Meer, drei Kilometer von der Stadt entfernt. Die Immobilienhändler setzen auf den *coup de cœur,* nicht nur auf die vernünftigen Bedürfnisse ihrer Klienten, und Taxiunternehmen gäbe es genügend in der Gegend, wenn ich Einkäufe in der Stadt zu erledigen hätte. Das Haus hat einen Garten auf zwei Ebenen, eine alte Linde, eine geziegelte Terrasse vor der Tür und den unbeschreiblichen Fernblick. Es ist fast eine italienische Villa, die Ziegel sind gelb gestrichen, die Fenster hoch, und auf dem Flachdach stehen große Amphoren. Drinnen herrscht eine getreppte, verwinkelte und mit Teppichböden ausgelegte Unterweltatmosphäre, als brächte ein

Nachtclub-Besitzer seine Knaben in unüberschaubaren, ins Souterrain gebauten Käfigen unter. Parterre ist ein großer Salon mit Küche, erster Stock ohne Bad, die Wanne ist in eine Ecke des Zimmers zementiert – der komfortabelste Raum ist das Dachgeschoß, in dem der jetzige Besitzer mindestens fünf Computer aufgestellt hat. Einen Augenblick überlege ich, ob die Firma mich für einen Schwulen hält, dann lobe ich Garten, Terrasse, die Aussicht und bestehe auf meinen Zweifeln, ob die Einsamkeit in den Hügeln mir auf die Dauer gefalle. Obwohl Schriftsteller, der zuweilen Rückzug und Ruhe suche, sei ich gewohnt, jeden Morgen die Zeitungen selbst zu kaufen und im Café zu lesen. Auf dem Rückweg zeigt er mir ein 20-Millionen-Anwesen – Fachwerk und spitze Giebel, ein unbewohntes Palais in einem riesigen, noch unbepflanzten Park, die Käuferin, Witwe eines Filmproduzenten, habe Angst bekommen, es zu beziehen. Beim letzten Sturm sei die Wand im Hügel hinter dem Anwesen eingestürzt und Tonnen von Bäumen sind herausgerissen und in die Tiefe gestürzt. Dann zeigt er mir ein typisches Stadthaus, eng, in die Höhe gebaut, bereits modernisiert, und jenseits des winzigen Hofes eine alte Remise, überdacht und offen nach einer Seite, dort könne ich mir ein Atelier ausbauen.

Das Wetter hat sich aufgehellt, wie immer hier gegen Mittag, und ich verbringe den Nachmittag lesend auf meinem Bett, den Nelkenstrauß auf dem Tisch und einen Fensterflügel auf dem Balkon mit dem Holzgeländer geöffnet. Am Abend werfe ich einen Blick in die erleuchteten Auslagen der Antiquitätenhändler und finde eine Ausgabe von Apollinaires *Alcools* und mache mir im Café Notizen für ein Gedicht *Pont des Belges* – 1944, Befreiung von Deauville-Trouville, und *die Toucques war ausgetrocknet / als die Panzer lautlos über die Brücke rollten.* Ich mache einen Umweg über den Impasse du Bon Secour, es regt sich nichts. Die Villa oben bleibt dunkel, und unten im Arbeiterhaus ist der Stuhl des Kindes leer wie der Tisch.

In der Nacht träume ich wieder, das Kind ist gestorben, die Kirchenglocken läuten ununterbrochen, und ein langer Leichenzug bewegt sich unter der Ehrengarde brüllender Motorräder, rund um die Kirche. Der Priester, der die Totenmesse abhält, hält einen leuchtenden Glasglobus statt der Monstranz in den dämmrigen Kirchenraum, und mein Nachbar in der Kirchenbank gibt mir seine Visitenkarte mit der Adresse der weißen Villa über dem geschlossenen Tor.

Hätte ich doch weitergeträumt, denke ich am Morgen im Bad, und beide Röhren leuchten. Vielleicht ist der dunkle Stock über der Beletage zu vermieten, vielleicht hätte mich der Besitzer auf einen alten Port oder Calvados empfangen. Ich höre die Möwen durch die verlassenen Straßen schreien. Ich beschließe, das Haus zu suchen, wo sich, nach einer Anzeige im *Magazine litteraire* die *Édition du Reflêt* befindet, ein neueröffneter kleiner Verlag in Trouville. Aber der Tag vergeht mit Besichtigungen. Ein winziges ebenerdiges Kutscherhaus mit Stadtgarten, eingekeilt zwischen Ferien-Appartementhäusern in Deauville, und die Immobilienverkäuferin preist die Nähe zum Markt an, er findet statt unter alten Hallen mit Holzdach und Pfeilern im Wikinger-Stil. Wohnungen scheint es zur Zeit kaum auf dem Markt zu geben, ein winziges Häuschen folgt, im oberen Teil von Trouville, ein Fischerhäuschen, und noch eins, schmaler Balkon im ersten Stock vor dem einzigen Fenster, ein Hof mit bewachsener Mauer, und der Salon ist zugleich das Entree. Variationen zu diesen Drei-Zimmer-Häusern – heruntergekommen und vom Keller bis zum Dach nach eigenem Geschmack zu renovieren, modernisiert, mit Einbauküchen und Kabelfernsehen. Wir fahren bergauf und bergab, leere

Häuser hallen von unseren Schritten, Pläne werden angeboten, wo Heizungen zu installieren sind, wo Küchen oder Bäder, wo Durchbrüche möglich oder statisch nicht anzuraten – und war ich nicht gekommen, um eine Wohnung zu suchen, mit Blick in ruhige Hügel, auf den Hafen oder das Meer? Ein großer Raum für Schreibtisch und Bücher und ein kleinerer für das Bett? Eine Kammer für Kleider, Bad, Küche und ein Entree. Ich sah eine Stadt von innen, sah Zimmer hinter verschlossenen Fensterläden, vermauerte Kamine und elegante Treppengeländer, aus dem 18. Jahrhundert nachgebaut, in Häusern, die neben weitläufigen Salons im Parterre keine Toilette und keine Küche hatten. Eine Stadt für die Möwen und ein paar Halsstarrige, die es hinnehmen, daß vier Fünftel ihrer Mauern nur während weniger Monate bewohnt sind. Eine kleine Fischerstadt, in die vor mehr als hundert Jahren die Pariser im Sommer einzogen, mit Palästen und Residenzen und Bädern und Casino, und heute bauen sie neue Appartementhäuser an den Stadtrand oder kaufen die ärmlichen Häuser der Fischer auf. Eine Tradition der Leere – weniger künstlich als in Honfleur, das seine politische Rolle verlor und in erster Linie lebendig scheint durch Touristen. Seit es die Bilder gibt – *Les Planches de Trouville, La Plage de Trouville* –, ist Trouville lebendig, im Sommer, seit die Maler ihre Staffelei unter offenen Himmel stellten. (Keine Seestücke für Touristen.) Die menschenleeren Strände, geschlossenen Badekabinen, die Allee von Peitschenlampen, gerade so lang wie die Planken, malt keiner. Es gilt als inhuman, sich den Gegenständen, den Orten zu widmen, wenn nicht die Krone der Schöpfung im Zentrum der Darstellung steht. Was sagt mein Bruder? Dead-End findest du nur in Amerika, und selbst da hört sich das Wort an wie eine Epigonalität nach Edward Hopper. Wer sich in Europa verlassenen Küstenstädten aussetzt, muß ein Symbolist sein,

64

wenn er die Atmosphäre genießt, und ein Existentialist, wenn sie im Spiegel menschlicher Verödung ist. Ich werde ihm eine Karte schreiben – daß es hier noch brachliegendes Material gibt, mehr als genug, um aus vernachlässigten Behausungen schicke Zellen für Jugend, Sport und Dynamik zu machen. Je länger ich hier bin, desto mehr überzeugt mich die Verkaufsstrategie der Immobilienfirmen. Sich so ein baufälliges Haus an den Hals zu hängen mit einem verdorrten Apfelbaum in einem Hof, der als *Cour-jardinette* angezeigt wird, mit einer einsamen Amsel, die ergreifend flötet im kahlen Baum, wenn der Abend anbricht, halte ich für besser als die passende Wohnung in einem dieser Appartementhäuser zu nehmen. Eine Etage in einem der alten Paläste? Ah – nein, Monsieur, da kommt man so leicht nicht ran, alles wird unterderhand verkauft, solche Wohnungen zirkulieren in den Kreisen, denen sie gehören. Und wollen Sie drei Millionen für eine Wohnung mit Art-déco-Bad und amerikanischer Küche im Salon zahlen, wenn Sie ein Haus für 800 000 bekommen? Gewiß, 200 000 müssen Sie noch hineinstecken für die Renovierungen, und wer weiß, vielleicht sind Sie im Hotel besser aufgehoben und mieten sich dort ein paar Monate im Jahr eine Suite?

Wären meine Tage in Trouville Gegenstand einer *modernen* Erzählung, wäre es ein gelungener Schluß, wenn der Schriftsteller wieder abreiste, ohne sein Ziel erreicht zu haben. Man reist an, bleibt, verbringt einsame Tage in Cafés und im Hotel, und reist wieder ab – ein offenes Kunstwerk. Ich gehe noch einmal an dem Backsteinhaus vorbei, das unterhalb der Stadtausfahrt, unter der befestigten Route Nationale nach Le Havre liegt. Ein schönes Haus, fast quadratisch, einstöckig, mit gelben Sandsteinumrahmungen um die Fenster. Es steht seit drei Jahren leer, eine Erbengemeinschaft traf erst vor kurzem die Entscheidung zu verkaufen.

Drei Stufen führen zur Tür, rechts und links je zwei Fenster, und durch den alten eisernen Zaun sieht man in einen dürftig gepflegten leeren Garten, auf eine später angebaute, auf Eisenpfeilern ruhende Terrasse im ersten Stock und auf die tiefer liegenden Dächer von Trouville und – das Meer. Ich habe meinen geselligen Abend und beschließe, ins *Central* zu gehen, das in jeder Saison gerammelt voll ist. Vielleicht ließe sich das maurische Gitterwerk der Terrasse ersetzen durch ein Muster, das wie der Gartenzaun zu Region und Epoche paßt. Im Garten zwei Bäume pflanzen und ein paar Hortensienbüsche und Rosensträucher. Mehr wird nicht nötig sein. Es bleibt die Straße im Rücken. In der Saison fahren die Autos dort hintereinander im Schritt. Es ist früh, keine acht Uhr, ich bekomme einen winzigen Tisch am Fenster. Ich bestelle einen *Pommeau*, den normannischen Kir aus Cidre und Calvados, und überschlage mein Budget. 1 240 000 Francs kostet das Haus, ich müßte die Hälfte abzahlen. Und wenn noch Heizung gelegt werden muß? Und der Sommer verbarrikadiert sein wird mit Doppelfenstern und im geschlossenen Haus? Ich gelte als Höhlenmensch, nicht als Gartenfreund. Meine Freunde hätten eine Anekdote mehr über mich zu erzählen. Auf der anderen Seite der Straße liegt der Marché de Poisson, Fachwerkgiebel mit Uhr auf Holzsäulen, eine mit Hängegeranien geschmückte Sehenswürdigkeit. Gerade werden die letzten Rolladen vor den offenen Verkaufsständen geschlossen – sie schimmern metallig wie das Meer, wenn es bleigrau ist, oder wie feuchte Austernschalen, der Vergleich ist heute nicht meine poetische Stärke. Ich bestelle eine Limande und eine Flasche *Muscadet sur Lie* und betrachte, was selten vorkommt, mit Wohlwollen den Rummel an weißgedeckten Tischen. Kellner, Hunde, Gäste, Pariser Wandbänke aus Leder, Pariser Lärm und Tempo und grelle Deckenbeleuchtung. Mein Bruder nennt solche Brasserien Wartehallen, er speist lieber in diskreter Beleuchtung. Am Tresen steht der Chef von *Normandy Castle,* wäre ich ein Autor aus dem 19. Jahrhundert, schriebe ich: ein Mann mit melancholischem Gesichtsausdruck, ein wenig bulliger faltiger Hund, elegantem Burberry-Schal, ein wenig untersetzt, von zurückhaltender Autorität, kein Gesellschaftsgockel und kein Geschäftsmann, eher ein Maire, der, was er gesehen hat, für sich behält. Er trennt sich von seinem Begleiter und verläßt das Lokal, ich sehe ihn in seinen vor dem Fischmarkt geparkten Mercedes steigen. Der Begleiter hat den zweiten Einzeltisch in meiner Fensternische reserviert, ein noch jugendlicher Mann, hochaufgeschossen, ein wenig vornübergebeugt, mit länglichem Pferdegesicht, das vielleicht vor hundert Jahren gekauften Adel verrät. Er setzt sich mir gegenüber, in Reithosen, Stiefeln und einer langen Wollweste, deren unterer Lederknopf nicht geschlossen ist, auch die Lederecken sind auf den Ärmeln ein wenig abgeschabt. Ich bin der Sache seit langem auf der Spur – den unteren Knopf aufzulassen scheint mir das geheime Zeichen einer Dandy-Gesellschaft, die ihre Tage nicht wie Beau Brummel damit verbringt, dreißig Seidentücher zu verbrauchen. Er blickt sich um, blickt auf die Türme von *fruits de mer* auf den anderen Tischen und sagt, halb zu sich, halb zu mir, das Zeug könne man nicht essen, zäh wie Tintenfische und geschmacklos wie Lobster. Und so geht es weiter – meine Limande kommt, die kleinen Gemüse à la Julienne, eine Sauce aus Weißwein, Butter und Crème fraîche. Und ich hatte doch die Limande gebraten bestellt? Auch das ist pariserisch, die Rapidität, die Verwechslungen, wenigstens war der Wein vorher da, an den Tisch geklemmt, der Ring, der den Kübel hält. Es geht weiter, mein Gegenüber bestellt Raie au beurre und macht Bemerkungen, halb zu mir hin, halb zu sich. Als ich ihm sage, daß ich im *La*

Côte Normande abgestiegen sei, stellt sich heraus, Monsieur Herrault, der Immobilienmakler, hat ihm von meinen Wünschen erzählt, er habe eine Wohnung zu vermieten, sagt er, nur ein paar Schritte Luftlinie von hier entfernt. Ein alter Onkel wohne dort, er selbst in Deauville, und das geräumige Haus sei zu leer. Ich verschweige, daß ich mir einige eigene Zentimeter hier leisten wollte, und sage, ein paar Schritte? In den Impasse du Bon Secour? Traurige Straße, sagt er und ißt seine Raie, traurige Verhältnisse. In der Tat, der Besitz seines Onkels stoße an diese traurige Straße. Aber der Eingang liege auf der Höhe, auf der anderen Seite des Hauses. Nach der Raie nimmt er nur einen Calvados und verabschiedet sich. Auf der Rückseite seiner Visitenkarte ist die Adresse der weißen Villa aufgeschrieben und ein Rendezvous für den nächsten Nachmittag. Ich merke zu spät, daß ich ihm die Visitenkarte meines Bruders gegeben habe, anders ausgedrückt: die Karte mit meinem bürgerlichen Namen. Ich hatte nicht vor, meine Existenz als Schriftsteller hier zu verschweigen, oder besser, ich hatte nicht vor, meine bürgerliche Existenz hier zu lüften. Die *tarte aux pommes* kommt und mein Calvados, und dann verlasse ich das blendende Licht und den Lärm, alle Tische sind besetzt bis auf den letzten Platz, und die Spiegel sind beschlagen vom Dunst der Speisen und des Atems.

Draußen eine klare Nacht, an anderen Ufer der Toucques sind die Pferdekoppeln schon leer und die noch kahlen Pappeln zeichnen sich gegen den trüben helleren Meerhimmel ab. Ich gehe am Hafenquai, die Fischerboote sind festgemacht und schaukeln im Wasser, voll von zusammengeworfenen, getrockneten und geflickten Netzen. Die Flaubert-Statue auf dem Square vor dem Casino leuchtet im Zwielicht, der Frack bleiern, sie steht mit dem Rücken zum Wasser, den Blick in eine Zukunft gerichtet, an die er nicht glaubte, der Verrat der Intellektuellen ist auch seine Krankheit, denken seine Kritiker, wenn sie die *Éducation Sentimentale* lesen und das Ausweichen Frédéric Moreaus vor den Barrikaden von 1848. Auch dem Außenseiter der Bourgeoisie geht das Private vor dem Politischen – ein Grund mehr, auch die Kritiker und Parias dieser Schicht zu füsilieren mitsamt ihrem spätkapitalistischen Individualismus und ihrem *Culte de Soi-Méme*. Ich habe mich immer gewundert, warum diese bleierne Statue, über deren Sockel der Reflex der Wellen zieht, mit dem Rücken zum Wasser steht. Man könnte dies wie ähnliche Phänomene unter dem Begriff: das *Phantastische der Realität* zusammenfassen. Der große Flaubert sieht in Trouville auf einem Parkplatz und im Winter gestutzte Platanen. Gegenüber eine Immobilienagentur und ein italienisches Restaurant, Pizzas à emporter. Ich gehe den Quai bis ans Ende, dann zurück mit dem Blick auf die Häuser und den Kirchturm auf dem Hügel und dann ins Hotel. Schon im Bett, fällt mir die Visitenkarte wieder ein, die noch in der Brusttasche meiner Jacke steckt. Klingeln Sie nicht am falschen Eingang, hat mir der Neffe zum Abschied gesagt, die Klingel ist abgestellt, und wir benutzen fast nie mehr die Abkürzung durch das weiße Tor, seitdem eine Menge Neugieriger versucht, das Anwesen zu besichtigen. Eine Menge Neugierige, denke ich, und auch ich ein Neugieriger. Und ziehe meine Hosen und Schuhe wieder an und verlasse das Hotel, das nicht genügend Feuerschutz hat und dessen Stiegen mir heute so halsbrecherisch steil vorkommen wie in einer Räuberhöhle. À la crème Normande, sie stinkt nicht nach Knoblauch. Schatten auf den Wänden, und auf dem Absatz hat jemand einen aufgespannten Schirm vergessen, schwarz wie ein zerrupfter Vogel.

Das Tor im Impasse du Bon Secour ist wie immer verschlossen, die rote Lampe brennt im ersten Stock, und ich zähle die dunklen Fenster im zweiten, in denen sich die Nachtwolken spiegeln. Da, im Moment, als ich mich umdrehe, flammt ein Blitz durch die Straße, Speere von Licht, und dann liegt alles im Finstern. Eine Sekunde glaube ich, daß auf einen Schlag wieder alle Fenster erleuchtet sind, oben im ersten Stock – es muß ein Kurzschluß sein, die ganze Straße liegt im Stockfinstern. Im Arbeiterhaus steht das Fenster im Parterre offen. Ein Vorhang weht, und ich schiebe ihn beiseite. Der Globus glimmt auf dem Boden, verkohlte Antennen, und der Stecker ist aus der Wand gefallen. Das Kind sitzt auf seinem Platz, ohne Angst, ohne Schrecken und ohne Freude über den Stromausfall. Es starrt vor sich hin, als stünde die Weltkugel da, verlassen auf irgendeinem Breitengrad, ausgesetzt ganz nah der Kanalküste, starrt es vor sich hin, ein weißes, rundes Gesicht in einem Zimmer mit Wachstuch auf dem Tisch, in einem Haus mit nach Eau de Javel riechenden Kacheln im Hausflur zum Hof.

Aussicht mit Haarnadeln

Wieder bücke ich mich, um eine Haarnadel aufzuheben. Sie fällt mit einem leisen, feinen Klirren zu Boden, und ich bücke mich automatisch. Wenn ich mich bücke, sehe ich zwar das glänzende Parkett oder die geraden Fransen des Teppichs. Ich sehe das Glänzen, ich sah es, aber schon stehe ich wieder gerade und schiebe die Haarnadel in den Knoten, als hätte ich nichts gesehen. So ist es hundertmal gewesen, in den letzten Monaten. Gestern, als ich wieder gerade stand, sah ich im Abendzwielicht, als die untergehende Sonne vom Meer her direkt in mein Zimmer fiel, in der Glastür mein Profil. Den geraden Rücken, den Hals, das Profil mit der leicht gebogenen Nase und den Knoten im Nacken. Als ich das sah, dachte ich wie immer an anderes. An die Steuererklärung, die ich in ein paar Monaten zum ersten Mal allein abgeben muß, an den Lichtstreifen auf dem Meer oder an das Trockenfutter für den Hund, das ich in der Stadt vergessen hatte. Aber dann sah ich es wirklich, dieses Profil mit Knoten, und all die Haarnadeln, die ich in den letzten Monaten verloren hatte, fielen auf einmal wie Platzregen zu Boden. Ein ohrenbetäubender Lärm, und ich stand noch immer gerade. Dann ging ich im Zimmer herum, als lebte ich nicht seit Monaten in dieser Wohnung, ich stellte mich ans Fenster und blickte aufs Meer. Ein vollkommener Abend, kaum ein Wölkchen am Himmel, und die Sonne halb untergetaucht im spiegelnden Wasser. Aber ich wußte, daß die Dinge in meinem Rücken da waren, die Drucke nach alten Seestichen, die Sofas mit der Truhe als Tisch davor, der Perserteppich und das Klavier, und ich sah plötzlich, daß kein einziges Stück übriggeblieben war aus den vierzig Jahren mit Albert.

Wir hatten ein Hotel in Trouville, und kurz vor seinem Tod verkauften wir das Hotel und das Haus und zogen in ein bequemes Appartement mit großer Terrasse in der *Résidence du Parc Cordier*. Wir wußten nicht, daß er sterben würde, wir waren gerade über sechzig und wollten uns hier zur Ruhe setzen und von den Zinsen aus dem Verkauf des Hotels leben. In der *Résidence* war es einsam und laut. Einsam, weil man im eigenen Haus nie so allein ist mit den eigenen Dingen wie in einem fast leeren Appartementhaus, das nur an Wochenenden und in den Ferien bewohnt ist. Laut, weil der Nachbar unter uns ein alter General war, halb taub und ein Trinker, der den ganzen Tag den Fernsehapparat laufenließ und vom Balkon herab krakeelte, wenn er unsere Hunde über den Parkplatz kommen sah, und wild mit dem Stock fuchtelte.

Nach einigen Wochen beschlossen wir, noch einmal umzuziehen und in Ruhe eine ruhigere Wohnung zu suchen. So fing die Retraite an. Dabei war ich froh, daß Albert den früheren Alltag nicht vermißte, das Hotel am Tag und am Abend die Papiere. Wir hatten noch immer zu tun mit dem Umzug. Es ist weniger einfach, aus einem geräumigen Haus in eine kleinere Wohnung umzuziehen als umgekehrt. Wir gaben ab, wir verkauften, wir verschenkten und hatten noch immer zuviel – doppelt gefütterte Vorhänge für alle Fenster, von meiner Schwiegermutter selbst mit der Hand genäht, Schulbücher und Spiele der Kinder, die den Speicher füllten, und die Betten in den Gästezimmern, in denen früher die Kinder gewohnt hatten. Platz für Gäste hatten wir nicht mehr, aber auch keine steilen Wendeltreppen, denn die Häuser in normannischen Städten bestehen fast nur aus Treppen und kleinen Zimmern und vielen Stockwerken.

Zweimal im Jahr mußte Albert nach Lisieux ins Krankenhaus, die Kur dauerte vierzehn Tage, denn vor zwei Jahren war er plötzlich operiert worden, an Krebs, und seitdem war der linke Arm halb steif. Er nahm es nicht gut, und oft schlug er den älteren unserer Yorkshire-Terrier aus Wut und ohne Grund, und je mehr er ihn schlug, desto mehr bellte er und störte die Nachbarn. Beim geringsten Geräusch schlug er an. Auch das war ein Grund, wieder auszuziehen. Der Hund war halb blind, und vielleicht bellte er deshalb, aus Angst, wenn er jemanden kommen hörte. Er starb als erster, und ich hätte schon damals sehen müssen, wieviel uns abhanden gekommen war bei dem Umzug. Ich wollte so vieles neu, praktisch, leicht, beweglich, passend für diese kleine Wohnung mit großer Terrasse. Im Haus hatten wir alten Hausrat, normannische Möbel von unseren Eltern mit dunklen Schnitzereien und gestickten Wandteppichen und Sesselbezügen. Wir wollten reisen, als erstes wollten wir die Pyramiden ansehen, in Ägypten, und ich wollte Kurse belegen, in Italienisch und Deutsch. Aber dann war diese Stille da, diese verbissene Wut, der bellende Hund und die ewigen Querelen mit dem krakeelenden General. Mir fehlte nichts, nicht das Hotel, nicht das Haus, nicht der Garten, in dem meine Schwiegermutter Fuchsien und Rosen gezüchtet hatte. Ich hatte überlegt, ob ich meine Haare schneiden lassen solle, ich dachte an einen kurzen Schnitt mit Seitenscheitel und schrägem Pony, aber aus irgendeinem Grund ließ ich es. Nicht weil die Kinder lächelten, wenn sie über meinen Knoten redeten und sagten, Papas Gedächtnisknoten, sie trägt ihn Papa zuliebe, wie in ihrer Jugend. Ich glaube, sie nennen es heute Aktivität und Dynamik, wenn

Leute über sechzig ihre Einrichtung wechseln und ein neues Leben anfangen. Aber da war die verbissene Wut und der alte Hund, und sie bemerkten nicht einmal, daß auch alle silbernen Rahmen mit ihren Photos vom Kamin verschwunden waren. Wenn sie gefragt hätten, hätte ich gesagt, ich sparte auf diese Weise das ewige Staubwischen und Silberputzen.

Mittwoch und Sonntag gingen wir auf den Wochenmarkt nach Trouville, und so ging ein Tag herum und ein zweiter. An diesen Tagen ist die Stadt vollgestopft mit Blech, denn der Parkplatz auf der Place du Casino ist gesperrt, und es kommen viele mit dem Auto vom Land in die Stadt, weil sie auf dem Markt billig alles einkaufen können, was sie brauchen. Töpfe und Scheren, Honig und Wurst, Fleisch und Geflügel, Blumen, Taschen und Kleider. Nach Alberts Tod habe ich mich manchmal gefragt, ob ich diese wöchentlichen Markttage als öde Wiederholungen empfunden habe. Die vierzigjährige Mademoiselle Béjart aus Touucques mit ihren eingelegten Heringen und Gurken und ihrem Prozeß gegen den Fiskus, wegen eines Nachbargrundstücks. Das Ehepaar Hulot mit Gänsen und Truthähnen und einer Geflügelterrine, die eine Köstlichkeit ist, aber seit Jahren dieselbe. Der Alte, der auf einer Bank am Meer schläft unter dem Dach der Badekabinen und mit ein paar Plastiktüten herumstreift, um Abfälle zu ergattern. Der Notar Maître Decoin, der es nicht lassen kann, auf den Balkon seiner Kanzlei zu treten und sich das Treiben anzusehen und das Mädchen herunterzuschicken, um den Chèvre von Madame Cheville zu kaufen, er reichert auf diese Weise das Nachtmahl an und bringt – jeden Mittwoch – eine Überraschung für seine Frau mit. Der amerikanische Maler, der seine Staffelei eine Zeitlang auf der Auffahrtsrampe vor dem Casino aufgestellt hatte und daneben einen Karton mit Acrylfarben. Ein anderer

Maler hat die Wände des *Coupole* bemalt mit Strandszenen, gestreifte T-Shirts, Basketballkappen, im Wind wehende Zeltplanen. Sehr blau, sehr rot, einfach im Strich und kein Edward Hopper. Dieser trostlos simple, vergnügte Stil eignet sich nur für ein Strandcafé, nicht für ein Café im Stadtzentrum. Der Maler machte sich sehr gut unter der Leuchtschrift des Casinos *Louisiana Follies,* und ich machte ein Photo von ihm und Albert, der mit seiner Windjacke und Kappe auch aussah wie ein Maler, nicht wie ein Hotelier in der Retraite. Sein Gesicht war rot von Wind und Wetter, aber das war das Cortison. Von da oben, von der Rampe, hatte man einen ausgezeichneten Blick über die Stände, Markisen und Schirme, über die Schlangen, die bei Cavière wegen des Cidre anstanden oder bei Lavalle wegen der Saucisson sec, und auch über die Hunde, die rund um den Markt an Pfosten angeleint warten mußten oder die frei zwischen den Ständen hin und her flitzten. Einkaufen in der Provinz ist ein Beruf für sich, und kaum ein Patron hält es für ehrenrührig, selbst auf den Markt zu gehen oder an die Quais, wo die Fische gleich nach dem Fang verkauft werden. Trotzdem wußte ich, daß der Markt, das Einkaufen und der Trubel mir mehr Spaß machten als Albert – vielleicht hatte er zuviel Zeit mit der Hotelküche verbracht und den Großlieferungen von Sôle und Cabillaud. Er gab sich wohl als Kenner – prüfte auch manchmal den Pays d'Auge oder Camembert mit dem Daumen auf seine Reife. Aber er war froh, wenn er sich mit der Zeitung und einem Glas Ricard an einem Tischchen in der überfüllten *Coupole* oder dem *Café du Port* niederlassen durfte. Ich ließ die Tüten bei ihm stehen und gab vor, nach einer Muskatreibe oder einer Garnrolle zu suchen. Manchmal kam ich zurück mit einer Primel oder eine Bartnelke für das Küchenfenster, manchmal mit einem Sträußchen für seinen Nachttisch, denn das hatte ich nicht abschaffen können: ein Zimmer mit großem Bett und den Tischchen rechts und links, in diesem Punkt blieb er Sieger. Ich konnte stundenlang über den Markt streifen, froh, nicht mehr verhetzt zu sein wie in jenen Jahren, als ich meinen Posten an der Rezeption so schnell wie möglich wieder einnehmen mußte. Damals konnte ich gerade zum Friseur gehen und einmal quer über den Markt. Oder zu *Mimi la Sardine* nebenan, die auch teurer geworden ist, seitdem der alte Hotelkasten an der Ecke von der *Mercure*-Kette übernommen worden ist. Winzige Fenster, winzige Balkone, die ganze Fassade ist umgebaut zu einem Bunker, aber es ist das teuerste Hotel am Ort. *Mimi la Sardine* hat diese leichten Samtjacken mit großen Taschen und Knöpfen, nach denen alle verrückt sind. Man kann sie in die Waschmaschine stecken, und zu den Jacken gibt's Hosen und Röcke und Stirnbänder mit Knoten. Auch bei leichtem Regen war es schön auf dem Markt, man trat zwar in viele Pfützen, aber mit Gummistiefeln und einem kleinen Weißen vor dem Mittagessen ließ es sich aushalten. Sonntags las Albert keine Zeitung aus dem Westen, sondern das *Journal de Dimanche*, und manchmal las er mir vor, was die Prominenz in Paris schrieb. Einmal hatte ich mir dunkelrote Haarnadeln aus gelacktem Kunststoff gekauft, passend zu meinem Brillengestell. Ich zeigte ihm das Kästchen, es war windiges Wetter, und wir saßen in Regenjacken mit Kapuzen auf der neuen Terrasse des *Café du Port*. Terrasse hieß nichts anderes, als daß sie ein paar Gitter und Kübel mit Tuja aufgestellt und den Platz abgegrenzt hatten gegen den Parkplatz, früher hatten sie Tische und Stühle einfach auf das Pflaster gestellt. Wenn wir die Yorkshire mitnahmen, gab es nur Gezeter und Gekeife, und man konnte sein eigenes Wort nicht verstehen. Wir ließen sie schließlich meistens zu Hause oder im Auto, aber dann mußten wir wie früher schnell zurückkehren.

Zu Hause tröstete ich mich mit den Dingen, die auf dem Küchentisch ausgebreitet waren und ihre Gerüche verströmten, Pimpinelle oder Minze, Muskat oder Koriander. So schnell war der Morgen wieder vorüber, und Albert sah sich im Fernsehen ein idiotisches Mittagsmagazin für junge Leute an, vermutlich weil Karl Zéro unten in Trouville ein Ferienhäuschen gekauft hatte. Wenn er sich weniger für eingelegte Heringe und ausgestopfte Puter begeisterte, so interessierte er sich für Berühmtheiten aus Zeitung und Fernsehen, er war es, der sie, wenn einer von ihnen im Hotel abstieg, um ein Autogramm bat. Die Küste wimmelt im Herbst während des Festivals in Deauville nicht nur von amerikanischen Filmstars. Bescheidene Ansprüche finden das ganze Jahr über Nachschub: französische Fernsehmoderatoren. Schließlich – jahrzehntelang Hotelbesitzer in Trouville, und man hat *les amis.* Trotz Arbeit, trotz Mangel an Zeit. Jetzt trafen wir uns manchmal Mittwoch oder Sonntag mit solchen Freunden nach dem Markt im Café oder fuhren zum Essen in ein Restaurant an der Küste. Und Albert hatte die *copains* im *4 Voiles* oder *Central,* sie spielten manchmal eine Partie oder würfelten um ein Rosenbeet oder eine Kiste Champagner. Sie verbargen wie alle schlechte Geschäfte oder Sorgen in der Familie voreinander, und wer sich zur Ruhe setzte, hatte seine Geschäfte offiziell glänzend geregelt. Am Ende kamen die Wahrheiten doch heraus, die Steuernachzahlungen und die Verluste beim Verkauf eines alten Autos oder die Kosten für eine neue Behandlung. Und am Ende war Alberts Arm kaum zu gebrauchen. Aber war da, er steckte in Hemdsärmeln und Jackenärmeln und Mantelärmeln. Und er konnte die Gabel halten.

Und am Ende hatten wir ein großes Essen, Sonntag mittag, die ersten Gäste nach dem Umzug, und an diesem Tag fingen die Schmerzen wieder an, und ich meldete ihn gleich am nächsten Tag in der Klinik in Lisieux an für neue Untersuchungen. Das Wetter war schön an jenem Sonntag, wir hatten Monate gewartet, um Leute einzuladen, und trotz General und trotz keifender Hunde waren wir jetzt soweit. Viele Blumen kamen und sogar Salz und Brot, und wir hatten eine lange Tafel und Sonne vom Meer auf dem Silber und dem Geschirr. Noch einmal die Sôle normande, das war Albert und seine Hotelküche, und Bintaden mit Reineclauden, das war ich und mein neues leichteres Leben. Der Wein floß, und der Mittag zog sich hin bis in den frühen Abend, und alle ereiferten sich über die neue Währung und sagten, es sei höchste Zeit, daß der EURO komme, und sprachen es aus wie *héro*. Aber die letzten Helden waren unsere Väter gewesen, und alle behaupteten, wir hätten, selbst in der Provinz, Chauvinismus und Patriotismus abgelegt und unterhielten selbst zu den Deutschen und Engländern aufgeklärte Beziehungen. Henri Pichaud, der Dekorateur, hatte gerade erzählt, seine kleine Tochter, dreizehn Jahre, äußere zur Zeit seltsame Ansichten. Sie wolle ein französisches Frankreich, und wenn sie in Paris zu Besuch sei, sehe sie nur schwarze Gesichter. Madame Heupine, die Lehrerin, versprach dem besorgten Vater ein Buch, *Le racisme expliqué à ma fille,* geschrieben von einem Pariser Schriftsteller, einem Marokkaner, glaube ich, und dann rückte er damit heraus, daß er als junger Mann Fallschirmjäger war im Algerienkrieg – junges Kriegshandwerk und Schweigen, aber das war vorbei, und was nicht vorbei war, glaubte er, war Verständigung mit den Nachbarn Frankreichs. Albert hatte ein gerötetes Gesicht, er saß am Kopfende des Tisches, ob es der Sonnenstreifen war oder der Wein oder ein heimlich geschlucktes Schmerzmittel. Als alle gingen, sagten sie, es gehöre Mut dazu, sich von all den Dingen zu trennen, die man ein Leben lang mit sich herumschleppe, im Grunde schleppten sie alle Ballast mit sich herum, und ich sagte, Plunder und Kram.

Albert verschwand für Wochen ins Krankenhaus, sie behielten ihn gleich da und hängten ihn an Infusionen, und der Arzt sagte mir, höchstens noch drei, vier Monate. Ich brachte ihm Obst, Zeitungen und ein kleines Schachspiel und begrub den blinden, alten Hund, der eine Niereninfektion hatte. Der kleine war ohne das Gebell des Älteren ganz verängstigt und saß stundenlang unter dem Tisch und wartete mit gespitzten Ohren auf etwas, das nicht kam. Die Kinder gingen abwechselnd nach der Arbeit ins Krankenhaus, es war keine Wut mehr da und kein Schlagen, nur Schmerzmittel und kaum Schlaf. Weihnachten entließen sie ihn plötzlich und brachten ihn nach Hause, und wenn ich mich einen Moment hätte täuschen lassen und geglaubt hatte, es ginge ihm besser und wir könnten Weihnachten feiern, sah ich schnell, daß ich die Aufgabe kaum bewältigen konnte. Er trug jetzt ein eisernes Korsett und hätte ein spezielles Bett gebraucht mit verstellbaren Matratzenteilen, um sich halten und schlafen zu können. Ein entsprechendes Bett käme frühestens im Januar, so schlief er im Sitzen im Sessel, drei Tage, gehalten von seinem Korsett und von Morphium. Das große Bett mit den Tischchen rechts und links war umsonst. Er sagte nichts mehr, ein verbissenes, wütendes und verquältes Schweigen, und ich hörte mir selbst zu wie einer tatkräftigen Marktfrau, wenn ich ihm laut zuredete oder den Kindern am Telephon die unzumutbare Lage schilderte, die das Krankenhaus mir aufgebürdet hatte. Drei Tage, dann starb er, ich hatte gerade den Hund ausgeführt, starb in seinem Sessel, und alles ging blitzschnell unter in warmem Weihnachtswetter, in weicher Luft und sanftem Regen, im Wind auf den Höhen des Friedhofs und meinen Tränen und schwarzem Schleier.

Eine Weile kamen die Kinder mich täglich besuchen, ich schrieb Antworten auf die Kondolenzbriefe und ließ das verwaiste Hündchen nachts ins Bett. Das Wetter war zu schlecht zum Reisen, so blieb ich und verschob meine Witwenreise auf bessere Tage im Frühjahr. Ich fing an, die Rückseite unserer gemeinsamen Visitenkarte als Einkaufszettel zu benutzen und bestellte mir neue in der Papeterie, in englischer Schrift, das jedenfalls behielt ich bei, die elegante Schrift und Buchstaben in Relief und das Profil der Hotelbesitzerin für die *copains* an der Küste: Claire Beaumarc. Und im Herbst zog ich um, wie wir es geplant hatten, ein paar Straßen weiter in die *Résidence du Calme*. Sie liegt etwas tiefer in den Hügeln, nicht an der Straße nach Honfleur. Salon und Chambre und die Kammer für die Kleider, die Küche ist größer und die Terrasse geht auf die Wiesen, die sich den Hügel hinabziehen, die Wiesen in einem verwunschenen Gartengrundstück mit alten Obstbäumen, und ich hoffe, der Besitzer wird es noch eine Weile halten und nicht als Bauland verkaufen. In gerader Linie sieht man das Meer und die Küsten von Le Havre und Deauville, und ich verbringe viele Herbstabende auf der Terrasse, stillsitzend und ohne Beschäftigung. Ich denke nichts. Ich sehe das Meer, in diesen Tagen ist gegen Abend Ebbe, das Meer ist sanft und weit, die Tage sind schön und das Wasser eine einzige ruhige Fläche aus blassem Blau. Sieht mich einer so sitzen, mag er wohl denken, der Anblick des Meeres sei Balsam für meine Trauer. Aber ich denke nicht. Ich fühle nichts, nichts Genaues. Ich genieße den Anblick nicht, weder als Schauspiel der Natur noch als ein Heilmittel gegen den Tod. Man könnte sagen, ich liebte das Meer, aber wenn ich es liebe, so habe ich wenig Zeit mit ihm verbracht. Die Leute, die hier leben, sind den Anblick gewohnt, und sie arbeiten Tag für Tag, wie anderswo auch. Ich gehe nicht einmal im Meer schwimmen, ich gehe in die Bäder, da ist das Wasser gewärmt. Der Mythos vom Meerblick ist nur ein Werbeklischee, das aus der Lage Kapital schlägt. In Wirklichkeit benutzen die Leute hier ihre Terrassen fast nie, als fürchteten sie, wenn alle auf ihren Balkonen säßen, sei es vorbei mit der exklusiven Ruhe. Radiogeplärr und Babygeschrei und laute Gespräche und Intimitäten, die über die Brüstungen hinweg zu hören sind. Die Fassade mit den weißgestrichenen Balkonen ist eine Kulisse. Vielleicht daß der eine oder andere mit einem Gast den Apéritif im Stehen dort draußen nimmt. Und sagt: *Vue sur la mer.* Ich bleibe bis nachts dort sitzen, die Leuchttürme gehen an, und wenn die Flut steigt, fahren die Fischerboote aus, sie durchqueren die Rinne mit erstaunlicher Geschwindigkeit, und das laute Tuckern ihrer Motoren erfüllt die Luft. Vielleicht ist es eine Beschäftigung, das Meer zu betrachten, vielleicht ist es eine Art, ohne Leute auszukommen. Obwohl ich ein geselliger Mensch bin und weiter in das Institut zu den Stunden in Deutsch und Italienisch fahre. Aber wer mich so sitzen sieht, wird sagen, es sei ein Ersatz, das Meer, für die Abende zu zweit. Die Leute sind schnell fertig mit ihren Meinungen. Ein Auto ist Ersatz für Freiheit, ein Hund Ersatz für ein Kind und die Natur Ersatz für einen Toten. Aber das Meer ist kein Ersatz und keine Beschäftigung für mich. Kein Trost und kein Genuß. Es ist da, und ich verbringe die Abende allein bei seinem Anblick. Ich fühle mich nicht einmal einsam oder – nicht besonders einsam, einzigartig, hervorragend, ausgezeichnet. Wenn ich das Auto bei meiner Rückkehr geparkt habe und, noch ganz aufgekratzt vom Italienisch-Unterricht, auf das Haus zugehe, fällt mir die Stille auf, Lautlosigkeit, eine elegante Fassade im englischen, nachpalladianischen Stil, roter Backstein, weißer Giebel, Säulen und Treppen. Kein schlechter Geschmack stört mit Blumentöpfen die Ruhe der nachmit-

tags schattigen, fast dunklen Frontseite. Schatten und Lautlosigkeit. Kein Mensch in der Halle. Dann fiel mir auf jenem
Gang vor ein paar Monaten – oder Wochen – die erste
Haarnadel aus dem Knoten, zwischen Auto und Säulen-
treppe. Eine Weile nahm ich sie gedankenlos auf und dachte,
es läge am Plastik. Ich kaufte wieder die alten Haarnadeln
aus Metall, ich trage meine Haare dunkel, und das Schwarz
des Metalls fällt kaum auf. Dann dachte ich, mein Haar sei
zu dünn geworden, durch den Kummer fielen mir Haare
und Nadeln in Büscheln aus. Aber ich gab den Gedanken
auf, sie abschneiden zu lassen. Es ist nichts mehr übrig an
Erinnerungsstücken, und auch der Knoten gehört nicht
mehr dazu. Und da – fallen zwei Nadeln zu Boden. Ich stehe
am Fenster, Windstille, nichts rührt sich. Sie fallen zu Boden
und bleiben liegen.

Die Einfahrt von Bagatelle

Warum sie es Bagatelle genannt haben? Weil sie, obwohl sie zum auserwählten Volk gehörten, wie alle Franzosen, Deutschen, Italiener und Engländer ihre abgesetzten und untergehenden Aristokratien nachahmten. Im 19. Jahrhundert aufgestiegene Familien wie die Grunblatt – aus dem Nichts gekommen und mit einer nicht vorzeigbaren Mischpoke im Osten behangen, die ihnen ständig irgendeinen Neffen oder Stiefsohn zur Ausbildung und eine Nichte zur Verehelichung schickten – nannten sich fortan *les Grunblatt*. Und da les Grunblatt sich verpflichtet fühlten, mindestens wie die Rothschilds am Anfang ein Stadthaus und zwei Landhäuser zu brauchen, legten sie sich dieses Haus hier zu. Deauville gab es noch kaum, und Trouville war in Mode. Sie bauten sich dieses Haus in den Hügeln, das zu neu für ein Manoir, zu klein für eine Gentilhommière und zu groß für eine Villa war, und nannten es Bagatelle. Deine Urgroßmutter muß es gekauft haben, dieses kleine Nichts, wie sie sagte, dein Urgroßvater steckte eine Menge seiner Tantiemen hinein, und natürlich waren sie neureich, aber sie wußten es und hatten soviel Geschmack, diese kleine Geldausgabe nicht an die große Glocke zu hängen. Eine kleine Bagatelle, ein kleines Kästchen, bequem, praktisch und einfach, in dem man sich für den Sommer niederließ und an Regentagen Chopin und mit Gästen Juden und Zigeuner spielte.

Miriam hatte wie immer zuviel geredet, sie hatte ihm, redselig wie alle Juden, wie sie sagte, diese Anekdote zum Abschied serviert, wie Sahnekännchen und Zuckerdosen zum letzten Kaffee. Beide waren blaues Steingut, aus Toucques, und Alexandre, der in Paris Design studierte, sagte, Blau paßt nicht hierher. Er hatte überhaupt an vielem etwas auszusetzen, und da man ihn, in einer Zeit, in der die Straßen von Boutiquen mit schönen Dingen überquollen, nicht mehr einen verdammten Ästhetizisten nennen konnte, behauptete sein Vater, er habe schwule Ansichten. Miriam war die zweite Frau und nur zehn Jahre älter als Alexandre, und natürlich nahm sie ihn in Schutz und strich die Rolle der Stiefmutter ein wenig zu sehr heraus. Wo sie auch hinkamen, stellte sie ihn als ihren Stiefsohn vor, bis sie auf die Idee kam, es könne ihm peinlich sein, in Begleitung einer Stiefmutter ins Café zu gehen oder Leute zu besuchen. Da setzte sie sich vor ihren Spiegel und betrachtete ihren Hals und ihre kleinen Perlen, denn heimlich war sie wieder, wie viele ihrer Generation, der Meinung, ab dreißig sei man nicht mehr jung, obwohl die öffentliche Kultur gerade die Jugend der Frau von fünfzig propagierte. Die Zeitschriften brachten wöchentlich Interviews mit Ministerinnen und Schauspielerinnen, die neue Liebesaffairen hatten, Miriam war fünfunddreißig, und Affairen hatte sie nicht.

Alexandre nahm sich ein Blättchen und Tabak aus ihrem Beutel und drehte sich eine Zigarette, das war hundertmal wiederholt und doch neu, ein kleines Ritual und keine Friedenspfeife. Vielleicht flatterten Miriams Wimpern, ob es das war, das Rollen des Tabaks oder die Haarsträhne, die ihm so schwarz ins Gesicht fiel – man weiß, Frauen sind anfällig für solche Sentimentalitäten, und Victor, der in der Stadt war, um Zeitungen zu kaufen, dachte noch immer, Alexandre demonstriere den Waffenstillstand, wenn er sich ab und zu bei Miriam bediente.

Am ersten Abend nach Alexandres Ankunft hatte es Krach gegeben. Miriam saß in ihrem langen weißen Bademantel in ihrem Korbsessel auf der Terrasse, die Beine angezogen, und betrachtete halbschläfrig ein paar Nachtfalter, die um das Windlicht flatterten. Im Dunkeln war kaum etwas von ihr zu sehen außer dem weißen Stoff und ihren nackten Füßen. Das Licht einer Tischlampe, die sie im Salon angelassen hatte, fiel genau auf ein dünnes goldenes Fußkettchen. Sie setzte sich auf und griff nach dem Päckchen mit Tabak, dieser billigen zerdrückten Plastikhülle, die sie überall mit sich herumtrug. Und da war es, daß dieser Satz fiel, und nicht wie eine Sternschnuppe in die Nacht. Du bist nichts anderes als eine dieser reichen Frauen, die ihre Sonnenbrillen von Dior und ihre Fußkettchen von Chanel mit ihren Zinsen und Einkünften aus Mieten und Bankkonten bezahlen können und sich linke Ideen anstecken wie Nadeln und sich bei den Jüngeren anbiedern mit diesen Attitüden von selbstgedrehten Zigaretten und billigem Tabak. Miriam sprang auf, warf ihr Glas im Vorbeilaufen um und war verschwunden. Victor ging ihr nach und kam nach einer Weile wieder heraus. Eine dieser reichen Frauen, wiederholte er, ich glaube, sie raucht dieses Kraut nur, weil sie damit angefangen hat, als sie Graphik studiert hat, an derselben Akademie wie du. Und ich glaube, sie glaubt, du nimmst sie nicht ernst, eine dieser reichen Frauen, die auch zeichnet und ihre Graphiken in den Luxusgaragen ihrer Freunde ausstellt, weil Garagen wie selbstgedrehte Zigaretten sind und keine schicken Vernissagen. Alexandre schwieg, dann sagte er, ihre Sachen sind zu dekorativ, dekorativer Topor, wenn du mich fragst. Maelstrom, Sog, unheimliche Abgründe, schon Topor selbst entschärfte mit seinem schrecklichen Humor seine Visionen des Grauens. Hier ein netter Nachtmahr, dort eine kleine Maus – deine Miriam riskiert, daß das Ganze zu putzig wird.

Du weißt viel über unsere Familie und diesen alten Kasten, sagte Alexandre. Miriam nickte resigniert. Es war gegen elf, sie waren spät aufgestanden, wie immer, und der Garten lag noch voll im Schatten. Aber schon warf die Sonne brennende Streifen auf den Rasen, und in einer fernen Ecke tickte leise der Rasensprenger und streute seine feinen Wasserbögen über die blühenden Jasminbüsche. Anders als gewisse junge Genies bin ich von Kind an daran gewöhnt, wohl oder übel die Geschichten von anderen zu hören. Und ich kann sie nicht einmal für meine Zeichnungen gebrauchen. Meine verpuppten Frauen und phantastischen Tiere haben mit Alltagspsychologie wenig zu tun – eine boshafte Freundin, die mit mir studiert hat, hat einmal gesagt, ich flüchte in phantastische Welten, weil meine Mutter hinter meinem Rücken in meinen Zeichenheften spioniert hat. Vermutlich würde sie auch sagen, Bellmer oder Max Ernst hätten sich vor wirklichen Frauen gefürchtet.

Aber sie hatten längst Waffenstillstand geschlossen. Alexandre hatte beschlossen, ihre phantastischen Tiere, ihre Wirbel, ihre Windhosen als weitläufige Verwandte des Surrealismus zu betrachten und über ihre Eigenständigkeit nicht länger nachzudenken. Am Tag nach dem Krach mußte Victor nach Paris, in Geschäften, die Grunblatts hatten im 19. Jahrhundert eine der ersten kleinen Supermarktketten gegründet, ähnlich wie Felix Potin, wo man vom Putzmittel bis zur frischen Birne alles kaufen konnte für Tafel und Haushalt, und hatten bis heute den größten Teil der Aktien. Miriam wollte sich verziehen und in Caen Einkäufe erledigen und eine Ausstellung besichtigen, ein Vorwand, denn sie liebte nichts so sehr wie faule Tage im Liegestuhl und das Nachdenken, ob sie den Jasminsträuchern Schneebälle, Knallerbsen oder ein paar Rosen zugesellen solle. Bis heute war sie in Bagatelle nur ein Gast, in den drei Jahren ihrer

Ehe hatten die Sommermonate nie dazu gereicht, Haus und Garten nach ihrem Geschmack zu ändern. Das Haus war ein langgestrecktes, rechteckiges Gebäude aus rotem Backstein mit vielen großen Fenstern, die im Erdgeschoß bis zur Erde reichten. Das ganze Haus wirkte einfach, klassisch, groß und ziemlich schwer – an Regentagen sogar dunkel, da Fensterrahmen und Tür braun gestrichen waren und die alten Bäume im weitläufigen Garten große Schatten warfen. Miriam wollte die Rahmen weiß streichen lassen, die Zimmer elfenbeinfarben und den Plunder entrümpeln. Im Garten wollte sie einen Springbrunnen und für die Terrasse eine Markise. Auf den beiden Torpfosten standen zwei schwarze Amphoren, auch die wollte sie entfernen, da sie römischen oder griechischen Landhausstil für Trouville nicht passend fand. Als sie ihren Renault aus der Garage geholt hatte und das Tor öffnete, bog Alexandre, der früh im Meer gebadet hatte, gerade in die Einfahrt ein. Er fragte, ob er mitfahren könne, und sie überließen das schattige Haus Madame Hibert und ihren Bügeleisen und Staubsaugern.

Sie fuhren nicht nach Caen, sie fuhren bis Cabourg die Küste entlang, betrachteten leicht angeekelt die überfüllten Strände, tranken in der Halle des Grandhotel ein kaltes Glas Weißwein und schlichen sich dann über stille Landstraßen durch die sommerlich verlassene Landschaft. Alexandre machte sich nichts aus Natur, aus Stille, Gerüchen der Hecken und Schatten unter alten Erlen, aber er war freundlich und vergaß seine angespannten Überlegungen zu einer graphischen Autobiographie nach Art Spiegelman, Vater, Mutter, Kind, die Verwandten sind vergast, die Deutschen Rottweiler und die französischen Kollaborateure Dobermänner, die französische Résistance scharfe Jagdhunde. Die in Lagern zusammengepferchten Juden mit ihren scharfen Nasen sind Windhunde, auch die rundlichen Großmütter

mit Elfenbeinhänden und dunklen Augen, die aussehen, als
hätten sie griechische Amphoren und Konzertflügel mit ins
Lager gebracht. Die Älteren in der Familie hatten ihm vor-
geworfen, daß er das Thema ausbeute, es war ihr Thema,
Großeltern und Tanten deportiert und Victor der einzige
Überlebende der Hauptlinie. Aber Victor redete nie darüber,
er war vierzig geboren und ein Kind, das um ein Haar ent-
eignet geblieben wäre, während Alexandre fünfundsiebzig
geboren war, 1975, und seine Mutter war umgekommen bei
einem Autounfall auf einer kleinen Landstraße vor Honfleur. Miriam saß am Steuer, das Verdeck war zurückge-
schoben, die Fenster offen, sie trug ihre Sonnenbrille von
Dior oder Lancôme, und der schwere gelockte Knoten aus
schwarzem Haar gab ihr das Aussehen einer in der Sonne
noch bleicheren Odaliske. Aber sie war die einzige in der
Familie, die das verstand, Windhunde und Lageraufseher
und Gendarmen und Landstraßen, auf denen Leute mit langen Nasen abtransportiert wurden in offenen Lastwagen.
Sie kamen durch ein Dorf, klingelten die Bäckerin heraus
und kauften Brot, Butter, harte Eier, kleine Kuchen und
Wasser. Aber Zigaretten hatten sie vergessen, und Alexandre
rauchte an jenem Mittag alle ihren Blättchen mit gerolltem
Tabak. Sie hatten ein Picknick, in einem schattigen Tal,
einem Hain, in dem Elstern und Krähen von Wipfel zu Wipfel flogen und ein später Kuckuck rief, bevor gegen drei unter den brütenden Kronen die Stille ausbrach. Alexandre
schlief, auf dem Bauch liegend, das Gesicht zwischen den
Ellbogen, und vielleicht fiel eine Haarsträhne so über Stirn
oder Arm, daß Miriam sich verlieben mußte. Sie kaute auf
einem Strohhalm und bewachte den Schlaf der Haarsträhne,
und bei jedem Atemzug des Schlafenden zitterten ihre kleinen Herzkammern. Sie saß da, leicht nach hinten geneigt,
auf die Ellbogen gestützt, dann blickte sie auf in das ste-

hende, gleißende, gefilterte Licht zwischen den Blättern, und ihr wurde schwindelig, Schwindel der Stille, der stehenden Hitze, der unruhigen Herzkammern. Schließlich schlief auch sie ein, Wächter der Haarsträhne, und als sie aufwachte, kitzelte sie ein Halm an der Nase, es war Alexandre, sie wurde verlegen, sprang auf und sagte Kindskopf. Er sah sie erstaunt an, da tat es ihr leid, die Stimmung war kaputt, etwas Albernes, spätes Kind und junge Mutter, war hineingekommen, und sie fuhren mit vielen gedrehten Zigaretten und auf gewundenen winzigen Landstraßen zurück.

Aber das Herzklopfen blieb, wenn er sich Tabak aus ihrer Plastiktüte suchte, wenn sie im Toreingang stand und sah, wie er, das Badetuch über der Schulter, auf der Landstraße nach Hause kam. Als sie sah, daß ihr Fußkettchen, das sie im Bad vergessen hatte und das verschwunden war, in der Brusttasche seines Polohemdes steckte. Sie blieb fast nur noch zu Hause, blieb meist im Liegestuhl und dachte nach über Knallerbsen oder Schneebälle. Und fühlte sich vielleicht wie die Spinne im Netz, und dann kamen sie schon, Vater und Sohn in weißen langen Hosen, vom Tennisspielen oder von einer kleinen Tour auf dem Meer, keiner konnte wirklich segeln, sie segelten mit einem von Victors Freunden, der ein recht großes Schiff im Hafen von Deauville liegen hatte. Und Miriam war zu faul, zum Segeln, zum Tennisspielen, im Grunde sogar zum Schwimmen, und wenn sie kamen, wartete sie mit einer Melone und kaltem Schinken oder einer ihrer köstlichen kalten Gratins. Die Abende verbrachten sie auf der Terrasse, mit Windlicht und Motten und ohne Fußkettchen, und Victor war froh, daß sie nicht stritten. Die Nächte waren hell, die Nächte waren lang, und bevor Miriam eine Weile nach zwölf ins Bett ging, immer als erste, machte sie noch eine Runde durch den Park, in dem sie zu Gast war, und manchmal fand Alexandre eine Jasminblüte vor seiner Tür, wenn er schlafen ging. Victor und Alexandre waren müde, aber die kleinen sportlichen Anstrengungen genügten, und sie verdarben die Abende und Morgende nicht durch weitere Fitness-Programme, und Miriam lag bei offenem Fenster im Bett und hörte die leisen Stimmen unten noch lange.

Am Wochenende kam eine Freundin zu Besuch, eine Freundin Alexandres, mit Tennisschlägern und weißem Haarband und einer jüngeren Schwester. Sie wurden unterm Dach einquartiert, verschwanden ans Meer und auf den Tennisplatz und fielen am späten Nachmittag wieder ein, mußten baden, sich umziehen, kalte Drinks haben und laute Gespräche auf der Terrasse führen, deren gelangweilter Pessimismus ihrer Sonnenbräune und ihren weißen Tennisschuhen widersprach. Sie waren ganz in Schwarz gekleidet, wie das seit Jahren für Studentinnen von Kunst, Design, Photographie Mode oder Vorschrift war. Victor verglich ihre mageren Gestalten in den schwarzen Uniformen mit Vestalinnen eines Kults aggressiver Langeweile, und er sagte zu Miriam, als er Eiswürfel und Gläser in der Küche holte, ich glaube, Alexandre ist immun gegen die schwarzen Priesterinnen. Oder meinst du, er hat doch etwas mit einer von beiden, oder sogar mit beiden? Miriam seufzte und sagte, ja, ich glaube, mit beiden. Die Nächte in den Cafés an der Bastille sind eine andere Kulisse, da gibt es Kinos mit Underground-Filmen und Läden mit schwarzem Comic. Keine Knallerbsen, keine eleganten Zeichnungen mit phantastischen Schlössern der Normandie und von Möwenschwärmen wie Fledermäusen umflatterten Masten umdüsterter Fischerboote? fragte Victor und zog Miriam eine Strähne aus ihrem schweren Knoten. Wieder kam der Abend, und sie hatten ein kleines Fest, Madame Hibert hatte den Tapeziertisch aus dem Keller als Tafel an der Seitenwand aufgebaut, es gab eiskalten, trockenen Cidre und Crémant, riesige Torten mit Forellen und Dill und Krabben und Brokkoli in Aspik und große, runde, weiße Papierlampions, weiß wie die Schneebälle in den Büschen. Die Hitze machte alle sofort betrunken, Anne und Carole, die Schwestern, verdrehten älteren Segelfreunden von Victor ein wenig die Köpfe, kleine blasse Sommergespenster, setzten sie sich auf die alte Schaukel, und die zwei oder drei blasierten jungen Söhne, die trotz der Hitze mit Seidentuch im Polohemd erschienen waren, hofierten Miriam und drängten ihr Drinks auf und brachten ihr Rap bei, nachdem die Terrasse freigeräumt war. Es wurde dunkel, und ein Band lief mit Charles Parker und Billie Holiday, und plötzlich hingen *strange fruits* in den Büschen, und Miriam suchte Alexandre, um ihm zu sagen, sie hätte ein Motiv für ihn, verfaulende Leichen, die in Pappelbäumen hängen, *strange fruits,* Duft von Verwesung, aber das kann man nicht zeichnen, nur Gelynchte mit gelben Judensternen. Aber sie fand ihn nicht, und dann wurden alle närrisch und wollten Versteck spielen, in den Büschen und hinter den Bäumen und bis zu dem Graben vor der Mauer, die das ganze Terrain umschloß. Wie gesagt, sie waren alle betrunken, aber nicht schlimmer als schon nach dem ersten Glas. Es gab viel Gekicher und lauter Esel, die aus ihren Verstecken krochen, bevor sie gefunden wurden. Nur eine hatte einen Esel gefunden, und da es dunkel war und keiner wußte, wer der andere war, fielen sie sich in die Arme, der Kuß dauerte eine Viertelstunde, und keiner entdeckte sie. Die Nacht dauerte bis zum Morgen, gegen halb fünf saßen noch alle in den Liegestühlen und redeten über Revolten in den Pariser Banlieue. Sicher würden sich ein paar grämliche Tanten aus der Nachbarschaft über den Lärm beschweren, die ersten Amseln sangen süß wie Nachtigallen, und die Vestalinnen kehrten zu ihrer müden Gelangweiltheit zurück.

Carole sagte zu Anne, Alexandre verschlingt Miriam mit den Augen.

Dann kam die letzte Woche, einmal wollten sie allein nach Caen fahren und einmal hinter die Klippen gehen, aber immer kam etwas oder jemand dazwischen. Alexandre war ungeduldig und hörte niemandem zu, und Miriam lief herum mit einem weißen Gesicht wie ein Schaf, das um Verzeihung bittet. Die Tage pendelten vor sich hin, ab und zu kam jemand abends zum Essen, Victor war ständig zu Haus, und die Telephone klingelten ohne Pause. Der letzte Abend kam, der letzte Morgen, und Miriam bot ihm keinen Tabak an und redete, obwohl sie allein waren, über les Grunblatt. Victor kam zurück, sagte »Auf bald« und verschwand im Haus, weil er eine Konferenz per Telephon hatte. Und Miriam holte das Auto, um Alexandre an den Zug zu bringen. Sie hielt vor dem Tor und stieg aus, um es zu öffnen, und da, zwischen zwei Pfosten mit griechischen Amphoren, kam Alexandre ihr nach, er hatte sein Gepäck aus dem Haus geholt. Sagte, ich fahre nicht nach Paris. Ich fahre nach Caen und nehme ein Zimmer im Hôtel St. Jean am Bahnhof. Und du – kommst heute nachmittag.

Unter einem Dach

Lächerlich, vor dem Tag mehr Angst zu haben als vor der Nacht. Früher wartete ich auf den ersten Lichtstreif unter der Tür und war erlöst von den Gespenstern der Schlaflosigkeit. Ich wußte, noch eine Stunde oder zwei, und Hélène käme mit meiner Morgenbouillon und der Zeitung auf dem Tablett herein, und ich könnte sie ein wenig tyrannisieren. Diese armen Wesen, die ein Leben aus zweiter Hand führen, abhängig von einem Lächeln oder der schlechten Laune ihres Herrn, und sich ein wenig rächen, indem sie ihm wöchentlich 50- oder 100-Franc-Scheine aus der Jackentasche stehlen. Am besten konnte ich sie quälen, wenn ich behauptete, mich hätten Tannennadeln oder Krümel in meinem Bett gestochen. Ich spielte den Bedauernswerten, der dazu verdammt ist, die Nächte auf dem Rücken zu verbringen, eine alte Sklerose und Bewegungslosigkeit und ein stets wunder Rücken. Und dann Tannennadeln, Krümel. Wenn meine Klagen nichts nützten und Hélène ungerührt zum Fenster ging und die Vorhänge aufzog, fing ich an zu krakeelen. Niemand, der die Betten ordentlich lüftet, ich werde euch alle entlassen und das Haus schließen, mich in ein Altersheim einkaufen, in Rouen. Schluß mit der Ruhe auf dem Land, dem unverbrauchten Reichtum und der Langeweile. Und den Weiberröcken. Ich betrachtete ihren kleinen Bauch und ihren gewölbten Hintern, wenn sie in einem der Kostüme, die sie seit zwanzig Jahren trägt, durchs Zimmer ging, mit Fläschchen und Pillen hantierte und meine Kissen aufschüttelte. Dort gibt es keine Gesellschaft von Weibern, in Rouen, ich gehe in den Club, schrie ich, dort wird über Politik geredet und nicht über Krümel! Daß ich das Haus schließen könne, war meine letzte Drohung. Kamen meine bleichen, dürren Beine unter der Bettdecke hervor und die Peinlichkeiten der Wäsche und Reinigung an die Reihe, verlegte ich mich aufs Quengeln. Kein Toilettenwasser, kein Strich mit der Haarbürste waren mir recht, und immer noch schwebte die Drohung, ich könnte allen das Dach über dem Kopf nehmen, über Hélènes Morgen. Hélène ist meine Schwägerin, sie zehrt von einer kleinen Witwenrente, die ihr mein lebensuntüchtiger Bruder hinterlassen hat, und ich habe ihr mein Haus angeboten, weil auch ich unbelehrbar bin und dieselben alten Fehler wiederhole. Meine junge Frau ist mir nach zwei Jahren davongelaufen – über Nacht, eine Emma Bovary, die sich in unserer kleinen Stadt an der Toucques, in der es drei Kirchen und eine Reihe Antiquitätenläden für die Feriengäste von Deauville gibt, so gegrämt haben muß über ihr verlorenes Leben, daß sie mich buchstäblich nur mit dem Hemd auf dem Leib verlassen hat. Eine Zeitlang hat sie sich an dem Haus erfreut, das ihr wohl Grund genug war, mich zu heiraten. Aber mit der Zeit haben sie der Blick auf den Fluß, der Garten mit der alten Ulme, der Bootssteg und das Boot, die großen Fenster, das Spazierengehen durch alle Zimmer mit den feinen Möbeln und dem alten Silber nicht mehr trösten können. Ich habe sie in Paris kennengelernt, sie war Studentin und Platzanweiserin im Kino *Pagode,* und ihr spanisches Profil mit dem streng zurückgekämmten schwarzen Haar hatten es mir angetan. Sie war ein *enfant terrible,* ihrer Familie ein wenig lange abtrünnig gewesen, der Vater war Ministerialbeamter, und ihre jungen Freunde Photographen und Filmregisseure, die mit Kameras experimentierten und sie halbnackt über nächtlich leere Boulevards um die Bastille patrouillieren ließen, mit einem Rudel von Clochards und von Hunden, denen sie eine Mahlzeit bezahlten. Ich gebe zu, während der langen Landregen, die aus dem Haus nur für ein poetisches Gemüt eine Enklave der Ruhe, des Regenrauschens und der Kontemplation machen, mag man verrückt werden. Monotonie der knarrenden Bohlen, der tickenden Uhren, der Regentropfen an den Fenstern. Diese armen Wesen, denen ihre Zimmer zu Gefängnissen werden und die uns in grauenhaften Szenen die Weingläser an den Kopf werfen und behaupten, wir wären zu alt und nur mit unseren Geschäften beschäftigt, wir wären impotent und Sadisten, die sich in ihre Ohrensessel zurückzögen und ihre Frauen wie junge Hauskatzen hielten. Ich gebe zu, die Gesellschaft von Toucques und der Umgebung hat mich nie interessiert – die langen Diners mit *eau-de-vie* am Ende und Gesprächen über Jagd und Geschäfte in der Mitte und Champagner und Blumensträußen am Anfang. Ich habe ein paar Geschäftsfreunde in Trouville und ein paar in Cabourg, ich kenne ein paar Anwälte in Caen und alle Bürgermeister der Umgebung. Ich besitze eine Anzahl Häuser in Lisieux und Rouen, und in Perioden, in denen mich der Übermut packte, handelte ich auch in Spitzen oder Knöpfen oder investierte in eine Kette von Geschäften, die sich quer durch ganz Frankreich auf den Verkauf von Rosenbuketts verlegte. Das alte Anwesen an der Toucques genügte mir, und oft, wenn ich aus Caen oder Deauville zurückkam, betrachtete ich zufrieden vom anderen Ufer aus die ruhige graue Fassade und die klassizistischen Fenster, die sich im Wasser spiegelten. Es gibt weder Prunk noch überflüssigen Hausrat – das Haus ist einfach und praktisch, mit einer großen Halle, einem kleinen Salon und einem weiten Speisesaal, in dem auch das Klavier

95

meiner Mutter steht. Ich habe erst geheiratet, als meine Eltern tot waren, vielleicht war das Haus nun zu leer oder ich wirklich bereits zu alt. Ich sagte oft ruhig, daß die Abgründe solcher Naturen nie zu heilen wären, nicht mit Klavierspiel, nicht mit Pferden und nicht mit einem Kind. Solche Naturen – mit solchen Formulierungen erklärte ich ihr meine junge Frau, sie selbst. Und erntete doch nur ein Weinglas oder Schweigen. Kein Grund, warum wir kein Kind hatten. Ich schenkte ihr ein Auto, aber sie ließ es stehen. Ich schenkte ihr ein Haus, aber sie ließ es von unserer Sekretärin verwalten, und die Einnahmen häuften sich auf ihrem Konto. Seit dreißig Jahren wohne ich nun mit Hélène, der das Haus nicht gefällt, die aber blieb und zufrieden ist. Und nun habe ich mehr Angst vor dem Tag als vor der Nacht. Man gibt mir ein Beruhigungsmittel zum Frühstück. Hélène ist auf unbestimmte Zeit verreist und hat diesen »Neffen« engagiert, um mich zu unterhalten. Was sind die Nachtgespenster der Schlaflosigkeit gegen die Ängste eines erzwungenen Schlafes?

Ob er endlich pennt, der Alte da oben, der den ganzen Tag mit einer Decke über den Knien im Rollstuhl am Fenster sitzt und auf den Fluß starrt? Besser, er wäre taub und stumm und würde die Decke anstarren. Immer wieder besteht er darauf, heruntergefahren zu werden. Möchte wissen, was er hier unten will. Hier ist nichts. Hier unten ist nichts. Nichts, nichts. Die ausverkaufte Leere. Wir haben die Gartenstühle und den Gartentisch in den Saal gestellt, und in der Ecke steht ein Radio, ein tragbares, mit eingebauten Stereoboxen. Nur den Lüster haben sie vergessen. Kurz vor meinem Abgang werde ich die Sache als Diebstahl melden. Ich sehe mich auf dem Polizeirevier, und mein Alibi wird perfekt sein. Verbrachte den Nachmittag bei meinem

Großonkel im ersten Stock, las ihm vor, spielte mit ihm Schach, bin nicht das verdächtige Dienstmädchen, das seinen *mec* die Möbel der Herrschaft abräumen läßt. Es bleibt noch der Tresor im Keller, den räumen wir aus, wenn alles vorbei ist. Ich sehe mich auf dem Polizeirevier, Großneffe des vermögenden Monsieur Norpeux, von der Familie abkommandiert, in den Ferien die Tante Hélène abzulösen, der die Krankenpflege dieses Familienältesten ein wenig... auf die Nerven geschlagen ist. Jurastudent in der Pariser Rue d'Assas, und es gibt keine Legenden wie über die unzuverlässigen Zöglinge besserer Familien, Legenden über Drogen oder politische Auffälligkeiten, Beteiligungen an Demonstrationen... Nein, nichts davon, und wie der Zufall einem zu Hilfe kommt. Zwei Tage nach meiner Ankunft brach das Dienstmädchen sich den Knöchel, ein leichter Schwindel auf der Stiege zur Vorratskammer – warum auch haben sie diese Küchenkammern mit Butterfässern und Konfitürengläsern und altem Käse, der in Regalen reift? Sie nennen es Tradition und Vorräteanlegen, als hätten sie Angst, daß die Preußen wieder hier einfielen, in die Normandie, wie 1870, und sie wären nicht vorbereitet. Belagerung, Aushungern, Austrocknenlassen, als ob nicht auch die so Einquartierten die Bilder zerschossen und die alten Burgunder getrunken hätten. Ich habe ihnen gesagt, ihr rührt die Vorräte nicht an, sonst kommen sie uns dahinter. Niemand darf etwas von euch erfahren, von der Bande, die sich hier einquartiert hat. Es wird wohl erlaubt sein, daß ich ab und zu einen Pariser Freund auf das Weekend bitte. Ich sehe mich auf dem Polizeirevier in Deauville und hörte mich diese Kette von Kalamitäten erzählen, der eingegipste Knöchel des Dienstmädchens, ich selbst übernehme Küche und Wäsche und werde am Ende eine Putzkolonne bestellen, damit die Tante in ein sauberes Haus kommt. Irgendeiner muß uns dahintergekommen sein, daß ich allein mit dem Alten und meistens oben ... ab und zu weg zum Einkaufen ... und dies ist das schönste Polizeirevier, das ich kenne, höre ich mich sagen, eine ein wenig unmännliche Bemerkung, dieses alte Backsteinhaus mit normannischem Giebel und Kletterrosen, die sich um die Fenster ranken. Kein Ort, um Überfälle und ausgeraubte Villen zu deklarieren. Nein, gehört habe ich nichts. Aber ich kenne Fälle, da haben die Einbrecher den Alten geknebelt und den Jungen ins Bad gesperrt. Neulich stand so ein Fall in der Zeitung. Aus Evreux. Aber ich sehe schon, es wird an mir hängenbleiben, mit etwas Pech. Sie waren doch an den Vorräten, sie haben Flaschen geöffnet, sie haben mit dem Transistor ein Picknick hier abgehalten und mit Speeren aus einem Wurfspiel nach dem Lüster gezielt. Sie haben das Haus verrammelt, die Läden versperrt, die eisernen Bolzen vorgelegt und die Musik aufgedreht. Sie haben Mädchen angeschleppt – ein paar Stunden nachdem sie die Möbel, Teppiche, Bilder, Klavier und Marmorkamine in einem Möbelwagen abtransportiert hatten, tauchten sie wieder auf – zurück an den Ort der Tat, keine Gefahr droht, und man nimmt noch ein wenig mit, was man kriegen kann. Ein paar von ihnen sind immer noch da, hausen in Schlafsäcken im Saal, trinken die Weine, werfen mit Pfeilen auf die Scheibe an der Wand, und ab und zu versucht einer, den Tresor im Keller zu knacken. Bis jetzt habe ich es geschafft, daß die Läden am Tag geöffnet werden, es gibt noch den Briefträger, der etwas Auffälliges bemerken könnte. Der ganze Kram ist an die fünf Millionen wert. Wir sind fünf, und wir teilen uns die Beute. Ich halte die Stellung, und sie verscherbeln die Sachen. Vorerst sind sie noch hier, drei von ihnen. Am besten, sie räumen am Ende die Vorratskammer, die Keller ganz leer. Tabula rasa, Maniacs, präzise Amokläufer, tabula rasa. Was wollen Einbrecher und Hehler mit Butterfässern? Ein Geiseldrama kommt nicht in Frage. Wer fände uns, wenn sie mich festhielten, bis sie, professionell, Präzisionsarbeiter, die Bühne geräumt hätten. Gut, daß uns nichts passiert ist, dem Großonkel und mir, kein verdächtiges Geräusch, kein Gewehr im Haus, wir spielten Schach. Draußen war Regen. Sonst hätte ich den Rollstuhl mit dem Kranken im Aufzug heruntergefahren und auf die Terrasse geschoben. Im Schatten der Markise döst er gern ein, Blick auf die alte Ulme am Fluß, das Geplätscher der Wellen... auf dem Tisch neben sich ein Photoalbum mit Photos, von vor ungefähr hundert Jahren. Da war er Baby in weißen Kleidern, einziger, noch einziger Sproß seiner stolzen Eltern, und das Haus war damals von Efeu und Kletterrosen bedeckt, eine Mode, die er entfernen ließ, als er erbte, Erbe über fünfzig legt Architektur wieder frei, die eine üppigere Epoche noch gerade vor dem ersten Krieg bewachsen ließ. Wer würde glauben, daß der heutige einzige Anverwandte außer der angeheirateten Tante den Großonkel ausrauben läßt, weil das Sterben zu lange dauert. Kein Fall von Erbschleicherei, wenn die Verwandten weiter nicht gehen als bis zu den ohnehin verschriebenen Beruhigungströpfchen und Schlaftabletten, damit er ruhig bleibt, ohne Krakeelen und Wutanfälle, die sind bekannt in der ganzen winzigen Stadt. Städtchen, das überquillt wie das liebliche Flüßchen vor Blumengirlanden, geweißten Fassaden und Läden mit gestickten Sachen, mit Spitzen für Gardinen und Tischdecken und Poteries mit Fayencen oder Keramikschüsseln. Wer würde glauben, daß das einsame Haus am Rande des Städtchens, am Ufer des Flüßchens besetzt ist von einer Bande ohne Motorräder und ohne rasende Anfahrt über die bepflockten, idyllischen Plätze, normannischen Sommerfrieden? Sie kommen in einem alten BMW, ohne automatische Schaltung und Fensteröffnung, ein sauberes Auto mit altem Stoff auf den Sitzen.

Ich habe mich getäuscht, sie kommen noch nicht zurück, von ihrem Ausflug aus unserer Höhle. Vermutlich sind sie so dumm, daß sie sich in Le Havre Tresore zeigen lassen und Modelle studieren. Fahren in einem dunkelblauen BMW, ohne Augenbinden, Wollmützen, Kahlschädel oder Schnurrbärte, fahren die Küste entlang, drei junge Männer in T-Shirts und Leinenjacken, sie fahren mit einer Pariser Nummer und einem *Guide Michelin* vor der Heckscheibe. Ich habe sie nicht daran hindern können, sich über die Vorräte herzumachen. Sie machen stundenlang Pläne, um den Tresor zu knacken. Familienschmuck, Aktien, Geld. Die Bierdosen, die sie im Supermarkt kaufen, häufen sich auf dem verfleckten Parkett. Ich sage, der Alte ist längst nicht mehr dicht, er weiß weder, was im Tresor steckt, noch kennt er die Zahlenkombination. Ich weiß nicht mal, ob er nicht längst halb entmündigt ist und die Tante die Geschäfte führt. Ich weiß, er hat eine Menge Häuser, in Caen, in Lisieux, in Le Havre und in Paris. Aber mehr weiß keiner. Ich weiß nicht mal, ob er geschieden ist von der Schlampe, die ihn vor dreißig Jahren hat sitzenlassen. Ich weiß nicht mal, wieviel er ihr gelassen hat, um den Skandal zu vertuschen und zu vermeiden, daß seine Frau auf der Straße sitzt. Das Familiengerede sagt, ich bin der Erbe. Alleinerbe. Ein Erbe, der es nach bürgerlichen Maßstäben verdient, zu erben. Meine Karriere ist gesichert, auch wenn ich mich in Paris niederlasse, als Anwalt. Dann wird man sehen, welch hübsche Kleine aus guten Kreisen, vielleicht mit einem normannischen *de* vor dem Namen, ich anschleppe. Oder eine etwas ältere Intellektuelle, politische Journalistin oder engagierte Wirtschaftsanwältin. Weiß nicht, wie lang ich sie noch abhalten kann, nach oben zu stürmen und den Alten in die Mangel zu nehmen. Noch kommen wir halbwegs raus aus der Sache, die Geschichte vom Einbruch ist auch plausibel, wenn er bei Nacht stattfindet, und oben kann keiner hören, daß unten das Mobiliar ausgeräumt wird. Einen Hund gibt es nicht. Aber was, wenn sie doch auf den Trichter kommen, daß einer im Haus Komplize ist. Desperados – wollen ans Geld, und bevor man sie schnappt, sind sie schon abgehauen. Nur der Neffe, die Tante und das Dienstmädchen bleiben übrig. Jeder von ihnen könnte – eine alte Abrechnung mit dem Alten, der sie in seinem Testament nicht vorgesehen hat, wäre ein Motiv. Nicht mal die Regenbogenpresse behauptet noch, daß die besseren Familien über jeden Zweifel erhaben sind. Irgendwo ist immer der Wurm drin, ein Loch im System, eine faule Stelle. Besser, sie kämen auf ihrem Trip nach Le Havre auf eine andere Idee. Besser, sie blieben weg. Klebten nicht länger an der Idee, den Tresor zu knacken. Selbst wenn sie uns auf die Schliche kommen, könnte ich mich noch rausreden – die Bande hat eigenmächtig ... hat mich unter Druck gesetzt ... die Sache ist eskaliert ... und dann stand ich auf dem Schlauch. Und dann die Fête. Kaum hatten sie den ganzen Transport weggeschafft, saßen sie schon wieder hier, ein schönes Plätzchen, sagten sie, und ich dachte, ein schönes Nest, um sich häuslich einzurichten, solange die Vorräte reichen: der Sommer ist lang in der Provinz. Und ein alter Mann ist niemals ein Zeuge. Altersverwirrt, lautet die übliche Diagnose. Kaum waren sie weg, saßen sie schon wieder hier. Alles Freaks, nicht von der feinen Rechtsfakultät, sondern nennen sich Soziologiestudenten von der Sorbonne. Da machen sie praktische Lehrgänge in Delinquenzprophylaxe und Resozialisierung. Und könnten Versuchskaninchen sein für eine Untersuchungsreihe: wer steckt wen an? Der Etablierte den

Outcast oder der Underdog den Integrierten. Besser, sie hätten eine Panne mit ihrer Karre und verlören ein, zwei Tage mit der Reparatur. Wenn sie das nächste Mal antanzen, lasse ich ihnen ein wenig Bremsflüssigkeit oder Batteriewasser auslaufen. Dann bleiben sie auf der Strecke. Auf ihrem nächsten Trip. Wenn ich Pech hab, kommen sie dann zu Fuß zurück und sitzen hier fest. Kaum waren sie weg, saßen sie wieder da. Sagten, daß ihr Gewährsmann in Aubervilliers sie versetzt hat. Der wollte den ganzen Plunder auf einmal nehmen. Landschaftsbilder in Öl und Eßtisch mit Stühlen aus der Epoche Louis' XIII. Vielleicht haben sie mich beschissen und wollen den Zaster nicht rausrücken. Mich hinhalten, um an den Tresor zu kommen. Ich muß die Stellung hier halten. Dann kommen sie, mit Bierdosen und lauwarmen Pizzas. Dachte, ich hätte das Haus wieder für mich. Unten ein leerer Saal, ausgeräumt und gefegt, Platz genug, um die Stille zu genießen, hin und her zu gehen und in Ruhe über alles nachdenken. Oben der Alte, draußen der Regen, morgens der Briefträger, und das Telephon kann ich auch nicht ewig klingeln lassen. Der Gärtner hat Zugang durch die Garagen. Das Haus betritt er fast nie. Dann kamen sie zurück, mit Bierdosen und Pizzas und ein paar Girls, Desperados, Dummköpfe, die Mitwisser ins Haus schleppen, verquatschte Weiber. Die in kurzen Röcken mit Rüschen und mit Ohrringen aus Martinique übers Parkett tanzen, die die Lüster bewundern, in die offenen Kaminlöcher starren, der Marmor drumherum fehlt, die anfangen, neugierig zu werden, was sich im ersten Stock tut. Wenn sie anfangen, sich zu langweilen … wir verbarrikadieren die Läden, wir drehen die Musik auf, die Girls dürfen tanzen und höhnen, weil kein Flipper in der Nähe ist, wir sitzen herum, wir werfen mit Pfeilen und treffen ins Schwarze, und dann fragen sie, wo die Möbel abgeblieben sind und der Swimmingpool.

Die Möbel sollten längst dasein, sagen die Jungen, wartet, bis unser Lord seinen Palast hier richtig eröffnet, länger als ein paar Tage kann's nicht mehr dauern, und dann wollen sie Lachs, die Girls, und schütten sich abwechselnd Cola und alten Bordeaux in die Kehle. Keiner ist scharf, alle sitzen herum in den Ecken, im leeren Saal mit den Gartenstühlen, die Musik dröhnt aus dem tragbaren Radio mit den schlechten Boxen, und der Alte wird glauben, er sei im Delirium, wenn er Musik und die Stimmen hört und das Türenschlagen. Ich geb ihm nicht mehr als die doppelte Ladung der verschriebenen Dosis. Ein leichtes Schlafmittel für ältere Herrschaften, die heraushorchen wollen, ob der Großneffe begabt oder geeignet ist für die Wirtschaft. Und am Morgen erzählt er mir seine Träume, eine Bande, die unten im Saal eine Fête abgehalten hat, das Dienstmädchen hat serviert, die Tafel war ausgezogen für zwölf Personen, es gab Filet St. Pierre und geröstetes Lamm zu Pomerol. Die ganze Bande am weißen Tischtuch redete über die Französische Revolution und den Tag, an dem sie die politische Herrschaft anträte, in Paris, Frankreich oder zumindest in ihren Heimatprovinzen. Und ich sage nicht, Träume, mein lieber Onkel, nichts als Träume. Ich lasse ihn davon träumen, er rekapituliert seine eigene Jugend und denkt, wir sind es, und die Zukunft. Das Telephon schweigt. Und dann wird es klingeln, und irgendein dummer Zufall wird mich erwischen. Und wenn es der Doktor ist, der sich, zurückgekehrt aus den Ferien, nach dem Befinden seines Patienten erkundigt. Nach dem verehrten Monsieur Norpeux.

Niemand kommt, um die Lampen anzudrehen und die Vorhänge zuzuziehen. Niemand kommt heute. Und ich höre keinen Schritt, keinen Laut, nur dieses verdammte Rauschen des Regens. Der Fluß unten vor der Ulme ist schon ganz trüb in der Dämmerung, trübe wie meine Lupe, die ich über die kleinen Annoncen in der Zeitung halte, Todesanzeigen, Vermischtes. Auch die politischen Nachrichten bringen mehr und mehr das Vermischte, das *Allgemeinmenschliche* erscheint in Glossen und Kommentaren auf den ersten Seiten der Zeitung. Monsieur Dumas, der Intellektuelle aus der Ära Mitterrand und Anwalt in mehreren Korruptionsprozessen, der linke Elegant, unbestechlich, wenn auch kein St. Just, hat sich, so wird berichtet, von seiner Geliebten, die Millionengeschäfte für *Elf* lancierte, ein paar Schuhe schenken lassen, 3500 Franc haben sie gekostet, handgefertigt. In Evreux ist ein Immobilienhändler überfallen worden in seinem Haus, ein alter Familienbesitz, am Samstagmorgen. Drei vermummte Einbrecher schalteten die Videoüberwachung aus, drangen ins Haus, fesselten den Besitzer und legten ihn in die Badewanne. Sie zwangen den Sohn mit Schlägen und vorgehaltener Pistole das im Haus vorrätige Geld herauszurücken. Geld, Schmuck, kleine Wertgegenstände. Es heißt, die Frau habe in ihrem Schlafzimmer ein langes Telephongespräch geführt, der Sohn habe blaue Flecken und der Vater stehe unter Schock. Keine Spur von den Tätern, die Summe, die die Familie zur Ergreifung der Täter einsetzt, beläuft sich auf 200 000 Franc. Samstagmorgen, hellichter Tag, teuerste Sicherheitsanlagen, Alarm und Videokameras, eine Hofburg des mittleren Reichtums, uneinnehmbar. Nun werden alle alten Tanten in der Stadt ihre Köpfe zusammenstecken und behaupten, die Welt werde immer krimineller, überall Raub und Mord, nirgends mehr Sicherheit, nicht in den eigenen vier Wänden und schon gar nicht auf der Straße, und Schuld hätten die amerikanischen Serien im Fernsehen. Ich habe immer gesagt, wenn Hélène vorschlug, das Haus besser zu sichern, das ist Humbug. Wir reisen nicht, wir sind immer da, und Alarmanlagen und Videokameras kosten Geld, das der Beruhigung meiner Nerven nichts nützt. Ich möchte nicht im Gefängnis leben, mit elektronisch steuerbarem Zufahrtstor und elektrischen Gittern vor den Fenstern im Rez-de-Chaussée. Eine kleine Alarmanlage an der Tür dürfte genügen, damit du dich sicher fühlst nachts, Hélène, und im übrigen schließt mir die Läden besser, als ihr die Betten lüftet! Und die altmodische Lösung, ein Gewehr im Haus, ist zu gefährlich. Bedrohte Einbrecher neigen zu Affekthandlungen, und letzten Endes ist mir mein Leben lieber als das Familienmobiliar, das alle vier Wochen im ganzen Haus nach frischem Wachs riecht. Die meisten reichen Leute leben in Gefängnissen, mit Wachmannschaften und Hunden, Patrouillen und Banksafes, in die sie jedes Mal ihre kostbaren Bilder und Teppiche auslagern, wenn sie verreisen. Ich reise nicht, nicht einmal mehr in die Bäder, nach Deutschland oder in die Pyrenäen, und wenn Hélène Erholung braucht oder ein wenig Abwechslung, reist sie mit einer alten Freundin aus Orléans. Und ich habe das Dienstmädchen, den Gärtner, die Besprechungen mit der Sekretärin, zweimal in der Woche, und den wöchentlichen Besuch des Doktors, der bei einem Glas Hautes Sauternes und ein wenig Foie gras auf heißem Toast die neusten *faits divers* mit mir bespricht. Meine Hemden, meine seidenen Fliegen, gepunktet oder gestreift, sind immer frisch und gebügelt, selbst für ein Omelette ist im Notfall gesorgt, und ist niemand da von der Familie, kommt eine Gemeindeschwester zum Waschen. Ich kann meine Arme gebrauchen, den Rumpf, die Augen mit Brille und Lupe, und selbst mit den Zehen kann ich ein wenig wackeln, um Hélène zum Kichern zu bringen. Wehrloser alter Mann auf altem Herrensitz in Rollstuhl erlitt Herzschlag. Auf seinem Schoß fand man die Tagesausgabe der Regionalzeitung. Kurz vor seinem Tod ließ er im Haus einen Aufzug einbauen, um an schönen Tagen seine Räume im ersten Stock zu verlassen und sich auf die Terrasse im Garten fahren zu lassen. Oder um alle paar Monate die Landschaftsbilder im Eßzimmer anzusehen, das nur noch benutzt wurde, wenn Gäste geladen waren. Ich bin schon seit Tagen nicht mehr unten gewesen. Oder seit fast zwei Wochen. Dieser verdammte Regen. Und keine Lust, Bilder zu betrachten. Außerdem hat sich mein Neffe im Eßzimmer installiert, um an der langen Tafel Gesetzbücher und Kommentare zu studieren. Die Räume von Hélène möchte er nicht benutzen, und das Gästezimmer ist hübsch und bequem, aber zum Studium nicht geeignet. Kein Schritt, ich höre nichts. Heute kommt niemand. Ich könnte klingeln, aber die Klingel läutet nur in Hélènes Zimmer und in der Küche. In der Küche ist niemand. Wehrloser alter Mann im Dunkeln gefunden. Tag- oder Nachtgespenster? Wehrlos, hilflos, mit einem Plaid auf den Knien. Ich könnte die Lampe anmachen auf meinem Schreibtisch. Aber ich würde an alle Gegenstände stoßen, mit meinem Rollstuhl, jetzt in der Dämmerung. Vom Garten, vom Fluß kommt das letzte Tageslicht. Zeit, meine Medizin zu nehmen und die Nachrichten einzuschalten. *Faits divers,* ein neuer Fall von Rinderwahn. Und ich bin wieder müde, das Alter macht schläfrig, die Dämmerung und das Lesen mit Lupe. Lächerlich, vor der Dämmerung Angst zu haben und vor dem Rauschen des Regens. Nur eine kleine Anstrengung, und ich bin mit dem Rollstuhl gleich bei der Lampe. Diese verdammten kleinen Handgriffe. Und diese verdammten Nachrichten. Ein Einbruch in ... Als wüßte nicht jeder, daß Diebe auch aus den eigenen feinen Familien stammen. Eine Wechselfälschung, ein verschwundener silberner Pokal aus dem 17. Jahrhundert. Alter und Reichtum, welche Gefahren. Eine kleine Entmündigung, juristisch ausgetüftelt, so daß

der Alte es nicht mal merkt. Lächerlich, vor dem Tag mehr
Ängste zu haben als vor der Nacht. Gespenster der Müdig-
keiten, des Alters, am hellichten Tag. Aber nun müßten die
Lampen angemacht werden.

Alte Pralinen

In einer kleinen Stadt, in der die Hälfte der Häuser leer-
steht, sind Gerüchte wie alte Pralinen, die im kühlen Keller
in einem Regal gestapelt und schon von einer pelzigen
Schicht weißen Schimmels überzogen sind, da der Deckel
der Schachtel nicht luftdicht schließt.

Im Keller eines kleinen Hauses in der Rue des Roses in
Trouville saß ein Mädchen unter einer funzligen Glühbirne
und aß Pralinen. Es mag seltsam scheinen, daß Pralinen im
Keller gestapelt werden, die billige Süßigkeit quillt in kleinbürgerlichen Häusern meist schon aus Schubladen und
Kommoden. Vielleicht hat die Besitzerin des Hauses, Madame Haussier, regelmäßig Sonderangebote gekauft. Das
Zeitalter der Weckgläser, des eingemachten Obstes und der
Wintervorräte ist auch in Trouville nur noch als Marotte
übriggeblieben, wer der Not gehorcht, kauft im Supermarkt
billiger frische Wintererdbeeren. Aber vielleicht mußten Regale gefüllt sein, vielleicht brauchte Madame Haussier die
Illusion von Vorräten. Und wer ihr zuhörte, hörte eine ste-
reotype Geschichte und sah das Bild des Mädchens, das
allein im Keller sitzt und Pralinen verschlingt.

Madame Haussier war eine gute Frau. Sie arbeitete in der
Küche des Restaurants *Les Mouettes* und möblierte ihr ein-
sames Leben mit einer Pflegetochter, Aurélie, die sie aufs
Gymnasium schickte. Sie nahm Aurélie in ihr Haus auf, im
Alter von fünf Jahren, bald nachdem ihre junge Ehe ein kur-

zes Ende gefunden hatte. Der junge Ehemann war bei einem Sturm auf See ertrunken. Die Gesetze verhinderten eine Adoption, da Madame Haussier nun Witwe war, und die öffentliche Fürsorge behielt eine gewisse Kontrolle, auch nachdem Aurélie in das Haus in der Rue des Roses eingezogen war. Von Anfang an gab es diese Geschichten: Aurélie hatte, was man Heimschäden nannte, Aurélie schlafwandelte, Aurélie versteckte vom Tisch gestohlenes Essen, Aurélie pinkelte in die Ecken des Salons, Aurélie stahl ein paar Francs, Aurélie lief vor Schulkameraden davon, Aurélie log, Aurélie... Kam die Psychologin von der Fürsorge ins Haus, um Aurélies Fortschritte zu begutachten, gab es diese Geschichten. Aurélie tauchte kaum auf, höchstens zu einem Knicks im geplätteten Sommerkleid. Sie schrieb gute Noten, sie war dicklich und las gern. Die Mädchen aus der Klasse wunderten sich oft, daß sie nie Zeit hatte, nach der letzten Stunde noch zu spielen. Hätte die Psychologin auch in der Schule herumgehorcht, hätte sie interessante Thesen aufstellen können über den Zusammenhang von Pünktlichkeitsgebot, Sauberkeitsgebot und Zwangsverhalten. Doch Aurélies Sucht blieb unsichtbar, sie blieb in den Geschichten Madame Haussiers. Abgesehen davon, daß sie zuweilen ihre Schulbrote wegwarf, konnte niemand etwas Auffälliges an ihr feststellen. Sie hatte eine kleine Katze, der sie in stundenlangen Monologen jedes Detail ihrer Hausaufgaben erklärte, die sie mit ihren Bleistiften und Spitzern spielen ließ und abends mit ins Bett nahm. Die kleinen Aufgaben, die man ihr aufgetragen hatte, erfüllte sie ohne Murren, sie machte die Betten, brachte den Müll weg und bügelte am Wochenende, wenn Madame bei Hochbetrieb im Restaurant arbeitete, die kleine Wäsche. Und als sie nach Pont L'Évêque ins Collège kam, nahm sie jeden Morgen den Schulbus an der Pont des Belges und versäumte ihn nicht ein einziges Mal.

Der 14. Juli war vorbei, der alte Schulhof lag verlassen unter großen schattigen Erlen, und der Hund des Hausmeisters döste in der brütenden Hitze vor sich hin. Aurélie saß auf den Stufen vor dem verschlossenen Schulgebäude und häkelte an einem Paar Topflappen für ihre Pflegemutter. In diesen Wochen überließ ihr Madame Haussier fast alle Hausarbeit, aber sie schien zufrieden, die Rosen im Vorgarten waren hochgebunden und gewässert und die Kartoffeln für den Abend geschält. Die Arbeit während der Hochsaison in der stickigen Küche der *Muettes* setzte Madame Haussier mehr und mehr zu, den ganzen Tag stand die Tür auf zur Seitengasse, um frische Luft einzulassen, aber kein Windzug konnte etwas ausrichten gegen die ewig kochenden Töpfe und heißen Dämpfe. Trotzdem schien sie Zeit zu haben für ein kleines Geschwätz unter Frauen, auf dem Markt, an der Straßenecke, über den Zaun. Die Läden ihres Häuschens waren halb geschlossen gegen die Sonne, die Pendule auf dem Buffet tickte in der Mittagsstille, der rote Punkt des Fernsehapparates leuchtete im dämmrigen Salon, und die Säulen, die vor dem Haus einen die ganze kleine Front entlanglaufenden Balkon stützen, glänzten weiß und frisch gestrichen. Die Straße lag leer. Da hörte man durch die brütende Hitze zwei Stimmen, zwei Frauenstimmen, sie kamen von der Straßenecke.

Ich weiß, sie sitzt wieder im verschlossenen Haus. Sie sitzt immer im Haus, dicklich und ohne einen Finger zu rühren. Nie spielt sie mit Freundinnen, nie geht sie schwimmen. Oder segeln. Selbst wenn das Wetter schön ist, wie heute. Immer hält sie die Katze auf dem Schoß. Vielleicht hätte ich sie nicht nehmen sollen. Nicht daß sie widerspenstig und störrisch wäre. Sie tut, was man ihr aufträgt, aber sie rührt keinen Finger darüber hinaus. Ich sage hundertmal, Schokolade bekommt der Katze nicht. Aber ich weiß, wenn ich weg bin, füttert sie sie doch mit Pralinen. Man sagt, es gibt Kinder, bei denen Hospitalismusschäden nie ausheilen. Faulheit, Lügen, Stehlen, Unsauberkeit. Sie war fünf, als sie zu mir kam. Die ersten fünf Jahre verbrachte sie in Kinderheimen, Waisenhäusern, Findelhäusern. Und ab und zu nahm sie einer für ein paar Wochen in Pflege, auf Probe. Sie sah aus wie ein kleines dürres Äffchen mit einer dicken Brille und stieß schrille Schreie aus, als ob die vertrauten Kokosnüsse, deren Milch sie trank, nach ihr schlügen. Und sie hatte nichts gelernt, nicht einmal die Uhr zu lesen.

Und es nützt nichts, die Pralinen vor ihr zu verstecken? Vielleicht sollten Sie überhaupt keine mehr kaufen. Wenn sie im ganzen Haus danach sucht, nach Ihren Verstecken. Vielleicht sollten Sie ihr ein neues Kleid versprechen, wenn sie zwei Kilo abnimmt. Oder vielleicht eine Fahrt nach Le Havre, ins Kino. Es gibt ein Sommerprogramm, für Kinder, die zu Hause geblieben sind. *Ivanhoe* oder *Die Prinzessin mit den sieben Gewichten*. Vielleicht sollten Sie zu einem Arzt gehen, der chinesische Akupunktur anwendet. Ich habe gehört, es gibt einen bestimmten Punkt am Ohr, wenn man den trifft, verschwindet die Sucht von selbst.

Zwei Frauen an einer Straßenecke. In der brütenden Mittagshitze schwirrten zwei weiße Schmetterlinge aus ihren Einkaufstaschen. Auf den Stufen vor dem Schulgebäude saß das Mädchen und häkelte. Die Stimmen wechselten.

Ich muß die Kleine verteidigen. In ihrem Alter wird jedes Mädchen ein wenig dick. Und warum sollte sie keine Pralinen essen? Wenn Madame Haussier Pralinenschachteln im Keller stapelt, trägt sie nicht selbst ein wenig die Schuld? Die Kirschen in Nachbars Garten sind stets verlockender für Kinder, das Verbotene, Versteckte reizt und fordert sie heraus. Vielleicht wollte Aurélie ihrer Pflegemutter nur einen

Streich spielen und hat die Pralinenschachteln geleert, aber nicht gegessen. Wie viele Schachteln, sagten Sie? Und auf einen Satz? Ich glaube, vorsichtig gesprochen, Madame Haussier übertreibt ein wenig. Nicht einmal der stärkste Magen hält ganze Schachteln voll Pralinen aus. Und ich höre nie, daß Aurélie sich den Magen verdorben hätte. Sie sieht blaß aus, auch im Sommer, das stimmt. Aber heißt das, daß sie sich in den Keller schleicht und dort unten in der feuchten Luft Stunden damit verbringt, zwischen Walnuß-Pralinen und Cognac-Bohnen zu wählen, wenn sie das alles essen wird?

Die arme Madame Haussier. Verlor früh ihren Mann und halst sich, anstatt sich einen neuen zu suchen unter den Köchen von *Les Mouettes, Les 4 Voiles, Central,* dieses störrische Ding auf. Es heißt, die Lehrer wären mit ihr zufrieden. Aber muß man aufs Collège gehen bis nach Pont L'Évêque, wenn man ein Waisenkind ist und die Pflegemutter den ganzen Tag in der Restaurantküche steht? Sie frißt ihr die Haare vom Kopf und wird von Tag zu Tag stärker und dicker. Ich würde sie schon zur Raison bringen. Die Prinzessin mit höherer Schulbildung. Wer nicht arbeitet, soll auch nicht essen. Ich würde sie zwingen, fünf Schachteln auf einmal zu essen, bis ihr die rosa Füllung aus den Ohren kommt. Oder eine Schachtel Konfekt mit Senffüllung servieren.

Senffüllung bereiteten sie nicht, heute an diesem heißen Abend, die vier Frauen aus der Rue des Roses und der Rue Guillaume le Conquereur. Sie trugen Pilze nach Hause und Fischfilets, die als Reste verkauft wurden auf dem Markt für eine Mark, eine Marmite mit Champignons, Weißwein, Senf und Crème fraîche. Oder mit Safran und Koriander, im eigenen Sud. Oder mit Champignons, Tomaten, Courgetten und etwas Zitronensaft, alles zusammen geschmort. Sie riefen sich zu über den Zaun, was sie jetzt oder später kochen wür-

den, und in der Hitze verloren die bunten Rosen in den kleinen Vorgärten ihre Farbe. Madame Haussier ging, noch geblendet, durch den schmalen Flur in die Küche und setzte
die Einkaufstasche ab. Ein paar Bohnen rollten über die
blankgescheuerte Holzplatte des Küchentisches und fielen
auf den Boden. Im Haus war eine andere Stille als sonst,
wenn sie zurückkam und Aurélie überall suchte. Aurélie, die
über einem Schulheft saß, die Katze neben sich auf der Fen-
sterbank, und sorgfältig Buchstaben und Zahlen schrieb, bei
geschlossenen Fenstern und Türen, die Sonne ausgeschlos-
sen, als sei hier auch an Sommertagen verboten, in dem kleinen feuchten Hof hinter dem Haus zu spielen, den ein paar
Tomatenranken und Kletterrosen und eine an der Teppich-
stange befestigte Schaukel zu einem kleinen Ziergarten
machten. Geh an die Luft und hock nicht immer im Haus,
sagte Madame Haussier wohl zu dem hoffnungslosen Fall.
Und Aurélie nahm ihre Bücher, ihr Handarbeitskörbchen
und ihre Katze und setzte sich auf das kleine Bänkchen an
der Wand neben der Küchentür. Doch sie hatte sich angewöhnt, gleich zu fragen, ob sie Bohnen einfädeln solle oder
Rosen schneiden für die Vase auf dem Buffet. Denn war sie
gerade in ein Buch vertieft, Harry Potter und seine Siege
über siebenköpfige Hunde, so kam Madames Stimme aus
dem Küchenfenster: es wäre schön, wenn du für den Abend
die Bohnen fädeln würdest. Ich habe ein Stück Lamm mitgebracht aus dem Restaurant, und Onkel Tom kommt vorbei. Onkel Tom war der Bruder des toten Mannes, er war
Lastwagenfahrer und hatte in Bénerville ein Häuschen. Onkel Tom hatte Aurélie neulich gesagt, sie hätte eine gute
Figur, und am Tag darauf hatte sie einen Volant an einen
Rock genäht, aus dem sie herausgewachsen war. Du möchtest wohl eine spanische Tänzerin spielen, sagte Madame
Haussier, es schien ihr ein leises Unbehagen zu bereiten, daß

Aurélie sich auf dem Wochenmarkt diesen Streifen Stoff gekauft hatte, ohne um Erlaubnis oder Rat zu fragen. Aurélie war rot geworden, denn sie schämte sich vielleicht ihrer dünnen Haare, die sie nicht zum Knoten im Nacken stecken konnte. Und wenn Madame schlechtgelaunt war, änderte sich ihre Aufforderung, in Küche und Haushalt zu helfen: du könntest auch mal etwas beitragen zur Hausarbeit und die Champignons putzen.

Auf dem Küchenbuffet lag ein Zettel: Bin gegen sechs zurück. Die Kartoffeln stehen auf dem Herd. Die Katze lag zusammengerollt auf der Bank im Garten und war zu träge, um den verspäteten Schmetterling zu jagen, der aus den Tomaten flatterte, die in der Sonne reiften. Madame Haussier stellte das Radio an und packte ihre Einkaufstasche aus. Im Radio brachten sie eine Reportage über Mitterrand und den Machtwechsel, den Sieg der Linken 1981. Madame Haussier verstand sich als *commercant* und unter der Protektion Chiracs. Kam die Rede auf Mitterrand, sagte sie, er ist ein Spieler, ein Opportunist. Er hat zur Linken gewechselt, weil er glaubte, seit Résistance und de Gaulles Exilregierung gelange man leichter an die politische Macht bei den Sozialisten, und vermied wieder die Linientreue, die der kommunistischen Partei. Madame Haussier stellte das Radio ab, setzte sich und massierte ihre Füße. In einem Bord standen ihre Gesundheitsschuhe, hinten offen, mit einem breiten weißen Lederstreifen, der viele Löcher hatte, damit der Fuß atmen konnte. Ihr Blick fiel auf die Kellertür, sie war verschlossen.

Gegen sechs war Aurélie noch nicht nach Hause gekommen. Nachbarn hatten sie mittags auf den Stufen vor dem Schulgebäude gesehen. Hätte Madame Haussier sich etwas daraus gemacht, daß Aurélie die Gespräche an der Straßenecke mitangehört haben könnte, hätte sie vielleicht darin den Grund für ihr Verschwinden vermutet. Aber sie machte sich nur willkürlich etwas daraus, was Aurélie mitbekam, so sehr war sie daran gewöhnt, auch in Aurélies Gegenwart anderen ihre Geschichte über sie zu erzählen. Nie hatte jemand die Pralinengeschichte als haarsträubendes Märchen bezeichnet. Sie erklärte Aurélies Verschwinden allen, mit denen sie sprach, als neueres Symptom aus der Serie Hospitalismus und seine Folgen und sah sie schon in eine Besserungsanstalt eingeliefert, weil sie auf der Flucht in einem Bauernhof eine Kanne Milch gestohlen hätte. Die ganze Straße wußte schon von Aurélies Verschwinden, als Onkel Tom anrief und sagte, ein Kollege habe Aurélie im Bus nach Le Havre gesehen, es sei gegen drei gewesen, und sie habe auf der Meerseite gesessen und die Landschaft betrachtet. Ihr Blick sei aufmerksam, geradezu vergnügt gewesen, aus dem Fenster gerichtet, nicht nach innen gekehrt, wie man es bei einem Mädchen vermuten könnte, das von zu Hause abhaut. Ich wußte, daß eines Tages so etwas passieren würde, sagte Madame Haussier, ich wußte, daß ich nicht dagegen ankomme. Ich habe ihr ein Haus geboten, ich habe sie auf gute Schulen geschickt, ich habe ihr die Katze geschenkt und versucht, eine Mutter zu sein. Und sie stopft sich voll mit Pralinen, als sei sie ein unglückliches Kind, das unter der bösen Stiefmutter leidet. Onkel Tom tröstete sie. Er halte die Sache nicht für verloren. Er halte Aurélie für ein aufgewecktes Kind mit einem guten Kern. Was fehle, sei der Vater, die Verantwortung sei zuviel für Madame Haussier. Aurélie gönne sich vielleicht einen Ausflug und komme bald zurück. Und bald interessiere sie sich mehr für Kleider als für Pralinen. Sie solle sie nicht mit Vorwürfen überfallen und die ganze Sache nicht dramatisieren. Er kenne kaum eine Familie, in der ein heranwachsendes Kind nicht manchmal ausbliebe. Auch ohne Heimschäden probierten die Kinder ihre

Freiheiten aus und blieben manchmal über Nacht draußen. Vielleicht habe Aurélie den Bus zurück verpaßt oder sich verfahren. Vielleicht habe sie nicht den Mut anzurufen, weil es das erste Mal sei, daß sie über die Stränge schlug. Sollte sie sich bei ihm melden, behielte er sie über Nacht da und brächte sie morgen zurück. Madame Haussier hängte auf und kochte sich ihre Milch vor dem Schlafengehen. Zwei Eßlöffel Rapshonig, einen Schuß Portwein, und um die elektrifizierte Petroleumlampe mit dem Schirm aus Milchglas flatterte ein unruhiger Nachtfalter. Sie sah Aurélie vielleicht auf den Stufen vor dem geschlossenen Schulgebäude sitzen, in der Mittagssonne, und die Maschen ihres Topflappens zählen. Sie ging nicht in Aurélies Zimmer, um in ihrem Körbchen nach den Topflappen zu suchen. Die Nachbarn hatten sie dort sitzen sehen, aber wer wußte schon, ob sie den Tag nicht verwechselten und gestern meinten. Die Sommertage glichen sich wie die Pralinen in einer Schachtel *Mon Chéri*. Sie versuchte vielleicht, sich zu erinnern, was sie der Nachbarin über Aurélie gesagt hatte. Hatte man es hören können, in der Mittagsstille, im Schulhof? Und wer wußte, ob Aurélie wirklich an der Küste unterwegs war? Vielleicht war sie längst zurückgekommen, ins Haus geschlichen und freute sich über die Aufregung, die sie ausgelöst hatte. Ich bin eingeschlafen, könnte sie sagen, du hättest nachgucken können, bevor du alle Nachbarn alarmierst. Vielleicht war sie im Keller eingeschlafen, über einer Pfefferminzfüllung, und die Katze wärmte ihr die Füße. Madame Haussier schob den Riegel vor die Kellertür und löschte das Licht in der Küche.

Es heißt, im Keller eines kleinen Hauses in der Rue des Roses in Trouville sitzt ein kleines Mädchen zwischen leer gegessenen Pralinenschachteln und blinzelt träge in die funzlige Birne.

Das Haus mit dem Korridor

In den Büschen neben der Veranda blieb der Sand auf den Blättern liegen, der Wind strich, mit der Flut vom Meer kommend, über den Strand, und da die Nachrichten für den Nachmittag Sturm angesagt hatten, war der Tennisplatz schon geschlossen. Bloch räumte die Kissen von den Sesseln auf der Terrasse ins Haus und schloß die Türen der Veranda. Das Haus war vor dem Ersten Weltkrieg an den Strand gebaut, ein leichtes einstöckiges Haus mit rot-weißem Brick um die Fenster und grünem Dach, und es stand in einer Reihe mit den pompösen Palästen aus der Belle Époque und ihren orientalischen Mosaiken an der Frontseite. Seither hatte der Strand sich möbliert, Tennisplätze, Badekabinen mit Säulenatrien, umzäunte Spielplätze mit Geräten für kleine Kinder, und der Blick aus den Villen am Meer war verstellt durch den Geschmack der Massen, die den Strand im Juli und August überfluteten. Die Meuniers hatten das Haus seit Generationen, und da es heute für Familien ohne mitreisendes Personal zu groß war, luden sie im Sommer stets Freunde ein. Sie hatten schon gestern gewußt, daß der Himmel heute bedeckt wäre, kein Strandtag, und waren mit den Kindern und dem Hund nach Jumièges gefahren, um die gerühmte gotische Ruine zu besichtigen. Bloch hatte sie vor Jahren besucht, in der vagen Hoffnung, ein lebendiges Beispiel dafür zu finden, daß gebaute Geschichte wieder in Natur umschlug. Vögel, die in Kathedralen nisten, Gras, das zwischen berstenden Steinplatten wuchert. Er war ein wenig enttäuscht gewesen, denn diese schöne Ruine mit ihren Säulengängen und Baumalleen war nicht das Nebeneinander von Natur und Geschichte, sondern eine ins Gras gesetzte Kulisse. Er war zu Hause geblieben und hatte versprochen, für den Abend einen Topf Spaghetti zu kochen und eine *tarte aux poires* zu kaufen.

Im großen Zimmer war es kalt, und es zog durch den offenen Kamin, der Bauernschrank knackte, und auf dem Geländer der Terrasse saßen ein paar Möwen und blickten unruhig aufs Meer. Bloch nahm sich eine Wolldecke und setzte sich aufs Sofa, aber der Wind trieb immer wieder Sandwehen gegen die Glaswände der Veranda, und er konnte nicht schlafen. Er sah die kleine Sanduhr, die Véronique auf ihrem Schreibtisch stehen hatte, er sah die geballte Faust, die gegen seine Brust schlug, er sah die kleine Sanduhr in ihrer Faust, die plötzlich gegen seine Schläfe schlug. Als das Blut rann, schien sie einen Moment erschrocken, aber sie höhnte: der Mann mit der Wunde an der Schläfe, und ließ die Sanduhr vor seine Füße fallen. Es war nicht die einzige Szene im Lauf seiner Ehe, in der Véronique zu Küchenmessern, Weinflaschen, Gläsern, Kleenex-Kartons oder Kerzenleuchtern gegriffen hatte. Ein altmodischer Widerstand in ihm hatte sich nicht beruhigen lassen, und er dachte, daß seine Frau, die ihre Affekte so wenig beherrschte, ihren Patienten keine gute Therapeutin sein könne. Aber ihre Praxis war voll, und alle Freunde vertraten die neuere Ansicht, daß Konfliktvermeidung schlimmer sei als offene Aggression. Am Ende hatten alle zur Trennung geraten, und Véronique hatte sich, in tragikomischer Umkehrung, eine Entziehungskur verschrieben – sie war für einige Wochen aufs Land gegangen, in ein Sanatorium, eine Art offener Psychiatrie, um den Umgang mit Affekten zu lernen,

Eifersucht, Frustration, Haß, Wut, Neid, Enttäuschung. Er
wußte, er würde immer der Reaktionär und Chauvinist bleiben, der er in ihren Augen war, aber kaum war sie zurück,
hatte sie angerufen und ein Treffen vorgeschlagen. Er hatte
sie gebeten, die kleine Sanduhr zu verpacken und ihm als
Erinnerung zu schicken, er war gerade auf dem Weg nach
Trouville, und auch wenn er früher jedesmal vergessen
hatte, daß jedesmal die hundertfache Wiederholung des vo-
rigen war, dieses Mal hatte er es gewußt. Er hatte ihre langen glatten Haare gesehen, die sie noch immer wie früher
offen und bis auf die Schultern trug, er hatte ihre rührenden
kleinen Lügen gesehen, daß sie sich weder schminke noch
sich die Haare färbe, mit Mitte Vierzig, er hatte ihre alten
Jeans, großen Pullover und Männerjacketts gesehen, die sie
auch noch wie früher trug, und dieses Mal hatte er sie nicht
wiedersehen wollen. Er war nach Trouville gefahren, ging
mit den Kindern schwimmen und Eis essen und mit den
Meuniers ins Kino und ins Restaurant. Sie hatten ihn in
einem kleinen Nebengebäude untergebracht, dem ehemaligen Kutscherhaus, das für Gäste und ältere Kinder eingerichtet war. Die Fenster gingen auf den Garten vor dem
Haus, und wenn er im Sessel saß und in Fachzeitschriften
blätterte, die er sich aus Paris nachschicken ließ, sah er auf
das Rasenrondell mit Rosen und Hortensien und den Kies-
weg, der vom Tor zum Haus führte. Er arbeitete seit fünfzehn Jahren in der französischen Niederlassung einer amerikanischen Firma, die Verpackungsmaterial herstellte, er
war einer der fünf Manager, und dies waren die ersten län-
geren Ferien. Es war sehr dunkel im Kutscherhaus, da die
Sonne nur morgens zwischen zehn und zwölf in den Garten
schien, aber zum Lesen genügte der Sessel am Fenster. Die
Gästezimmer waren gerade renoviert, und Gespenster mit
knarrenden Bohlen und sich bewegenden Vorhängen kämen

gegen den Geruch frischer Farbe nicht an. Aber in der ersten Nacht hatte Bloch ein Wimmern gehört, er war aufgewacht, sein Kopf war schwer vom ungewohnten Weißwein und den Gesprächen mit den Meuniers bis tief in die Nacht, er war aufgewacht und hatte ein leises Wimmern gehört, ein Wimmern wie von einem Kind, das allein in einem fernen Zimmer liegt. Er war aufgestanden, hatte das Fenster geschlossen und einen Augenblick das bleiche Mondlicht gesehen, das zwischen Schornsteinen und Abzügen auf den Dächern der umliegenden Häuser und auf dem Rasen eine gespenstische Bahn zog. Das Kutscherhaus war durch einen langen fensterlosen Korridor mit dem Haupthaus verbunden, Bloch schaltete die kleinen Wandlampen an und tastete sich bis zum Ende. Aber im Haupthaus war alles still, die beiden Kinder schliefen im ersten Stock in ihren Betten, und alles war dunkel. Er war in die Küche gegangen, um ein Aspirin zu suchen, und hatte sich wieder schlafen gelegt. Aber er konnte nicht schlafen, und in den nächsten Nächten wurde es nicht besser. Die Scheidung macht ihm zu schaffen, sagten die Meuniers hinter seinem Rücken und rieten ihm, möglichst schnell alles zu vergessen. Aber es gab nichts zu vergessen, er dachte fast nie an Véronique, und der Alltag war wie eine große weiße Narbe, in der er nichts fühlte. Und es waren die Meuniers, die ihn mit alten Geschichten wieder an seine jungen Ehejahre erinnerten. Eine Zeitlang hatte er im Dachgeschoß eines Freundes gewohnt, der für zwei Jahre nach Indien gegangen war, und hatte sich mit Véronique nur einmal in der Woche in einem Café an der Place de la Madeleine getroffen. Guillaume war gerade elf und schon im Internat, Véronique arbeitete und wollte die Erziehung nicht länger allein übernehmen. Es war aussichtslos – sie hatte das Kind haben wollen, aber gleich nach der Geburt war eine kleine Katastrophe passiert, er hatte das Baby, von einer Geschäftsreise zurückgekehrt, allein in seinem Bettchen gefunden, eingesperrt in seinem Zimmer, scheinbar seit Tagen nicht gefüttert, gewindelt und ohne einen menschlichen Laut. Es hieß, Véronique leide unter einer Nachgeburt-Depression, aber als ihre Schwiegermutter erschien, um den Haushalt zu übernehmen, höhnte sie über die Konvention, die von einer Frau verlangte, eine gute Mutter zu sein. Sie erholte sich und las eine Weile feministische Literatur, er erinnerte sich noch an den Slogan einer amerikanischen Schriftstellerin, den sie ihm bei Gelegenheiten vorsetzte: was für Frauen Haushalt ist, ist für Männer eine Katastrophe. Als sie sich an der Place de la Madeleine trafen, verstanden sie sich gut. Sie waren sich einig in ihrem Spott über die gelungenen Beziehungen, über die jungen Paare mit Arbeitsteilungen, die Väter, die Kinderwagen schoben und Müll wegbrachten, und die Mütter, die abends in chinesische Trainingskurse gingen. Wenn sie sich trennten, hatten sie meist einige Campari oder Whiskys hinter sich und melancholische Résumées über ihre Jahre. Sie gingen jeder allein nach Hause und glaubten, der falsche Frieden vieler Beziehungen sei wie ein Sumpf, aus dem sich keiner mehr befreien wolle. Dagegen sei ein gewisses Maß an Disharmonie und Destruktion der Humus, in der Intelligenz besser gedeihe. Harmonie sei für Zurückgebliebene – und sie nannten solche Freunde die *Naiven*. Daß die Naiven ihnen später vorwarfen, sie seien alle beide Masochisten und Selbstzerstörer, setzte die herrschende Tradition nur fort, Schwierigkeiten mit Definitionen aus der Psychotherapie abzustempeln. Ihr schleppt euch beide mit wie Klötze am Bein, sagten sie bei einer neuen Krise, aber es gibt keinen Grund, keinen gesellschaftlichen, um die Kette mit dem Klotz nicht zu lösen, es gibt keinen Grund genug, weder Kirche noch Familie, noch Banknoten.

Der Sturm war ausgeblieben, der Wind hatte sich gelegt, und Bloch stand auf. Er öffnete die Verandatür, ging auf die Terrasse und fegte den Sand von den Gartenstühlen. Der Abend war milde, das Meer hatte sich zurückgezogen und große Sandbänke mit schimmernden Pfützen hinterlassen. Ein paar Spaziergänger hatten sich hervorgewagt und spazierten mit nackten Füßen durch den Saum der Wellen. Die Sonne war blaß und silbern, aber nach einer halben Stunde waren Mauern und Stühle angewärmt, und er beschloß, den Tisch draußen zu decken. Im Flur stolperte er fast über das kleine Kinderbett, das die Meuniers ausrangiert hatten und am Wochenende auf dem Flohmarkt verkaufen wollten. Die Kinder hatten sich endgültig davon getrennt, nachdem sie sich noch ein paarmal hineingesetzt hatten, um Löwe im Käfig oder Mörder hinter Gittern zu spielen. Er fand nirgends Olivenöl und präparierte eine Sauce aus gewürfeltem, gekochtem Schinken, grünen Paprikastreifen, Kapern, Butter, Crème fraîche und Eigelb. Er konnte nicht kochen, aber da er seit je für Guillaume Notgerichte erfinden mußte und Guillaume außer einem gutgesalzenen Steak kein Fleisch aß, gab es seit je Spaghetti und Penne in allen Variationen. Er brachte das Wasser zum Kochen und stellte die Flamme klein. Wenn sie kämen, brauchte er die Spaghetti nur ins siedende Wasser zu werfen. Aus Resten von Paprika, Fenchel, Zwiebeln schmorte er eine Vorspeise und ließ sie abkühlen. Guillaume hätte für Ingwer plädiert, aber heute zog er es vor, auf diese phantasievollen Anregungen zu verzichten. Er fand eine angebrochene Flasche Campari, nahm Eiswürfel und setzte sich auf die Terrasse. Die Sonne leuchtete im Rot wie der hochsommerlichste Sonnenuntergang, und das Rot schmeckte bitter und kalt und weder nach Véronique noch nach Abschied; es erinnerte ihn an ein Buch, das im Gästezimmer gelegen hatte, mit camparirotem Umschlag. Eigent-

lich hätte er an die neuen Thermoverfahren für die Herstel-
lung von unzerreißbarem Zellophanpapier denken müssen,
Hocherhitzung auf 300 Grad, aber er dachte an das Buch,
in dem er neulich nachts geblättert hatte, als er nicht schlafen konnte, ein Mann lag auf seinem Bett und betrachtete
durch das offene Fenster das Licht-und-Schatten-Spiel der
Akazienblätter auf den Mauern der gegenüberliegenden Kirche. Er hatte in Paris auf den Partys eines Wirtschaftsjour-
nalisten, dessen Frau Theaterstücke schrieb, ein paar Poeten
kennengelernt und wußte seither, daß Poeten den Börsen-
bericht lesen und Wirtschaftsleute Romane mit langen Be-
trachtungen über Akazienblätter. Und vor ihm verschwam-
men Sand, Wasser und Himmel in einem einzigen, sanften,
milchigen Blaugrau.

Plötzlich standen sie hinter ihm, er hatte sie nicht kommen gehört, weil der Hund nicht gebellt hatte und sofort in
die Küche stürzte, um zu trinken. Die Kinder rasten die
Treppe herauf, um ihre Badeanzüge zu holen, fünf Minuten
später knarrten die morschen Stufen, die vom Garten direkt
auf den Strand führten, unter ihren nackten Füßen. Sie wollten vor dem Abendessen noch baden, nur fünf Minuten,
ganz kurz, bestimmt sofort zurück. Er sah ihre mageren,
nackten, braunen Schultern über den Strand rasen und ins
flüssige Quecksilber des Horizonts eintauchen, der Fahrer
war verschwitzt und ging unter die Dusche, und ein großer,
breitrandiger Strohhut tauchte neben Bloch auf, setzte sich
und verlangte einen Campari. In Jumièges hatten sie einen
Pokal gekauft, aus der Werkstatt der Klosterbrüder, Silber
mit vergoldetem Fuß und eingelegten Halbedelsteinen, nach
einem Modell aus dem 17. Jahrhundert, die Kinder wollten
ihn dem Großvater zum Geburtstag schenken und waren
froh, ein Geschenk gefunden zu haben. Und es gab einen
Ziehbrunnen im Vorhof der Klosterruine, das war das In-

teressanteste, die Kinder wollten an der Stange in die Tiefe klettern, und keiner wollte ins Kloster eintreten.

Dann kamen alle zurück, er stellte Salat und Wein auf den Tisch und sagte, im Fenchel sei sicher noch der Sand vom Nachmittag. Alle lachten und sagten, nach dem Essen wollten sie Halma spielen, und schon roch alles wieder nach Meer, Tang und Sonne.

Als er die Spaghetti ins kochende Wasser warf, siedete eine Stimme in seinem Ohr, er warf Salz hinterher und hörte Véronique, die meisten Morde in der Ehe würden wegen einem Nichts begangen, nicht nur wegen Salz. Sie stand in der Küche und kochte Reis, sie hatten den halben Nachmittag dort verbracht, es war Winter und kalt, sie hatten eine Gasflamme angelassen, damit es in der Küche wärmer wurde, sie hatten Tee getrunken, und Véronique hatte ihm Vorwürfe gemacht, weil er seit sechs Wochen nicht mehr mit ihr geschlafen hatte. Als sie kochte, hatte er sich schließlich zu den Abendnachrichten verzogen und in der Tür gesagt, vergiß das Salz nicht. Schweigen – und dann ein hoher Schrei: sieh mal! Als er sich umdrehte, sah er, daß sie ein Salzfaß nach dem andern und schließlich das ganze Salzpaket mit Gros Sel in alle Töpfe schüttete, in den Reis, das Ratatouille, über die Lammkoteletts, über die Petits Suisses zum Nachtisch und den Endiviensalat, der schon geputzt war. Es war in den Ferien, kurz nach Weihnachten, Guillaume war zu Hause, und er sagte sich: Feiertagshysterie. Aber als er zum Fernsehapparat ging und Guillaume ihm die Ergebnisse irgendeines Trabrennens entgegenrief, hörte er Véronique in der Küche heulen und drohen, nicht ich werde hier zur Salzsäure, nicht ich, nicht ich, nicht ich. Und er dachte die ganze Nacht Salzsäure, Salzsäure, Salzsäure.

Nach dem Essen spielten sie Halma, und als es dunkel wurde, wollten die Kinder im Meer Seesterne fangen. Aber die Eltern ließen sich nicht erweichen, ihr habt Jumièges gehabt und ein Picknick und am Abend das Meer, und nun ist Schluß. Die Kinder weigerten sich, ins Bett zu gehen, der Hund bellte durch die Nacht und wurde auf den Strand gelassen, und die Meuniers stritten sich um ein Haar über Methoden der Erziehung. Schließlich gingen die Kinder, der Hund kehrte nach einer Weile zurück, und Bloch trank noch ein Glas mit ihnen unter klarem Sternenhimmel. Der Hund saß mit gespitzten Ohren im Mondlicht und beobachtete die Signale der Leuchttürme. Plötzlich schlugen die Türen, aus dem Wohnzimmer drang leise Radiomusik, die Klospülung rauschte laut, und dann hörte man in der Küche das Klappern einer Pfanne und das Brutzeln von Spiegeleiern. Véronique hatte sich angewöhnt, nachts zu arbeiten und auf leise, für die Nachbarn lautlose Weise Blochs Schlaf zu stören. Es war die Zeit, als Guillaume nachts las und auch zum Nachtmenschen wurde. Und Bloch ging wieder weg, noch in der Nacht, am andern Tag, und Guillaume entdeckte den Vater-Sohn-Konflikt. Auch er machte sich aus dem Staub und verschwand in sein Internat, aber er drohte Bloch, wenn seine Mutter Schaden nähme, sei er dran.

Bloch sagte, er komme nicht raus aus der Hölle, die Meuniers blickten sich erstaunt an, nickten sich dann zu und ließen ihn in Ruhe. Eine halbe Stunde später lag er im Bett und las in dem Buch mit dem camparifarbenen Umschlag. Der Mann, der die Akazienblätter betrachtet hatte, saß jetzt in einem Zug, in einem endlosen Zug, der immer wieder auf offener Strecke stehenblieb, Stunde um Stunde in der Nacht wartete, auf offenem Feld, nirgends Beleuchtung, und der Mann hatte die Brote gegessen, die ihm seine Geliebte an den Zug gebracht hatte, und er fuhr in den Krieg. Kaum eingeschlafen, schreckte Bloch hoch, weil er das Wimmern des Kindes gehört hatte. Alles war still, durch den Vorhang fiel kaum Licht von außen, und er setzte sich auf und lauschte. Nach einer Weile hörte er wieder das Wimmern, jetzt klang es wie leises Rieseln, Gurgeln und Stottern in einer entfernten Wasserleitung. Vielleicht eine Katze, die irgendwo saß und mondsüchtig klagte, und die Rohre leiteten das Echo bis zu ihm. Er saß lange Zeit aufrecht im Bett, das Wimmern setzte an und brach ab, und er vergaß, das Licht anzudrehen. Schließlich stand er auf und ging am Bad vorbei durch den kleinen Vorraum in den Korridor, der das Vorhaus mit dem Haupthaus verband. Alles war finster, stockfinster, und das Wimmern war laut wie durch eine Pappwand. Er tastete sich an der Wand entlang, das Wimmern blieb gleich, in naher Ferne, es schwoll nicht an, es blieb da, ein untergründiges leises Weinen. Fast war er an der Tür angelangt, an der Tür, die sich zum Entrée des Hauses öffnete, da sah er, die Tür stand weit auf. Zwischen den Garderobehaken hing ein bald zwei Meter hoher Spiegel.

Im Spiegel sah er ein kleines Bettchen, weiß gestrichen, ein Kinderbettchen mit Gitterstäben. Und im Bett lag ein Kind und keuchte, ungewindelt, ungefüttert, seit langem verlassen, ein Kind mit roter Haut, mit fleckigem Ausschlag, mit Flecken wie von Säure, und in der geballten Faust steckte eine kleine Rappel, nein, Sanduhr.

Schneefall vor Silvester

Nichts ist wichtiger in der Malerei als die Auseinandersetzung mit dem realen Objekt, zitierte Buisson Francis Bacon und trank seinen Pommeau. Pommeau stand nicht auf der Karte des *Lieutenance,* aber sie hatten ihn trotzdem serviert – ein wenig Calvados, mit trockenem Cidre aufgegossen. Zu Champagner hätte er sich nicht hinreißen lassen, nicht hier, nicht am Abend von Silvester, nicht als Gast der zwei Schwestern. Champagnertrinkende Künstler fand er lächerlich, und in einer Stadt wie Honfleur mußte man streng sein mit Attrappen der Bohème für die Touristen. Die Galerien machten Geschäfte – mit dem fünften Aufguß der Marinemalerei aus dem 19. Jahrhundert, Boote, Segel, Fahnen, Masten, Wasser und Quaimauern. Und, was schlimmer war in seinen Augen, mit mißratenen Avantgarden, Fetischisten der Abstraktion, unfruchtbaren Ausläufern der École de Paris. Er trank seinen Pommeau und blickte versonnen durch die Fenster des *Lieutenance* auf den Platz.

Sie waren die ersten, und vielleicht würde es überhaupt ruhig bleiben heute, am Tag vor Silvester, sie hatten den Tisch am Fenster, und draußen schneite es. Nichts ist wichtiger ... aber wie sollte man sich mit dem Objekt auseinandersetzen, wenn das Objekt schmolz? Schneeflocken gab es nur im Fallen, schöne große weiße Schneesterne in der blauen Winternacht, sie fielen dicht auf den dunklen Platz, auf das leere Pflaster, das wenige Licht fiel aus den grünlichen Fenstern der Kirche Ste.-Cathérine. Nicht einmal ein Hund, der gegen den Uhrenturm pinkelte und sich in den engen Gassen dahinter verlor. Niemand da, nur Stille und dichter Schnee, lautloser Vorhang mit Sternen, Schweigen der klaren Nacht, geschlossene Kirche, geschlossener Turm. Claudette, der Picassos Bühnenbilder für Saties *Parade* gefielen und gewisse Zeichnungen Cocteaus, würde vielleicht ein naives Bild daraus machen, ein schiefer Turm im Stil Chagalls, tiefblauer Hintergrund, Schneeflocken wie gezackte Weihnachtssterne aus weißen Strohhalmen und das erleuchtete Fenster am Ende des Platzes mit dem Tisch, den Pommeaugläsern, dem grauen Bart des Malers und den zwei Hüten der Mädchen. Paulette, die Mondrian vorzog, würde vielleicht eine Serie paralleler Strichlinien machen, Wald von Schneeflocken, und neben jeden Strich den

Stella / / / / / / Stern
Stella / / / / / / Stern
Stella / / / / / / Stern

Namen eines Sterns schreiben. Sie hatten ihn eingeladen, sie luden ihn ein, aber nur ihn, ihn ganz allein, sie wollten ihn einmal ganz für sich haben. Die roten Wände mit der Fasmalerei trugen hübsche goldene Rahmen mit Landschaftsbildern und Fayenceteller mit Küstenstrichen, die leeren Tische blinkten mit Gedecken, Gläsern und Salzgefäßen, und Monsieur Piton, der Patron, näherte sich, um die Bestellung aufzunehmen. Die Art, wie Monsieur Piton, in feingestrickter doppelreihiger Weste, den blassen, glattgescheitelten Kopf neigte und lächelnd abwechselnd zu Claudette und Paulette sagte: oui, Mademoiselle, war in Honfleur und bis nach Trouville berühmt. Die Mademoiselles wollten einen zweiten Apéritif und bestellten zwei *Coups de Champagne*. Buisson, nicht als Malerfürst, sondern in eine alte Joppe aus braunem Kordsamt gekleidet, erzählte von den

Tagen der auf den Hügeln vor Honfleur gelegenen *Ferme St. Siméon*, wo sich die Maler der Gegend von Jongkind über Boudin bis Monet bei Camembert und Cidre trafen.

Er wählte einen leichten Mâcon zum Entrée. Monsieur Piton notierte auf seinem Block Hummer, Salat und Vinaigrette Balsamique für die Mädchen, Foie gras für den Künstler, dann Filet St. Pierre in Safransauce für alle drei. Die Mädchen nahmen danach Lammkoteletts und Monsieur eine *Cuisse de Canard*. Dazu einen jungen Médoc. Madame Piton brachte Wasser und unterhielt sich mit Buisson über die Galérie *Obélisque,* die ab und zu auch eins seiner Bilder verkaufte. Buisson hatte neulich im Marine-Museum in Paris ausgestellt, und das Ehepaar Piton hatte sich die Ausstellung angesehen. Madame Piton sammelte ein wenig, jedoch kaufte sie nicht die Objekte von César und Armand, die in der neueröffneten Galerie nebenan ausgestellt waren. Sie zeigte sich höflich, diplomatisch und ein wenig zugeknöpft wie ihre hochgeschlossenen Seidenblusen, wenn sie auf das zufällige Nebeneinander der beiden Lorbeerbäume, die den Eingang des Restaurants flankierten, und des zwei Meter hohen Bronze-Daumens von César blickte. Möglicherweise hielt sie das Objekt für brutal und außerdem für unpassend im Ensemble von Platz und Catherinen-Kirche. Sie war dünn und blaß wie ihr Mann, von ein wenig pittoresker Höflichkeit, mit dem winzigen Unterschied, daß der glattgescheitelte Pagenkopf nicht blond, sondern schwarz war. Ihre Röcke waren weit und lang, und ihre mädchenhaften strengen Blusen stets aus Seide. Sie ließ einen gerührten Blick auf den Hüten der beiden Mädchen ruhen und entfernte sich. Die Mädchen trugen mit schwarzem Samt bezogene Schutenhüte, die sie in irgendeinem Secondhandshop gekauft hatten. Auf dem Hinterkopf sitzende Kappen mit großen, steif nach oben geklappten Rändern, die von einem Ohr zum anderen reichten. Unter dem Kinn saß ein zur Schleife gebundenes grünes und ein violettes Band. Sahen die Köpfe ein wenig wie die Nachstellung eines impressionistischen Frauenporträts aus, so trugen sie darunter die Mode von Absolventinnen der École-des-Beaux-Arts. Kurze Bolero-Jacken aus Samt mit Reißverschlüssen, lange enge Röcke aus dünnem Leder und Schnürstiefel mit dicken Plateausohlen. Im Alltag nannten sie sich Paulette & Claudette, obwohl sie Marie-Claude und Paule hießen, und manchmal experimentierten sie mit dem Pseudonym *Les Frères Lumière* für zukünftige Auftritte auf eigenen Ausstellungen. Sie studierten Malerei, Zeichnung, Graphik, Photographie, Bildhauerei in Caen und träumten von einem Semester in Paris. Ihre Eltern besaßen ein Häuschen in den Hügeln über Trouville, der Vater war Lehrer an der Ecole du Bon Sécour, und die Mutter arbeitete als Zeichen- und Musiklehrerin in einer Schule für Behinderte.

Vielleicht hatten manche der zu Schuljahrsende ausgestellten Arbeiten sie – auch ohne Studium von Art brut und Dubuffets Sammlungen von Kinderzeichnungen – rein in der Praxis auf den Gedanken gebracht, daß der kalkulierte Infantilismus ein wichtiger Bestandteil der Gegenwartskunst war. Claudette stand mehr auf Magritte und einen phantastisch-verfremdeten Realismus, Paulette mehr auf Daniel Buren und abstrakte Variationen serieller Geometrie. Das gemeinsame Dritte waren im Augenblick Tàpies halbabstrakte Glockenbilder: Mythos, Surrealismus und der poetische Funke eines Haufens Stroh oder einer Benzinlache im Sand. Sie tranken ihren Champagner, aßen die Winzigkeiten aus Blätterteig, machten sich mit gesundem Appetit über den Feldsalat mit Hummerstücken her und erzählten Buisson, daß sie zu Weihnachten über zweihundert kleine Keramikschalen verkauft hätten. Denn zuweilen wurden sie der hohen Kunst untreu, Avantgarden und Postmoderne, und verdienten sich Geld durch Kunsthandwerk, das im Laden einer Freundin unterderhand an einem Extratisch verkauft wurde. Buisson, kein schwarzer Prediger hermetischer Kunst, nickte und murmelte, sie hätten bedeutende Vorfahren in diesem Metier, Picasso und Cocteau. Sternchen – Cocteaus Zeichen, er zeichnete eins mit der Gabel aufs Tischtuch. Vielleicht wollte er sie ein wenig aufziehen mit großen Vorbildern, er war ein heimlicher Melancholiker und glaubte nicht an die unberechenbaren Ausbrüche verschiedener Begabungen in einem einzigen Künstler. Seit jungen Jahren schon zu sehr Patriarch, um zur boshaft-zynischen Variation des chauvinistischen Künstlers zu gehören, der die jungen Nymphchen des Nachwuchses verbraucht, hegte er trotzdem keine hohe Meinung von der Weiblichkeit der Kunst. Die Frauen, sagte er, malen phantastische Welten, Kinderwelten (des Spielzeugs und der Schrecken), Leonor Fini zum Beispiel, und Selbstportraits, Selbstportraits der Klage, des Exils, des weiblichen Anderen, endlose Serien, aber es fehlt der strenge Gedanke ... die Pranke des Löwen, souffierten die Mädchen an dieser Stelle und zitierten: das Wichtigste in der Malerei ist ...

Sie aßen ihren schneeweißen St. Pierre und lobten die Safransauce und versuchten, die steinharten Seesterne aus Lakritze auf die Gabel zu spießen, die das kleine Gemüse aus grünem Spargel dekorierten. Nur an der Art, wie sie sich über den Teller beugten, merkte man, daß sie keine höheren Töchter mit viel Taschengeld waren, die die Technik von Radierung und Gouache studierten. Kopf und Mund tief und nah an der Gabel, proletarische Nachlässigkeit, und – schlürften sie nicht ein wenig, ein ganz klein wenig, kaum hörbar? Niemand hatte ihnen je gesagt, wie man die Gabel zum Mund führt. Das Restaurant füllte sich, an der anderen

Wand war ein großer Tisch für zwei Honoratioren-Familien, die sich am Tag vor dem großen Spektakel zu einem intimen Diner trafen. Die Luft schwirrte plötzlich von Stimmen, die gedämpfte, ein wenig feierliche Atmosphäre war gewichen, und auch die drei am Fenster konnten lauter und ohne Rücksicht auf Zuhörer sprechen. Draußen schneite es noch immer, der Schnee fiel dichter, vielleicht bliebe er sogar liegen, und für den Fall versprach ihnen Buisson eine mitternächtliche Schneeballschlacht. Die Mädchen, die, dem Ruf junger Künstler untreu, im Alltag wenig tranken, hatten den Mâcon geleert und wurden ein wenig wehmütig. Sie blickten in das Treiben der Schneeflocken, die vorher so ruhig und lautlos gefallen waren, und Claudette zitierte einen Satz aus der Offenbarung, nein, Apokalypse, sagte Paulette… und ein Stern fiel vom Himmel, und sein Name war Wermut. Vielleicht war ihnen kaum bewußt, daß sie noch ein wenig, noch einen Tag lang bis zum Ende des Jahres, die Rolle der kleinen Mädchen spielten, die ihrem Meister zum Abschied ein Fest gaben. Warum er ihr Meister war, war allen dreien nicht recht ersichtlich. Die Mädchen neigten zur kleinen Form und behaupteten, zum großen Tafelbild fehle ihnen noch der Mut. Sie hatten sich im Sommer mit großen Handfegern und Farbeimern bei ihm eingestellt und acht Wochen in einem Saal des alten Kinogebäudes an der Bushaltestelle Wände bepinselt. Das Gebäude sollte abgerissen werden, nur die Art-déco-Fassade mit der Omega-Uhr erhalten, doch in der Zwischenzeit stand es den Künstlern der Stadt für Sommerkurse, Vorträge und Debatten zur Verfügung. Claudette und Paulette kletterten auf Leitern und fabrizierten monumentale Figuren. Baudelaire mit grünen Haaren, über den Höhen von Honfleur, Boudin unter seinen Wolken am Strand vor einer Reihe weißer hölzerner Badekabinen. Bei Claudette schwirrten Wikinger-Boote, der

Gouverneur der Stadt auf dem Pferd, die kleine Kapelle der Côte de Grace über die Dächer, bei Paulette wirkten ertrunkene Seeleute in den Armen ihrer jungen Verlobten wie morbide Gestelle in Form von Ankern, nackte Frauen stürzten kopfüber in Abgründe mit gekenterten Seegelbooten, Roboterfiguren saßen vor Paletten wie Spiegeleier am Strand. Zwischendurch saßen sie im Schneidersitz auf dem Boden, drehten Zigaretten und kämpften mit Buisson um die Antwort auf die Frage nach dem Tod des Tafelbildes. Buisson hatte wenige figurative Bilder gemalt, und die wenigen zeigten wenig von: das Wichtigste in der Malerei ... es waren Typen, Figuren aus Kunst und Literatur, Harlekin, Bettler, und selbst ein spanisches Begräbnis geriet ihm zum Bühnenbild mit Sargträgern und Sarg nach Goya und Manet. Seine Selbstportraits wurden nie zum Künstlerbild, sondern zu Figuren eines Seemanns mit Pfeife im Bart und gestreiftem Sweater oder Rollkragenpullover aus grober Wolle. Sein Thema waren Stadtbilder und Seestücke. Er hatte ein paar Jahre in Paris verbracht, bevor er in die Stadt seiner Geburt zurückkehrte, und hatte ein Arsenal von großen, ruhigen, düsteren Mauerbildern, Fassaden, Brücken und Türmen vor kaum sichtbaren oder monochromen Himmeln mit zurückgebracht. Ab und zu hatte ein Stück Wasser von Seine oder Kanal demonstriert, daß er die unruhigen Wellenstriche und Wasser-Licht-Reflexionen des Impressionismus verarbeitet hatte, es waren pastose Flächen mit Wellenstrichen ohne irisierendes Reflexspiel und ohne Lichteinfall in die Tiefe. Auch seine Seestücke, Boote, Hafen, Küste, Häuser am Quai, offenes Meer, waren keine Bilder nach der Natur, die Bäume blattlose Architektur, die Fassaden ohne Ornament, die Himmel monochrome Kunstflächen ohne ein Wölkchen, die Quaimauern dumpfe Farbfelder, und nur das Wasser zitierte an einer Ecke Monets Pinselstrich. Doch als lebe, nicht im Keller, in den Tiefen, sondern in den heiteren, lichterfüllten Höhen von Dachgeschossen und oberen Etagen, ein schlechtes Gewissen wegen der statischen, monotonen Bilder, die im Widerspruch standen zu allem, was man sich unter Seestücken vorstellte, hatte er, mit der linken Hand gleichsam, der Hand eines Schizophrenen, der unterm Verbot der Negativität steht, ein riesiges Arsenal von Seestücken in Pastelltönen geschaffen. Bei Ausstellungen in Pariser Galerien hingen sie meist im Keller, die glitzernden Masten mit bunten Wimpeln, die strahlenden Sommerhimmel, die bunten Massen, die sich fröhlich auf Schiffen und Quais tummeln, die dichtbelaubten Bäume und grünen Hügel, die unendliche Variation eines Themas, das dem Touristen und Passanten-Käufer annehmbarer erscheinen mochte. Diese Bilder bevölkerten im Sommer die Schaufenster der Galerien um das Vieux Bassin. Paulette hatte sie rücksichtslos als epigonal bezeichnet, während Claudette, obwohl sie ihr nicht gefielen, bereit war, in den lustigen Wimpeln und der Kirmesatmosphäre des 14.-Juli-Festes vor der Mairie die, wie sie sagte, Ikonographie eines eigenständigen Naiven zu sehen. Quatsch, sagte Paulette und nagte, den Knochen des dritten Lammkoteletts in den Fingern haltend, das Lammfleisch ab. Sie verlangte eine Wasserschale und sagte boshaft, du solltest die Tapete wechseln, du alter Maler. Oder willst du dich für den Rest deines Lebens hier vergraben, zwischen Touristenströmen und einsamen Monaten, in denen der Regen dich in den Selbstmord treibt? Noch ein Seestück, noch ein Stück Mauer, und das alles in der großen Tradition von Honfleur, von Boudin, von Jongkind und Monet bis zu Friesz und Saint-Delis. Du solltest die Tapete wechseln, sagte sie und tauchte ihre Fingerspitzen in die Wasserschale und trank mit nassen Händen einen kräftigen Schluck vom Médoc, den letzten. Sie bestellte eine neue Flasche und streifte Claudette, die seit einer Weile stumm und versonnen in einem Salzfäßchen rührte, mit einem Blick. New York, da kannst du weitermachen, mit Brücken, Schiffen, Fassaden, aber das wäre mal etwas anderes. Sky-Skraper … Es gibt genug Photos von Manhattan, sagte Buisson lächelnd, Hochhäuser, nichts spiegelnd außer ein paar künstlichen Wolken, verfremdet zu Flächen aus Glas und Metall, eine mythische Eisenbrücke aus dem 19. Jahrhundert und ein kleiner Dampfer, der ankommt. Es gibt genug Photos, und im übrigen trinkst du zuviel. Aber vielleicht sollten wir einen Ausflug dorthin machen, im nächsten Jahr, ohne Photoapparat. Die Mädchen trugen immer einen mit sich und arbeiteten täglich an einem eigenen Stil, Hyperrealismus mit Mülltonne und Melone genannt, denn zum Üben pirschten sie sich noch nicht an Menschen heran. Zu Weihnachten hatten sie ihm eine Photographie von der Schlange vor dem kleinen Pissoir am Vieux Bassin geschenkt, ein Sommerphoto. Die Mädchen wechselten einen Blick. Aber es gibt kein nächstes Jahr, sagten sie, nicht für uns, denn dies ist unser Abschiedsessen. Wir werden dich nicht wiedersehen, bis wir fertig sind. Keine will zurücktreten, keine will auf dich verzichten. Also werden wir dich nicht wiedersehen. Buisson gönnte sich hochgezogene Augenbrauen. Ich dachte, für Abschiedsszenen seid ihr zu alt. Claudette beschäftigte sich wieder mit dem Salzfaß, und Paulette warf ihm einen provozierenden Blick zu. Unsere Hüte und unser Diner, sagte sie, scheinst du nicht zu verachten, also lassen wir die Ankündigung unserer Trennung. Sie trank einen Schluck Médoc. Aber keine Klagen, wenn wir hier nicht mehr auftauchen. Hier hieß in erster Linie das berühmte *Café des Artistes* auf der anderen Seite des Platzes. Ein Bar-Tabac mit einem Tresen in einem schmalen Schlauch und ein paar Tischen vor den zwei Fenstern, die auf das Vieux Bassin gingen. Das Café, vom Platz aus ebenerdig zu betreten, lag auf der Fensterseite im fünften Stock. Die Häuser am Vieux Bassin, meist aus grauem Schiefer, waren wie dürre Latten in die Höhe gebaut, so steil und schwindelerregend hoch, daß sie bei jedem Windstoß umzukippen drohten. So sah es aus, als ob sie sich aneinander festhielten. An den Tischen im Café saß fast nie jemand, unten in der Tiefe lagen die Boote im Wasser, am Quai herrschte Gewühl und Getöse und kochende Hitze, und oben war es still und kühl. Hinter dem Tresen stand meist Mimi, Buissons Frau, und schenkte der Lauf- und der Stammkundschaft Kaffee oder Bier aus. Paulette hatte sich mit einem Studenten aus einem anderen Kurs – Installationen und Environments – angefreundet, und eine Weile ging es so: Paulette verbrachte die Nachmittagsstunden im Café mit dem Studenten, rauchend und kaffeetrinkend, und Claudette ging mit Buisson auf den Höhen über dem Meer spazieren, Mohnblumenstengel kauend oder Strohhalme und in den verlassenen Hochsommerwiesen von langen Pausen unterbrochene Diskussionen fortsetzend. Buisson war kein Freund von intellektuellen Debatten, und er war nicht mehr jung, über Mitte Fünfzig. Und dann schlossen sie sich ab und zu in seinem Atelier ein. Und dann näherte sich der Sommer seinem Ende, die Wiesen waren gemäht, und Claudette trug an einem verschwiegenen Kettchen einen alten Bartschlüssel, den Schlüssel zu Buissons Atelier. Und dann wechselte die Konstellation, Claudette saß mit Paulette und ihrem Freund im Café, und dann blieb Paulette weg. Das erste Mal hatte Claudette allein den Bus nach Trouville genommen, und Paulette hatte sich nachts mit Buisson im Café eingeschlossen. Der Herbst kam, und sie fuhren wieder in die andere Richtung, in Richtung Caen. Sie sahen Buisson nur an den Wochenenden, er hatte sie mit Moinneau, dem Dichter von Honfleur, bekannt gemacht, der schrieb Gedichte wie Chansons von Mouloudjij, und sie planten ein gemeinsames Album mit Gedichten und Radierungen. Mochte die Affaire von Claudette auch kurz gewesen sein, Paulette hatte es nicht lassen können nachzuziehen. Beide mochten Buisson und hatten sich in gemeinsamem Überschwang dieses Essen in der *Lieutenance* ausgedacht. Draußen rannten zwei Kinder in der Dunkelheit durch den kaum liegenbleibenden Schnee, einer rutschte aus, fiel, raffte sich auf und hatte einen Schneeball in der Hand. Er warf ihn gegen Césars Daumen, und sie rannten im Kreis um die Skulptur und spielten Nachlaufen. Im Restaurant beschlugen die Scheiben ein wenig, die Honoratioren tafelten ausgiebig und mit vielen Ansprachen zum Jahresende. Monsieur Piton sagte oft lächelnd mit vorgeneigtem Kopf oui, Madame oder oui, Monsieur, und Madame Piton brachte eine neue Wasserkaraffe an den Tisch am Fenster. Sie aßen geeisten Camembert auf Salat, danach gab es für alle Sorbet, für die Mädchen wieder Champagner und für den Maler alten Calvados. Er äußerte sich schneidend über das neue *Musée Satie,* die Verwandlung von Kunst in Spektakel, sagte er, in Wochenend-Attraktionen *Son et Lumière,* und sie beschlossen, als Hommage an Satie, ein Objekt herzustellen *in Form einer Birne,* aus Noten, zusammengeschweißtes Metall. Und sie beschlossen, in den Schnee zu gehen und sich mit Schneebällen zu bewerfen und Schneeflocken zu fangen und sich im Café einzuschließen und die Nacht dort zu verbringen und den Tag dort zu erwarten.

.

Subtile Schuhe

Als ich in Trouville ankam, schloß die Papeterie auf dem Carréfour vor unserem Haus gerade zur Mittagspause, und die Restaurants waren schon gerammelt voll von Sommergästen. Das Taxi hielt vor dem großen Tor zur *Résidence des Tilleuls,* und im Eingang der Papeterie brannten die Postkarten, die mit Strand, Meer und blauem Himmel in den angeketteten Ständern steckten, in der Mittagssonne. Die Fahrt war angenehm, da wir aus Paris aufgebrochen waren, als die Rue Caulaincourt noch im Schatten lag und die Bäume so viel Kühle ausströmten, daß ich mit der Wolljacke ins Auto gestiegen bin. Die Nachbarn finden immer noch etwas dabei, daß ich mit dem Taxi in die Ferien fahre und mir nicht von jemandem aus der Familie in den Zug helfen lasse, aber es ist mein einziger Luxus. Einmal im Jahr kommt ein Taxi aus Deauville, ich kenne den Fahrer seit vielen Jahren, und wenn es in Paris vor dem Haus wartet, bis die Koffer verstaut sind, bleiben die Nachbarn stehen und sagen, voilà, es geht nach Trouville. Ja, es geht nach Trouville, durch Saint-Cloud, durch die Yvelines, an Giverny vorbei und dann durch die Normandie mit ihren gescheckten Kühen, Apfelbäumen und sanften Knicks. Ich bin über achtzig, die Aircondition in den neuen Wagen macht mir noch immer zu schaffen, mitten im Sommer fängt man sich eine Erkältung und verbringt den Anfang der Ferien mit Taschentüchern. Kaum angekommen, betrete ich die Pharmacie am Carréfour und verlange Papiertaschentücher, und der Apotheker, Monsieur Bulot, fragt, Sie haben wieder eine Erkältung, Madame Tissus, wegen der Air-condition? Physisch ist er kein Normanne, mein Chauffeur, aber ich habe eine Schwäche für ihn, und ich kenne ihn seit fast zwanzig Jahren. Seit ein paar Jahren telephoniert er die Hälfte der Fahrt auf seinem Portable, wäre ich jünger, wäre ich sicher beleidigt. Aber ich gehöre noch zu einer Generation, die daran gewöhnt ist, daß Männer die meiste Zeit mit anderen Dingen beschäftigt sind, auch wenn sie mit einer Frau verabredet sind. Wäre ich jünger, hätte ich weniger Angst, wenn er telephoniert und nur mit einer Hand fährt, aber so setze ich mein gepudertes Alte-Damen-Lächeln auf und sage, Bernard, nicht so waghalsig, ich möchte noch einen Sommer in Trouville verbringen. Einmal habe ich ihm tausend Franc geschenkt, weil ich Geburtstag hatte und mit einer Freundin im Garten des feudalen *Normandy Castle* gefeiert hatte, alles Apfelbäume und Rosen und einige Gläser Champagner, und Claire sagte, auf deine alten Tage machst du noch Torheiten, ich muß auf dich aufpassen. Aber wir kamen auch dieses Mal unbeschadet an, Bernard brachte die Koffer ins Haus, und ich brauchte keine Papiertaschentücher. Madame Hibert, die während der Saison ununterbrochen auf Trab ist, hatte das Bett bezogen und die Läden aufgemacht, und auf dem Tisch stand ein großes Bukett im Korb, das mir Docteur Prud'Homme zum Empfang geschickt hat. Er ist ein hervorragender Arzt und verschreibt mir meine Thalasso-Therapien, denn offiziell bin ich auch wegen meiner Gesundheit hier, nicht um zu faulenzen, aber er ist ein wenig pompös, und seine üppigen Buketts zeigen, daß er meinen Geschmack nicht im geringsten kennt, obwohl er jeden Montag zur Visite kommt und auch auf das anschließende Glas Wein bleibt. Am liebsten wollte ich gleich herauslaufen und nachsehen, ob die Boulangerie am Carrefour noch immer die Plastikimitationen von Schokolademuscheln und Seesternen im Schaufenster liegen hat, in einem Fischernetz gesammelt. Außer Maurice, der tot ist, weiß niemand, wie närrisch ich auf den Carrefour und die Rue des Bains bin, solche Verrücktheiten kann man nicht einmal Freundinnen erzählen, obwohl Schaufenster und Läden angeblich zu den weiblichen Beschäftigungen gehören. Aber die Frauen, die ich kannte, sind alle zu praktisch, um sich lange bei Muscheln und Fischernetzen aufzuhalten, sie reden über die besten Pralinen, die elegantesten Gürtel, die bequemsten Schuhe. Wäre ich ein Schriftsteller, würde ich sicher ein kleines Buch verfassen über *unseren kleinen Carrefour,* das sind Dinge, die man nicht auf Tonband sprechen kann, wie es jetzt Mode ist, man erzählt sein Leben, und jemand schreibt es ab und bringt es in Form. Ich war jahrelang in der Requisite, eine Weile arbeitete ich am Théâtre Hevertot und lernte, nicht nur mit künstlichen Nelken, sondern auch mit Mottenkugeln zu leben. Mein erstes Stück war *Yvonne, die Burgunderprinzessin,* von Gombrowicz, und die Statisten trugen herrliche gepuffte Ärmel aus Renaissancebrokat und ertranken in Perlenschnüren, die wie Weintrauben geformt waren. Ich war eine gefallene, entlaufene Tochter aus dem 16. Arrondissement, und wenn ich auch keine Begabung für die Schauspielerei und Dramaturgie hatte, so war ich doch wie meine Freundinnen praktisch genug, um die kostbaren Requisiten immer neu zu verwenden, daß niemand sie erkannte, und phantasievoll genug, um bleierne Hemden zu ordern, die vom Schnürboden herab in den Bühnenraum hingen, weil ich eine Bildhauerin kannte, die sie uns billig ließ, und dafür im Programm mit Namen erschien. Ein Requisiten-Fräulein, welch skurrile Gestalt, zwischen Regalen mit Puppenköpfen, Perücken und Stecknadeln und endlosen Stangen mit phantastischen Roben. Man stellt sich die Räume sicher im Keller vor, fensterlos, die Wände seit Jahren nicht renoviert, mit düsterem Stoff bespannt. Aber wir hatten Fenster, helle Lagerräume und genügend Lüftungsschächte. Ich war die Frau im Hintergrund, und ich wußte den Vorteil zu schätzen, nicht im Rampenlicht stehen zu müssen. Ich hatte eine vornehme Familie, alte Wurzeln in der Bourgogne, ein fester Bestandteil jener Familien, die hinter geschlossenen Toren ihr gesellschaftliches Leben führten und sich kaum in der Öffentlichkeit sehen ließen. Ich war ihnen davongelaufen, ich hatte weder standesgemäße Beziehungen noch eine akzeptable Ehe, aber mein Beruf in der Künstlerbohème ernährte mich. Ludmilla stand jeden Abend auf der Bühne, Paris lag ihr zu Füßen, und in der Garderobe brach sie zusammen, überstand die Nächte mit Schlaftabletten und verbrachte die Spielpausen in Sanatorien. War sie eine Zeit mit Maurice in ihrer gemeinsamen Wohnung an der Place Dauphine zusammen, überschüttete sie ihn mit Hohn und quälte ihn mit Verfolgungsphantasien. Mal verdächtigte sie eine Theaterkritikerin im *Figaro,* mal ihre Putzfrau, mal einen jungen Schriftsteller, der ihr ein Stück gewidmet hatte. Mal kontrollierten sie ihr Spiel, spionierten, wenn sie eine Rolle erarbeitete, die Modulation ihrer Stimme aus, mal mengten sie ihr fremde Substanzen in ihre Schminke oder in ihr Wasser, so daß sie Reizhusten, Hautallergien und Haarausfall bekam. Maurice hielt sich wie ein Heiliger, folgte dem Ratschlag einer gemeinsamen Freundin, einer Psychotherapeutin, er dürfe sich auf keinen Fall anstecken lassen von Ludmillas Wahnvorstellungen, er müsse Ruhe bewahren und ihr immer eine rationale Erklärung für ihre Vermutungen entgegenhalten. Und wenn er gerade kein Heiliger war und Ludmilla nicht wie ein Therapeut behandelte, verbrachte er einen Nachmittag bei mir in der Rue Caulaincourt. Oder einen Vormittag, häufig schrieb er eine Kritik, seine besten Kritiken über die neuen Stücke von Sartre und Ionesco schrieb er in den fünfziger Jahren in meiner Küche, mit Blick auf zwei Töpfe mit Bartnelken vor dem Fenster zum Hof.

Am liebsten wäre ich gleich rausgelaufen, um mir die auf dem Bürgersteig in der Sonne schmorenden Bücher anzusehen, die vor dem Antiquariat an der fünften Ecke des Carrefour ausgestellt sind. Vom Kriminalroman bis zu Gedichten von Eluard und Stücken von Eric-Emmanuel Schmitt findet sich alles in diesen Kartons für zehn, zwanzig und dreißig Franc. Der Besitzer hält ein Schläfchen in seinem Sessel hinter der Kasse, der Laden ist schattig und voll bis unter die Decke mit Büchern, Landkarten und älterem Spielzeug. Maurice kaufte mir einen Teddybär hier, einen netten verstaubten Teddybären, Steiff-Tier, mit wie bei einem Käfer gewölbtem Bauch und einer Mittelnaht quer durch das Fell. Er sitzt auf meiner Frisierkommode, neben dem Spiegel, und bewacht meine Cremetöpfe, kein Honig. Ich bin ein ordentlicher Mensch, und auch heute vertrug sich mein Sinn für die richtige Reihenfolge mit meiner Spontaneität. Ich verschob meinen Spaziergang auf später und setzte mich in die Küche, um ein wenig Obst und Käse zu essen, Madame Hibert hatte selbst die Ficelle nicht vergessen und frische normannische Salzbutter. Danach wollte ich mich ein wenig hinlegen und von der Reise erholen, vom frischen Wind der Air-condition. Die Küche liegt neben dem Salon, und beide haben Türen zum schmalen weißen Holzbalkon, der Teil einer die ganze Vorderfront entlanglaufenden Galerie ist. Sie wiederholt sich in allen Stockwerken und gibt dem Haus mit arabisch ziselierten Trennwänden und Gittern ein orientalisches Aussehen. Als ich das Haus zum ersten Mal sah, nannte ich es deshalb das spanische Haus, mit seinen Balkon-Käfigen, in denen Frauen mit schwarzen Schals saßen und sich unterhielten und sich das Treiben auf dem Carrefour ansahen. Damals wohnten einfachere Leute in der Résidence, die erst später ihren Namen bekam und einen gepflegten Rasen und diese alten Lindenbäume. Damals waren Haus und Garten noch ein *Bordell,* überall stand oder lag etwas herum, Müllsäcke, Butangas-Flaschen und Kinder-Dreiräder. Ich verliebte mich gleich in das Haus, den Carrefour und den kleinen Impasse, der seitlich um die Résidence herumführt und im Hof eines großen Stadthauses endet. Ein Flügel der Résidence besteht aus einem einstöckigen, weißgestrichenen, langgestreckten Gebäude, der andere, L-förmig angebaut, aus dem vierstöckigen Haus, in dem ich wohne. Auf der anderen Seite des Impasse läuft eine lange, mit Weinlaub bewachsene Mauer, dahinter eine hohe Wand mit Geranientöpfen an den Balkongittern, ein Mietshaus mit einem Atelier unter dem Dach. Betrachtet man die Wand von unserem Haus aus, amüsiert man sich über das Sammelsurium von tiefblauen, tiefroten und gelben Vorhängen, von simplen Stores oder Häkel- und Spitzengardinen mit Blumen- und Vogelmotiven. Auf den schmalen Balkonen stehen und hängen Geranien und Rosen, hohes Schilfgrün, Tuja und Kräuter in Schalen und Töpfen aus Plastik und Ton. Wenn man alt ist, zieht man sich hinter das Alter zurück, um bestimmten Beschäftigungen in Ruhe nachgehen zu können. Das Alter nutzt die Zeit nicht, obwohl die Zeit drängt, da der Tod naht, das Alter vergeudet die Zeit, ergreift die Gegenwart und betrachtet gegenüberliegende Mauern. Auch wenn das Alter zu lebensphilosophischen Überlegungen neigt wie diesen, nimmt es das Patchwork solch einer Mauer nicht als Bild für die Vielfältigkeit des Lebens, weil das Alter aufgehört hat, Aussagen über das Leben zu machen. Aber ich gebe zu, man kann diese Mauer auch mit den Augen einer naiven Malerin sehen, und es gibt auch ein Alter, das die Zeit totschlägt, weil man ohnehin stirbt. Und wenn ich auch dazu neige, die Wand als Groteske zu sehen, schleicht sich doch manchmal ein psychologisches Element ein, und plötzlich sehe ich hinter einem Fenster die dunklen, stechenden Augen und die scharfe Nase von Ludmilla, die mich von drüben fixieren.

Nach dem Essen stand ich auf, ging durch die kleine Wohnung und freute mich der vielen Dinge, die ich vom letzten Jahr hier wiederfand. Ich packte meine Koffer aus, räumte die Bücher auf Nachttisch und Schreibtisch und verteilte Parfumflakons und Cremetöpfe im Kreis um den Teddybären. Dann legte ich mich ein wenig nach vorn in den Salon auf das Sofa, es war zu warm, um eine Decke zu nehmen, die Balkontür stand ein wenig auf, die Linden filterten das Licht und die wenigen Geräusche, die vom Carrefour heraufdrangen.

Und das, war auch das das Alter, daß ich eine Stimme hörte und eine bleiche Gestalt vor violetter Wand sah? *Die Sonne steigt ins Azur / die Stadt badet in Blei / meine Schritte kochen im Teer / schnurgerade zum Horizont / ausgesetzt mit dem Verfemten / die Wüsten der Stadt zu durchqueren / vom Morgen zum Abend / und der Tag ist eine gnädigere Hölle / als die unbarmherzige Nacht / in der niemand stehenbleibt / an einer Ecke vielleicht / um mir eine Zigarette zu geben.* Eine harte Probe für meine Liebe, Ludmilla steht auf der Bühne, in einer imaginären Stadtwüste von schwarzvioletten Samtwänden und Vorstadtkulissen, und sie spielt die Elektra, eine alternde Elektra, in Maurice' Stück. Diese Probe dauerte fast zwanzig Jahre, die Frau im Rampenlicht, und alle paar Saisons waren die Gazetten voll mit Interviews und Artikeln, in denen auch Maurice als Prinzgemahl auftauchte. Er blieb der Kritiker, sie der Star, und daß er auch

ein paar Stücke geschrieben hatte, fiel nicht ins Gewicht, solange sie sie nicht protegierte. Aber bevor ich fünfzig wurde,
tat Ludmilla mir den Gefallen, eine Dosis zuviel zu nehmen
vom Schlafmittel, Unfall, Zufall oder Selbstmord. Und ich
mußte nicht mehr zittern, daß ich von der Witwe vertrieben
würde, denn die kleine Wohnung, die Maurice von seinen
Tantiemen für uns in Trouville gekauft und eingerichtet
hatte, gehörte dem Gesetz nach auch der gesetzlichen Ehefrau.

Ich machte meinen Rundgang, aber entgegen der unternehmungslustigen Stimmung vom Mittag war ich ein wenig
müde. Ich ging in die Buchhandlung L'Horizon und kaufte
mir eine Ferienlektüre, ein Taschenbuch von Amélie Nothomb, eine gespenstische Geschichte, die in der Normandie
spielte. Ich verabredete mich mit der Buchhändlerin für das
Wochenende, und auch den anderen Bekannten in der Straße
sagte ich, ich brauchte ein, zwei Tage, um mich einzuleben,
bevor ich Verabredungen träfe. Ich warf einen Blick in die
Boutique mit den geflochtenen Ledergürteln und Leinen-
röcken, hinter der Kasse saß eine neue Verkäuferin, aber der
Hund der Besitzerin erkannte mich, und ich begrüßte seine
in der Hitze herabhängenden Schlappohren. Ich ging in den
Wein-, den Käse- und den Blumenladen und meldete mich
zurück, ich hatte ein kleines Gespräch mit dem Besitzer des
Antiquitätenladens, der ein Granatkollier aus dem 19. Jahrhundert vor einen Spiegel aus dem 18. ins Schaufenster gelegt hatte, er hat nur eine Hand, und wenn er die Päckchen
mit Brieföffnern, Lupen oder Taschenuhren in Papier ein-
wickelt, sieht man den Stumpf, da ihn die Lederhand
schmerzt und er sie nur bei Hochbetrieb anschnallt. Und gegenüber im *Mise en Scène* standen alte Poloschläger aus Holz
im Fenster, und die Mitte des Ladens füllte wie immer eine
lange Tafel aus Weichholz, gedeckt mit neuem Steingutpor-

zellan und Messingleuchtern. Der Besitzer sieht so irisch aus wie die Fuhren, die er alle paar Monate mit Nachschub aus Irland herankarrt. Ich ging zum Strand und warf einen Blick aufs Meer, das südlich blau und voller Köpfe war. Der Strand war mäßig besetzt, es ist noch vor dem 14. Juli, und in der Woche haben auch bei schönem Wetter nur Mütter mit Kindern Zeit. Auf dem Rückweg trank ich im 4 *Voiles* an der Theke einen Kaffee, das Lokal, der Spiegel, die Säulen, die Gläser funkelten vor Sonne, und alle Türen standen offen, um ein wenig Wind einzulassen. Das Café war kühl und leer, alle saßen draußen. Aber ich war noch immer müde und nicht richtig angekommen, und bevor ich ins Haus ging, warf ich noch einen Blick in den Schuhladen, der *Subtyl* heißt und alles andere als subtile Schuhe verkauft. Jetzt in der Saison standen viele leichte Sandalen und Leinenschuhe auf den Ständern vor dem Geschäft, aber im Schaufenster waren wie immer solide, biedere Schuhe mit Blockabsatz und feste Schnürschuhe für ältere Jahrgänge ausgestellt.

Zu Hause setzte ich mich ein wenig auf den Balkon, Madame Hibert hat meinen Rosenstock gut über das Jahr gebracht, und ich trank gleich zwei Pommeau, mir war nicht nach Maßhalten und gepudertem Alte-Damen-Lächeln zumute. Ich blätterte ein wenig in dem Buch von Amélie Nothomb und ließ das Telephon klingeln. Sicher eine meiner Freundinnen, die ihre Termine mit meiner Thalasso-Therapie absprechen wollte. Vielleicht war es die Mauer, die mich traurig machte, friedlich lag die Abendsonne auf Fenstern und Steinen, auf Balkongittern und Kräutertöpfen. Kein Mensch, keine Katze war zu sehen, und die Geranientöpfe, die mit ihren rosa Blüten in der Morgensonne die heitere Stille der Provinz ausströmten, standen reglos und wie vergiftet. Oben im Atelier stand ein Fensterflügel offen, und der Himmel über dem Glasdach wirkte weit und leer und zog mit blassen Wolkenstreifen durch den Fensterflügel. Ich fühlte mich einsam und fröstelte. Melancholische Stimmungen kenne ich kaum, auch nach Maurice' Tod fühlte ich mich wenig verlassen. Aber plötzlich fühlte ich wieder den Schmerz im Fuß, als umgreife mich eine eiserne Klammer. Maurice zog mir den Schuh aus, einen weinroten Wildlederpumps, der sich von allen anderen Schuhen im Schaufenster bei *Subtyl* unterschieden hatte. Ich hatte ihn nur einen Tag getragen, aber der Schuh umklammerte mich wie in einer Folter. Maurice saß mir gegenüber, wir saßen auf dem Balkon, ich versuchte, den Schuh abzustreifen, und bekam ihn nicht herunter, schließlich war es Maurice, der ihn mir auszog. Ich riß die Sohle auf, die Seiten, und fand: drei schmale Stege aus Eisen. Es nützte nichts, daß mir alle Welt sagte, in jedem Schuh befänden sich solche Eisenstützen. Ich war davon überzeugt, daß jemand mir das Eisen in den Schuh gesteckt hatte, um mir Gang und Füße kaputtzumachen. Und im selben Moment, als Maurice mir den Schuh auszog und der Fuß sich anfühlte wie gelähmt und gebrochen, sah ich hinter der Glasscheibe im dritten Stock gegenüber ein scharfes Profil, das sich blitzschnell zurückzog.

Picknick in Favorite

Aber ein Tier, das sterben will, verkriecht sich, es zieht sich zurück, um in einem verschwiegenen Winkel zu sterben. Satie hielt dem Hund ein Stück Pastete vor die Nase, und mit einem Bissen hatte er es verschlungen. Ich habe den Hund gesehen, zwei Stunden vor seinem Tod, er konnte sich kaum bewegen, aber er versuchte, mir sein Stoffpüppchen aus der Hand zu ziehen, wie alle Tage, er ließ es dann aus dem Maul fallen, als er es zwischen seinen Pfoten hatte, weil er die Kraft nicht hatte, am Stoff zu rupfen, und er aß, er aß eine ganze Handvoll Hühnerfleisch, voll Begeisterung und voll Dankbarkeit, eine Stunde vor seinem Tod oder zwei. Dann kam der Veterinär mit der Spritze, denn es hieß, seine Krankheit sei unheilbar und er leide schon jetzt Folterqualen, die Krankheit hieß Dackellähme, und er war ein zierlicher, roter Langhaardackel von vierzehn Jahren.

Satie merkte, daß niemand ihr zuhörte, und sie sagte, ich wiederhole, zum Sterben ziehen sich die Tiere zurück, in einen stillen Winkel, sie gönnen sich keine Henkersmahlzeit wie die zum Tode Verurteilten.

Morbide wie stets, sagten die Kinder, morgens um sieben erzählt sie vom Tod eines Dackelhündchens und von Henkersmahlzeiten. Sie packten die Körbe aus, entkorkten den Champagner, und aus den Flaschen stieg eine feine Säule von Kohlensäure in die frische Morgenluft. Sie wußten, daß sie Störenfriede waren, die die frühen Rufe von Amseln und

Wiedehopf sich selbst hätten überlassen müssen, aber für andächtige Stille angesichts der friedlichen Morgenstunde war kein Tag. Der Kassettenrecorder wurde eingeschaltet, er war in einiger Entfernung auf der ersten Stufe der Treppe aufgestellt und spielte die jährliche Geburtstagskomposition, erhabene, gravitätische Tanzmusik von Händel, Wassermusik-Kaskaden, obwohl der Tritonen-Brunnen unter der Balustrade der Terrasse seit langem abgestellt war. Die ganze Familie hatte sich, mit Hund und um einige *Tanten* vermehrt, die früher die Frau oder die Geliebte von Papa gewesen waren, um sechs Uhr früh aus dem Hotel geschlichen und sich mit Hüten und langen Sommerröcken und Körben für ein Champagnerfrühstück im Schloßpark eingefunden. Außenstehende, denen die Familienrituale und Papas Faible für Schloßgeschichten suspekt waren, sahen als Zeitgenossen ästhetizistische Spektakel darin, Weltfluchten, Zeitfluchten, pompöse Spiele eines Gelehrten mit zuviel Sinn für das versunkene *siècle des petitesses,* spätes 18. Jahrhundert. Das kleine Lustschlößchen *Favorite,* die Jagdlaune eines bankrotten Grafen von Hennequeville, hatte seit seinem Tod seine Pforten geschlossen, die Erben schwankten zwischen Verkauf oder Umbau in ein Hotel-Restaurant, und während sie schwankten, vergingen die Jahre. Das Unkraut wucherte auf der Treppe, der Sturm hatte die Balustrade beschädigt und einige abgesplitterte Trümmer vom Sandstein über die Terrasse verstreut, und die großen Holzläden vor den French windows waren morsch und rostig in den Angeln. Papa trug eine gelbe Rose im Knopfloch und promenierte ein wenig mißgelaunt – schlechtgelaunt, wie Mama diesen Zustand nannte – auf und ab, die Vorbereitungen dauerten ihm stets zu lange, zu umständlich waren die Frauen, obwohl doch alles präpariert war vom Chefkoch und Besitzer des Hotels, der ihnen, mit einem ungeheuren Schnurrbart im Gesicht, schon zu dieser frühen Stunde nachgewunken hatte. Um sieben trafen sie im Park ein, die Kinder kümmerten sich um Musik, Champagner und Tischdecken, und die Tanten zückten Photoapparate und Skizzenbücher, um alles festzuhalten. Als es aber noch nichts festzuhalten gab, probierten sie einige Petits fours, was Papas schlechte Laune noch steigerte, da er das weibliche Herumtrödeln und das Geschwätz vor dem eigentlichen Anfang haßte. Es war noch nicht Mittag, sonst hätte er sich sicher zu der Bemerkung verstiegen, daß er von *Flaschen* umgeben sei. Satie hatte dem Hund, einem schlanken, schwarzgescheckten Spaniel das Stück Pastete gegeben, sie lebte in der ständigen Furcht, der Hund sei unterernährt. Die gesamte Familie betrieb einen penetranten Magerkeitskult, zählte Kalorien und begab sich nach Weihnachten in teure Sanatorien, um bei Gemüsesäften und Konzerten abzunehmen. Von unabänderlich geselliger Natur, hatten die Erwachsenen eine gewisse Leibesfülle nicht vermeiden können und traktierten deshalb Hunde, Katzen und Kinder mit einem Speisezettel voll Magerquark, Joghurt, geriebenen rohen Möhren, Rinderleber und Kalbsbries und frischem Obst. Mamas Nase rötete sich bereits, obwohl die Sonne kaum über die Wipfel der alten Eichen, Weiden und Erlen gestiegen war. Manchmal muß man den Champagner nur ansehen, um eine rote Nasenspitze zu bekommen, sagte sie stets, und der Spruch für ihre zu eng gewordenen Gürtel lautete ähnlich: manchmal muß man das Essen nur ansehen, um zuzunehmen. Das Gras war noch feucht, das weiße Tischtuch wies sofort malerische Flecken auf, aber die Kinder setzten blitzschnell unter Saties Anweisungen Schüsseln und Körbe ab, so daß eine Verstärkung der schlechten Laune gerade noch vermieden wurde. Im Sektkübel, der mit Wasser aus einer Flasche und Eiswürfeln gefüllt war, steckten einige Rosen, und die Geburtstagsprozession konnte begin-

nen. Papa erhob sein Glas, die anderen auch, die Kassette
mit dem Ende der Wassermusik-Suite schlurrte ein wenig,
und am Horizont tauchte eine Schafherde auf. Der Regis-
seur dieses Tages, sagte Papa, wußte, daß zu pastoraler Landschaft eine Schafherde gehört, ohne kläffenden Hund, auch
der Schäfer hält sich im Hintergrund. Die Schafherde, wohl
an einem kleinen Bach angelangt, ließ sich nieder – Park-
landschaft mit Schafen am Horizont, sagte Satie, 19. Jahrhundert, Schule von Honfleur. Sie setzten Großmama auf
einen leichten Klappstuhl und gaben ihr ein Fernglas in die
Hand. Sie war siebenundachtzig und hatte, da sie für ihre
Morgentoilette Zeit brauchte, ihre Perlen mit Amethysten bereits um fünf Uhr angelegt. Sie wickelte das Kreppapier um
den Griff ihres Stockes, es war eine ziselierte Silberkrücke
und das Geschenk für Papa Gâteau. Er hieß Papa Gâteau,
weil er, obwohl stets reichlich beschenkt mit Krawatten-
nadeln, Manschettenknöpfen und Tabakdosen, seine Kinder
und Frauen mit solchen Gelagen zu *enfants gatés* machte.
Den Namen hatten ihm nicht die Kinder gegeben, sondern
Mama. Sie spazierten ein wenig auf und ab, tanzten einige
Menuettschritte und konnten sich nicht setzen, da das Gras
noch immer feucht war. Satie reichte die salzigen Petits fours
herum, und alle standen und genossen das *english landscape,*
wie Papa sagte. Er probierte seine neue Silberkrücke aus, und
die Kinder kicherten, weil Mama gesagt hatte, sie wolle keinen alten Mann, als sie mit Großmama das Geschenk gekauft hatte, keinen Sechzigjährigen am Krückstock. Es war
ihnen bekannt, daß Papa schon während seiner Studien als
junger Mann einen soliden Stock benutzte, wenn er in der
Umgebung von Jena geologische Untersuchungen betrieb.
Sie trugen blaßblaue Leinenkleider mit weißen Knöpfen,
Kragen und Manschetten und trugen jeder einen Vierzeiler
vor, *Geburtstagskind / o wie geschwind / die Zeit verrinnt: /*

genieß den Tag. Großmama kam mit ihrem: *Trink, o Auge, was die Wimper hält / Von dem güld'nen Überfluß der Welt* und sagte, mit der Silberkrücke angle Papa nach den Enkeln junger Mädchen. Die Tanten machten ein wenig grämliche Gesichter, weil Papa tatsächlich bei seinem bevorzugten Alter blieb, wenn die Wahl auf eine neue Favoritin fiel: über zwanzig und unter dreißig. Auf einer winzigen Platte gab es jetzt winzige Sandwiches mit Kaviar, und die Sonne stand über den Wipfeln und trocknete Tau und kühle Schatten weg. Schon um acht spürte man die Hitze, und die ersten Hummeln flogen zwischen Mohn und Klee, wo der Park in die Landschaft überging. Auf der Treppe lag jetzt ein blaues Samttuch, auf dem die Geschenke, in einem kleinen Köfferchen transportiert, ausgebreitet lagen, hübsche Päckchen aus Rom, München, Paris und Nizza, und Tante Erste Ehefrau erinnerte Satie daran, daß sie nach ihrer ersten Proust-Lektüre befunden habe, seine Sätze seien Pralinen für alte Tanten, in bonbonfarbenes Seidenpapier eingewickelt. Papa wickelte das Päckchen aus und hielt einen Handspiegel in der Hand, Rücken und Griff aus Elfenbein und mit in Silber eingelegten Mäandern. Einer von Papas Lieblingsausdrücken war das Wort *mäandrieren,* was im positiven Sinn Umschweife, Abschweifungen, Kleine-Umwege-Machen bedeutete. Tante Erste Ehefrau war Spezialistin in Scherben, griechische Vasen, sie hatte bei Grabungen eine Menge zusammengeklebt, und Papa, der zuweilen ein Gegner der akademischen Spezialisten war, behauptete, sie verstünde mehr davon als die meisten Archäologen und Kunsthistoriker. Das Familienspiel schien sie heute zu amüsieren, sie hatte ihre Grübchen angelegt und die herbe Strenge ab. Sie war von Kind an mit ihrer Mutter nach Paris gereist und am Place de l'Odéon abgestiegen, da die Mutter ein Faible für französische Malerei hatte und regelmäßig die Galerien in der Rue de Seine abgrasen mußte. Sie war wie die ganze kleine Gesellschaft, auch wenn sie aus Provinznestern kamen, nicht was Papa *Das-Deutsche-kauzt-sich-in-die-Ecke* nannte, und war Papa durch viele Geburtstagsfeste in Italien, England, Frankreich und Holland gefolgt. Tante Fürstin hatte engste Beziehungen zu den Princes de Meurny, und auch das trübte Papas Stimmung stets ein wenig, wenn sie, kaum da, schon Besuche in der Umgebung plante. In schlechten Momenten nannte er sie *greedy*, nie ganz da, überall halb und überall nur die Köpfe vom Spargel kostend. Kleine Bündel von Spargelspitzen, umwickelt mit dünnen geräucherten Schinkenstreifen, gab es jetzt, vom Kleinsten serviert, der noch nicht lange zugelassen war, da sich zwischen der Mutter und Papa einige Unstimmigkeiten ergeben hatten. Sie hatte es unbedingt an die große Glocke hängen wollen, daß Papa der Vater ihres Kindes war, und Papa, erbost über die Indiskretionen, hatte vergessen, daß die *rumeur* ohnehin alles verbreitet. Immerhin war Tristan – nicht zu vergessen: die bürgerlichen Geliebten von Papa fanden sich meist in seinem Metier, oder er brachte sie wie ein guter Patriarch dort unter (an der Deutschen Oper am Rhein) – mit dem Taufkleid, alte Spitze, von Mamas Großmutter getauft, aber da die meisten Kinder im juristischen oder metaphorischen Sinn adoptiert waren, wußte keiner, ob das Wappen holsteinisch oder ostpreußisch war. Aus dem Päckchen von Tante Fürstin schälten sich zwei seidene Pantoffeln mit handgesticktem Früchtekörbchen, eine kleine Spielerei, die er bestimmt nicht in der Angestelltenwelt der Opernverwaltung vorzeigen könnte. Er streifte einen über, er lebte auf großem Fuß, aber er paßte, und er war hinten offen. Wenn du eine Frau wärst, könntest du einen Pantoffel werfen, wenn ihr euch streitet, sagten die Kinder, und die Strafe folgte auf dem Fuß. Tante Tristans Mutter hatte ein Jahr in Rom verbracht, ausgestattet mit einem Forschungsstipendium, sie suchte nach Quellen von da Pontes Textbüchern zu Mozarts Opern, und sie hatte in einem schicken, gar nicht altmodischen Geschäft auf der Via Veneto ein paar Manschettenknöpfe gefunden, die genau zu seinen Hemdknöpfen, Smoking- und Frack-hemd, paßten, Turmaline, cabochon geschliffen, mit glatter, breiter Goldfassung. Die Hemdknöpfe stammten aus Ma-mas Erbe, und Mama, die Ducky genannt wurde, bräunlich gefleckte Stockente, bekam einen ihrer urplötzlichen Wut-anfälle, die man ebenfalls dem ostpreußischen Familienerbe zuschrieb. Sie warf das hauchdünne Weißbrot mit getrüffel-ter Gänseleberpastete in die Wiese und stürzte, ein paar Worte murmelnd wie: Leute, die Geld haben, verderben auch alles, davon. Der plötzliche Aufbruch erzeugte eine Pause, die dritte Kassette war gerade abgelaufen, und nur der Hund profitierte und fraß das Sandwich. Tante Erste Sekretärin ging hinter Mama her, um sie zu beruhigen und zurückzu-holen, und man hörte auf der anderen Seite des Schlößchens eine laute Stimme, ich würde auch gern auf Kosten des Staa-tes oder eines Mäzens ein Jahr in Rom verbringen und mich amüsieren. Darauf die begütigende Stimme der Ersten Sekre-tärin, aber man nimmt doch seine Sorgen überallhin mit. Pause. Aber in Rom sind sie leichter zu ertragen.

Der normannische Himmel war wolkenlos, die Schafe waren weitergezogen und hatten sich unter einer Gruppe von Holunderbüschen versammelt. Papa verließ die Familie, es kam manchmal vor, daß er für Stunden oder Tage ver-schwand, ohne sich zu verabschieden, er ging geradeaus durch die Wiesen, auf den Horizont zu. Mama kehrte zu-rück, alle Tanten umringten sie und gaben ihr ein Glas Veuve Clicquot, und sie suchte wie immer ihren Sektquirl, den sie im Hotel vergessen hatte. Die Kinder störten nicht im geringsten durch gelangweiltes Nörgeln oder aufdringliches Toben, sie saßen wie einen kleine Spatzenschar auf der Treppe und verteilten unter sich die Krumen von der Tafel, einen Karton mit Madeleines, der eigentlich für den Nachtisch gedacht war. Satie sah, daß es zu spät war, sie ihnen zu entreißen, und sagte resigniert, Tage und Freuden. Dann ging sie quer durch die Wiesen hinter Papa her, der sich einen halben Kilometer entfernt mit dem Rücken zur Gesellschaft vor einer Hecke niedergelassen hatte. Der Boden war jetzt trocken und warm, und Papa starrte die Heckenwand an. Ich sterbe jetzt, sagte er, ich bleibe hier und sterbe. Satie blieb hinter ihm stehen. Möchtest du nicht zurückkommen und dir mit dem Sterben noch ein wenig Zeit lassen? Du könntest dich erkälten, auch wenn der Boden schon trocken ist, mit dem Sterben kann es lange dauern. Sie setzte sich neben ihn, er schüttelte den Kopf. Keiner versteht mich, seit Jahren spiele ich den Familientrottel, und trotzdem sind alle unzufrieden. Darauf sie, die *contentia* ist eine Gabe, über die nur große Herzen verfügen. Sie schwiegen eine Weile, Papa hustete, als hätte sich seine chronische Bronchitis bereits verschlimmert. An sich half nur eine schöne lange leichte Partagas dagegen. Satie stand auf. Komm doch, sagte sie streng, du verdirbst allen die Laune. Außerdem hast du keine Aussicht. Sterbende sollten keine Wände anstarren. Papa versuchte noch eine schwache Gegenwehr, dann rappelte er sich auf, und sein heller leichter Wash-and-wear-Anzug war voll Gras.

Alle taten, als ob nichts geschehen wäre, sie bewunderten die Geschenke, die schon ausgepackt waren, und drängten ihn, weitere Päckchen zu öffnen. Da kamen ein paar silberne Saucenlöffel zutage, mit eingraviertem Familienwappen und angeblich aus dem 18. Jahrhundert (sie waren recht groß, keine Rokokopetitessen), ein Morgenmantel aus Krawattenseide, dunkelrot und nicht mit Schalkragen, darauf bestand

er seit je, Mama hatte ihm eine Krawattennadel beim Juwe-
lier anfertigen lassen aus einem der Steine, die sie aus unerschöpflichen kleinen Säckchen hervorholte, denn natürlich
besaß sie nichts, die Familie war in den zwanziger Jahren
verarmt, nur ein paar Perlen, Saphire, hier und da ein bißchen Familiensilber oder Tischwäsche, und der arme Papa
hatte eine schlechte Partie gemacht. Die Kinder schenkten
ihm einen kleinen Stich nach einer Landschaft von Claude
Lorrain, und niemand, nicht einmal Satie, hatte bei der Aus-
wahl geholfen. Die Sonne funkelte in all den Preziosen, und
Satie zählte die Kästchen und Papiere voll Angst, daß später
etwas vergessen würde, und räumte alles auf dem Samttuch
zusammen, was über die Stufen verteilt war. Die nächste
Flasche Veuve Clicquot wurde geöffnet, die Sonne funkelte
auch in den perlenden Gläsern, und plötzlich, als fielen alle
Aufregungen und Anspannungen von ihnen ab, ließen sich
alle Damen ins trockene Gras fallen, und Mama bemerkte
zu Saties Geschenkausstellungskünsten, Satie könnte Schau-
fensterdekorateurin werden. Satie sagte nichts, denn sie
hatte sich verkniffen, Papa ein geistiges Geschenk zu machen – eine zweisprachige Ausgabe von Prousts *Les plaisirs
et les jours,* die sie in der Rue de Vaugirard bei einem An-
tiquar gefunden hatte –, Papa, dessen geistige Durchdrin-
gung des Dixhuitième so ohne Vergleich war, daß man ihm
besser eine in Resedaduft konservierte Schleife vom Mor-
genrock einer Constance de Salm schenkte als ein Buch über
die sozialgeschichtlichen Hintergründe der Prinzenerziehung
am Duodez-Fürstenhof. Tante Erste Sekretärin hatte ein
dickes Buch geschrieben, eine wissenschaftliche Biographie
über jene Constance, die vom Niederrhein über Brüssel nach
Paris ausgewandert war, einen langweiligen Cousin vom
Faubourg St.-Germain geheiratet hatte und wöchentlich, als
Förderin der Künste und der Musik, Konzerte in ihrem Sa-

lon gab, begnadeter Mezzosopran, der die Bühne der Sou-
bretten nicht nötig hatte, um zu brillieren (zu funkeln wie
die Sonne im Kelch). Papa hatte das Buch gelten lassen, weil
es von den Dingen, von den Realien der Kulturgeschichte
handelte, nicht von den Ideen, und Satie fing an zu singen,
weil sie anfing, blau zu werden. Heute war es *Ombra mai
fù* von Händel, sie sang gern, und wenn sie Glück hatte,
rutschte ihre Stimme in die richtige Tonlage, Mezzosopran.
Daß ihre schöne Stimme Glückssache war und vom Tag abhängig, schien nur sie selbst zu wissen, denn Mama behauptete, es sei eine Schande, daß sie nicht aufs Konservatorium
gegangen sei, und Papa sagte, Mama habe das absolute
Gehör. Die langen leichten Röcke aus dünner Baumwolle,
Seide oder Musselin drapierten sich um die Fußgelenke der
Frauen, die ein wenig besinnlich den langsam brütenden
Horizont betrachteten. Die Kinder saßen im Schatten unter
dem Sockel der Treppe und aßen einen riesigen Stapel mit
kleinen Sandwiches, der als Reserve für Hungrige in einem
der Körbe versteckt war. Die anderen hatten vergessen, die
kleinen Geleetörtchen mit Forelle vor der Foie gras zu essen,
sie aßen die restlichen Petits fours salés, zur Neutralisation,
dann die Törtchen, dann das hauchdünne Weißbrot mit
Salm, nicht größer als ein runder Taschenspiegel, und Papa
sagte, die Töchter ruhten im Gras wie Kühe auf flämischen
Bildern. Kein Wind zog auf, kein Wölkchen, keine leise Me-
lancholie, daß der frühe Morgen, Musik und Champagner-
luft und taufrische Pfingstrosen, daß das ganze Ereignis vorüber war, einfach vorübergegangen, und nur *contenance*
konnte verhindern, daß alles zerlief in der langsam steigen-
den Hitze. Schweigen breitete sich aus, das muntere Geplätscher der Worte versickerte, und Seria, die jüngste Tochter,
die gleich aus Papas Lieblingslektüre entsprungen schien,
blaß und fein und melancholisch, aus Keyserlings Schloß-

geschichten, versuchte vielleicht, nicht an ihre Fünf in Orthographie zu denken. Woran sie dachten, während sie Champagner tranken und den leeren Horizont betrachteten, während die Sonne höherstieg? Großmama, die mit leicht gesenktem Kopf zu schlafen schien, schreckte hoch, als das Lorgnon von ihren Knien rutschte und zu Boden fiel. Papa, der die Melancholien der Töchter darauf zurückführte, daß sie den Vulgaritäten der Außenwelt und der Massengesellschaft an Schule und Universitäten nicht gewachsen waren (wie Keyserlings blasse Geschöpfe), der sie zugleich oft gewarnt hatte vor dem Heimweh nach Familiensprachen und Familiengerüchen, nach altem Leinen und Nelkenseifen und trägen Tagen in selbstgeschaffenen Idyllen, Papa, das Geburtstagskind, zitierte ein Motto aus der Geheimsprache der Familie, das der Auftakt zu einem bestimmten Moment des Tages war: ... *und jetzt wollen wir in den Garten gehen.*

Und dann sagte er, *und jetzt wollen wir in den Garten gehen,* ein Zitat aus einer Erzählung von Keyserling, eine Familienformel, die den Abschluß aller Debatten, aller Streitigkeiten ankündigte, die im Innern des Hauses stattfanden. Auch den Abschluß der Frage, ob man seine Epoche überlebt hatte oder nie in sie hineingewachsen war, ob man aus der Zeit gefallen war oder nicht in die Gegenwart paßte.

Satie und Sorel saßen auf den Stufen der Treppe vor dem Schloß *Favorite,* und Satie erzählte Sorel, was sich hinter dem Schloß abgespielt hatte. Es war ein paar Jahre später, vom obersten Absatz der Treppe konnte man in der Ferne das Meer sehen, das sanfte graue Meer der Manche, und den fernen Flug der Möwen, deren Schreie gedämpft wie durch Watte zu ihnen drangen. Die Vorderseite des Schlosses sah genauso aus wie die Rückseite, ein launiger Einfall des Architekten, der mit dem leichten Bau wie mit Kulisse und Vexierbild spielte, rechts und links der geschwungene Treppenaufgang, am Ende die Terrasse mit Balustrade, im Parterre die Reihe von French windows und darüber ovale Bullaugenfenster und Walmdach. Es war Ende September, ein feiner Nieselregen störte ihr Picknick, aber Satie war unermüdlich und behauptete, der Regen sei gleich vorüber. Sie trugen Regenmäntel und Schirmkappen, und Sorel zog aus seinen Taschen eine halbe Flasche Rotwein, eine große Saucisson sec, einen Camembert, ein paar Tomaten und ein Messer. Satie hatte Papiertaschentücher als Servietten und als Tischleindeckdich und die Baguette schon angebrochen. Er machte stets ein böses Gesicht, als Kinderschreck, und sagte, das Anknabbern des Brotes ist verboten, aber Satie sagte, das ist ein Ritual. Das Wort *Ritual* haßte er, ein leicht pompöses Andenken aus der Vater-Ära, denn aus großen Opern machte er sich nicht viel. Sie hatte ihm alle ihre Favoriten vorgespielt, Händel und Satie und Ravel, und sie hatten nie gestritten, ob das zu *old culture* gehöre. Seit sie ein Paar waren, hatte Satie selten Grund gehabt, sich auf Treppen zu setzen und kontemplative Tränen zu vergießen. Ab und zu und wirklich sehr selten bekam Sorel einen Wutanfall und unterstellte ihr ein keyserlingsches Heimweh nach den väterlichen Gärten. Anlaß zu ein paar Tränen, aber Satie behauptete nach wie vor, in fünf Jahren hätten sie sich nie gestritten. Sie hatte ihm trotzdem alle Plätze in Europa gezeigt, die sie von früher kannte, und meist fanden sie Vorder- oder Rückseiten, um einen neuen Stützpunkt in ihrem Liebesimperium zu behaupten. Er hatte ihr keine Plätze gezeigt, an denen er früher gelebt hatte, nicht London, nicht Hamburg oder Frankfurt, zugesperrt und abgeschlossen lag seine Vergangenheit vor ihr, ein unbetretbares Gelände, aber sie kultivierte dies Niemandsland und nannte ihn: der Mann aus dem Nichts. Sie zogen die Haut von der Saucisson, und Satie erzählte, wie Papa sterben wollte. Das Meer war weit, und im Septemberdunst leuchteten selbst die Äpfel nur matt. Sie liebten diese melancholische, verhangene Stimmung, weiche Luft, graues Licht; schönes Wetter war tabu, nur für Leute mit penetrant guter Laune. Sorel schrieb an einem Aufsatz über die Briefe von Berlioz, und er behauptete, er habe das ästhetische Ich der Briefe auch in den *Nuits d'Été* verwandt. Aber die sind für Mezzosopran, sagte Satie und unterbrach sich, denn sie waren beide der Meinung, daß Künstler ihr Alltags-Ich nicht in das ästhetische Ich ihrer Werke umsetzen. Heute ist Nerval-Stimmung, sagte sie, Chimären-Stimmung, und zitierte mit Bühnen-Stimme: *je suis le ténébreux, – le veuf – l'inconsolé, … ma seule étoile est morte …* Sie trugen wechselseitig kleine Bücher als Geschenke mit sich, sie Nerval von ihm, er Berlioz von ihr, und das waren ihre Geburtstage. Bücher, Bücher … Seesterne und vielleicht ein Schal. Mit den Jahren kamen Astern oder Dahlien dazu, eine Schallplatte und ein altes Glas. Irgendwie brachte Satie es fertig, den Frühstücksteller mit Efeu zu schmücken, obwohl Sorel jede Anspielung an Geburtstage haßte, um so mehr Fest mit Einladungskarten und Musik und Tamtam. Wenn er Geburtstag hatte, fuhr er mit ihr ans Meer, nach Trouville in ein kleines, weißes Hotel. Am Abend führte er sie aus, und wenn sie blau war, sang sie immer: *you say tomatoes, and I say tomatoes,* das wurde seine Geburtstagsmusik, Glenn Miller und Fred Astaire. Sie tranken ihren Mittagsrotwein, und der Regen hörte auf, und das Schloß war immer noch geschlossen, weder verkauft noch Hotel oder Restaurant. Wenn sie wegfuhren, war auch die Nachsaison schon zu Ende. Natürlich haßte er auch volle Strände, Familienglück und überfüllte Cafés. Satie zählte wie früher automatisch ihre Kalorien, Käse, Wurst

und der Wein, auch wenn sie keinen Anlaß mehr hatte zu
befürchten, sie sei zu dick für Sorel. Er legte ihr zwar eine
Reihe von Befunden vor, welche Freundin oder Bekannte
plötzlich, ab vierzig, wie er sagte, unten herum dick geworden war. Aber noch behauptete er, sie gehe als Spanierin
oder Französin durch, und meinte nicht die romanische Ma-
trone. Der Rotwein wärmte ihre Brust, gleich oder in einer
Stunde würden sie ins Hotel gehen und eine späte Siesta
halten, den Nachmittag im Bett verbringen, *luxe, calme et
volupté*, hätte Papa gesagt. Vergeudung nannte Satie den
großzügigen Umgang mit Tageszeit, ein weiterer Ausdruck,
über den sich Sorel halb amüsierte. Wer wirklich starb,
war der Hund, allerdings recht alt, sagte Satie, Papa ist un-
sterblich.

Nicht in Äonen untergehen, darauf kam es mir an, als ich
vierzig war und ein paar wichtige Bücher hinterlassen
wollte, sagte Sorel abwesend. Nichts faszinierte ihn mehr
als das Meer, der Blick auf das Meer, und ein paar hatte
er schon geschrieben. Satie verlor im Geist vielleicht das
Lorgnon von Großmama oder Mamas Sektquirl. Meinst du
nicht auch, daß sich die Tiere verkriechen, wenn der Tod
naht? Nein, sagte Sorel, der keine Ahnung von Tieren hatte,
sie kommen an, vielleicht suchen sie Schutz, sie sterben in
unserer Nähe. Und dann blieben sie sitzen und vertrödelten
eine weitere Stunde auf der Treppe, und durch den Horizont
zog eine Schar von Möwen.

Ein Schlüsselbrett

Aber schreiben Sie nichts darüber, würde er vielleicht sagen,
wie damals bei meinem ersten Interview. Damals wohnte er
auf der Île Saint-Louis, auf der falschen Seite, wie er sagte,
worauf er mir den Rücken zudrehte und sich ans Fenster
stellte. Die falsche Seite war die Schattenseite, die mit dem
Blick aufs rechte Ufer, und er starrte trübsinnig auf die
Seine mit den Touristenbooten. Damals fing er an, Jacken
von Armani zu tragen, sich diese alte Wohnung mit Rissen
in den Decken und feuervergoldeten Wandleuchtern zu halten, in der er nie anzutreffen war, und seinen alten Freunden vom Avantgardefilm zuzuwinken in eine weite Ferne,
in der sie zurück, auf der Strecke geblieben waren. Er fing
an, große Kinorollen zu spielen, und als ich bei ihm war,
hatte er gerade in einem Wüstenepos Rommel während
seines letzten Afrikafeldzugs gespielt, kurz vor der Nie-
derlage. Vitalität und Aussichtslosigkeit schienen das Kenn-
zeichen seiner populären Rollen zu werden, und dazu kam
die versteckte poetische Seele des Kolosses, dessen zarte
Pranken Cathérine Deneuves Haarpracht streicheln. Aber
schreiben Sie nicht darüber, hatte er wohl zehnmal zu mir
gesagt, nachdem die leise Falsett-Variation seiner berühmten
Stimme mir in düsteren und traurigen Tönen Bruchstücke
seiner Erfahrungen anvertraut hatte. Nur Cineasten erinnerten sich schon jetzt noch an seine »mageren« Rollen in
monochromen und monotonen Filmen von Duras. Das *Un-*

mögliche, die Liebe als Passion, seine Spezialität auch bei Truffaut.

Der alte Trick einer Reportage, der das Interview aufsaugen würde wie weggeschnittenes Filmmaterial, die Figur des Schauspielers mit einer seiner Filmrollen parallelzuschalten, ich hatte alles vorbereitet, um ihn einzusetzen. Und während das Taxi mich aus dem verschneiten und mit weißbestäubten Weihnachtsgirlanden geschmückten Trouville in die Hügel fuhr, wo der große Maugris einen Landsitz besaß – ob er ihn auch bezogen hatte, würde ich vielleicht nicht herausfinden –, sortierte ich Abschnitte und Szenen so, daß seine eigene halbkriminelle Jugend in der Pariser Vorstadt sich koppeln ließe mit Sequenzen aus dem Film *Passage du Désir.* Die Passage du Désir war eine kleine Gasse zwischen Rue Saint-Denis und Rue Saint-Martin in Paris, sie lag auf der Höhe zwischen den Hallen und den Resten der alten Stadttore auf den großen Boulevards. Auf der Höhe, wo der Straßenstrich noch nicht sein belebtes Pflaster hatte wie weiter oben, wenn auch die Passagen dort Domäne von Stundenhotels und Absteigen für Wochen-Mieter waren. Tatsächlich war der Film in der Passage de l'Industrie gedreht, einige Schritte weiter. Die Passage du Désir wirkt an Alltagsmorgen still und geschäftig, verglichen mit der heruntergekommenen Atmosphäre der Passage mit dem soliden Namen. Man betrat die Passage von der Straße her durch einen schattigen Säulengang und stieß gleich auf ein kleines Schaufenster, in dem lange Perücken, ausgestopfte Büstenhalter und Lederpeitschen wie verstaubte Mobilés hingen. Weder im Durchgang noch in der Gasse lag Abfall herum, und doch war alles von einer Dreckschicht überkrustet wie von einer Mischung von Taubenscheiße und Opiumdämpfen. Es waren aber Kokain und Heroin, die in dem kleinen Hotel *L'Avenir* ab und zu ein Versteck fanden, an den Augen des Portiers vorbeigeschmuggelt, der im Hausflur neben dem Schlüsselbrett hinter einem kastigen Bürotisch wie in einem Käfig saß. Die Zimmer waren spottbillig, die Gänge düster, die Bettdecken von Brandlöchern übersät, die Fenster blind und die Tapeten so klebrig, daß nur Leute sich dort einnisten konnten, die seit langem unempfindlich waren gegen den Ekel vor getrocknetem Sperma und nach Fusel stinkenden Klos auf den Fluren. Einnisten – auch hier hatte Maugris (als Jojo) nur ein Quartier, tauchte auf, verschwand oder war da, und niemand wußte, wo er wirklich wohnte und wann er ganze Tage in diesem Hotel verschlief. Welten lagen zwischen den gemütlichen Straßen der Kleinen Leute und der Nutten um die alten Hallen in *Irma la Douce* und der verschwiegenen Trostlosigkeit der *Passage du Désir*. Welten auch trennten ihn von den amerikanischen Actionfilmen, in denen so ein Hotel Schauplatz für Kämpfe von Dealern und Polizisten wurde, deren Stil permanenter Aggression mehr Türen eintritt als das *L'Avenir* zur Verfügung hatte. *Passage du Désir* wurde ein Erfolg, der schon mit dreißig alternde Voyou Maugris alias Jojo ein legendäres Gegenstück (traurig, versoffen) zur eiskalten Maske des *Samourai* Alain Delons. Beide gleich stoisch. Maugris war ein Kind der Pariser Vorstadt, Industrie und Idylle, Kleinbürgerhäuser und Werkshallen, sein Vater arbeitete an einer Tankstelle, in den Interviews wurde die Profession *Garagiste* genannt, die Mutter ein *pied noir* aus Oran mit spanischem Einschlag. Jojo kam von nirgends – nicht aus der Tradition der Vorstadt, links, rechts, patriotisch, rassistisch, kämpferisch, kommunistisch, nicht aus der Tradition des Films der Kleinen Leute und der Kriminellen, der Schlägermützen und der Ballons Rouges. Er trug ein paar Jeans, und nicht einmal die waren Tradition oder Mythos oder ein Zeichen – wie Schlägerkappen, wie Zipfeltuch, wie Ballons Rouges, die abgelöst waren. Er kommt in sein Hotel, um zu schlafen, zu rauchen und die Wände anzustarren. Zwischendurch treibt er sich in der Vorstadt herum und dealt mit Typen, die Hehlerware verkaufen, versteckt im Bric-à-Brac auf den Marchés aux Puces, macht das Zeug am Wochenende an den Pforten die Runde. Ab und zu versteckt er ein Päckchen in einer Plastiktüte im Lichtschacht vor seinem Fenster. Razzias gibt es selten in diesem Hotel, öfter diskrete Kontrollen, nur einmal drehte einer durch und wurde mit einem Cremetopf voll Heroin auf dem engen Flur erschossen. Fast hätte das Hotel dichtgemacht, die meisten Zimmer standen leer, heißes Pflaster, nur Neulinge verirrten sich dann und wann noch hierher. Der Film ist mit braunen Filtern gedreht, ein sumpfiges Ockerlicht geistert durch die funzligen Flure und über die Türen vor den leeren Zimmern. Ein anderer dreht durch und wirft seine Matratze aus dem Fenster, langsam rutscht die Matratze über den Sims und bleibt hängen, wippt, ein brauner Tümpel in der glasig-hellen Morgenluft der ungelüfteten Passage (die kein Glasdach hat, überhaupt kein Dach). Und Maugris kam nicht durch die Schule, knackte mit einer Bande Autos, mit einer anderen Automaten. Stand herum, als ein Filmteam Statisten brauchte, und spielte dann in drei Filmen des Genre Jugend, Rebellion und triste Hoffnung, an den Kanälen, im feinen Westen und um die Gare de Lyon.

Schreiben Sie nicht darüber, würde er sagen, wenn er sich überhaupt noch der Kluft erinnerte, die ihn trennte von den Tagen der Voyous. Wie viele der Filmstars, die er hier in Lokalen an der Küste traf, hatten eine ähnliche Jugend? Inzwischen hatte er ein Schloß an der Loire und mehr als einen Weinberg und spielte eine Rolle nach der anderen in großen historischen und politischen Produktionen. Wann hätte er sie alle durch? Die Opulenzen der III. Republik, die Kollaborateure und Besetzer der Kolonien, die Helden aus

Zola-, Balzac- und Hugo-Romanen? Ab und zu gönnte er sich eine nationale Pause und spielte in einer amerikanischen Filmkomödie. Im Frühjahr sollte er Quasimodo spielen, der Koloß einen winzigen Gnom, für eine vierteilige Fernsehproduktion. Ich ahnte, daß er mir sagen würde, das Fernsehen erreiche mehr Publikum als der Film, Fernsehen als Archiv und Bildungsanstalt einer die eigenen großen Autoren kaum mehr lesenden Nation. Ich drehte mich um und sah durch das Rückfenster den verschneiten Turm und das Kirchenschiff von Trouville, die weißen Dächer und den Schnee am Strand und das silbrige, fast weißblechene Meer in der Ferne. Trouville unten war eine Feerie aus Schneestaub und schon frühmorgens strahlenden Lichtern. Ein paar Koppeln mit Rauhreif und kahlen Obstbäumen, im Rückspiegel mein geschminktes Gesicht mit dem schwarzen Pagenkopf, dann ging, elektronisch gesteuert, das Tor auf, und das Taxi fuhr in den Schatten.

Gleich hinter dem Tor stand ein kleiner runder Taubenturm, als sei das Grundstück früher größer gewesen und hier abgeschnitten. Der Taubenturm war leer, gefegt und verschlossen, und der Taxifahrer behauptete, über dieses Tor sei sein Vater in den Sommernächten während des letzten Krieges geklettert, wenn er sich kostenlos die Vergnügungen ansehen wollte, die sich hinter den vielen Fenstern abspielten, denn das Haus, eine *maison fermée,* war ein öffentliches. Es hatte *Maison Rose* geheißen, als hätte sich aus der Belle Époque die Vorliebe für die Farbe Rosa im Zusammenspiel von Fleisch und Kleiderstoffen erhalten. Im Garten standen ein paar alte Bäume und auf dem vereisten Teich ein paar Enten, die abwechselnd einen Fuß einzogen. Das Haus war langgestreckt, über dem Mittelteil ein Giebel, zwischen den Ziegeln eine Menge Löcher – Kugeleinschläge oder Vogelnester –, und seit langem hatte kein Gärtner das tote Weinlaub entfernt. Das Haus hatte viele kleine Fenster mit Sprossen, jedes kleine Quadrat ein Guckloch. Und nirgends Tennisplatz oder Swimmingpool. Ich schickte das Taxi weg, und als niemand auf mein Klopfen öffnete, ging ich um das Haus, abgesehen von ein paar mageren Rosensträuchern, die einige Winterblüten trieben, gab es weder geordnete Beete noch gepflasterte Sitzplätze, nur Rosen, ein paar Bäume und eine Mauer um das ganze Grundstück. An den Ecken des Hauses hingen Laternen, denen die eine oder andere Milchglasscheibe fehlte. Ich sah in viele Fenster, aber das Glas spiegelte im winterlichen Licht, und ich sah keine rosaseidenen oder gelben Plumeaus, keine rosa Schultern oder nackten Schenkel, nur den schwachen Schein von Kaminfeuern. Nur mein eigenes Spiegelbild mit dem Pagenkopf nach Prinz Eisenherz oder Sabine Azema. Das Haar war im Nacken ein wenig kürzer geschnitten, und ich glaubte mich zu erinnern, daß ihn im Nacken ausrasiertes Haar bei schmalen Frauenköpfen anmachte, so hatte Maugris als Jojo in einer Szene zu der Verkäuferin in dem Perückenladen der Passage de l'Industrie gesagt. Und: Tipsy ist die schläfrigste Verfickte, die mir je untergekommen ist. Das hatte er auch gesagt.

Einmal war ich um das Haus herumgelaufen – alles war totenstill, winterfroststill, und ich bedauerte schon, das Taxi weggeschickt zu haben – da drückte jemand von innen die Türklinke herunter und rief, kommen Sie, kommen Sie, Sie sind die Journalistin. Und drinnen war ein winziger eiskalter Vorraum mit ein paar Mispeln über der Tür, ein enger Flur mit ein paar Haken, an denen Dutzende Mäntel hingen. Wir sind gerade beim Casting, aber er kommt gleich, sagte das junge Mädchen in ausgeleiertem Pullover und alten Jeans, vielleicht eine neue Entdeckung, eine Tochter, denn über Freundinnen wußte man nichts. Sherry oder Portwein, fragte sie, und schon saß ich auf einem Lederkissen in einer engen Fensternische und zog am kurzen Rock meines Kostüms, aber ich trug schwarze Strümpfe, so wirkten die Beine weniger nackt. Das Mädchen verschwand und versprach Champagner, und durch viele Türen hörte ich ferne Stimmen, auch die Stimme, die auf französisch Shakespeare sprach, als wäre es erhabenes Englisch. Die unter Balkonen Mädchen verführte, durchs Ohr, mit der Stimme, um sie dem Freund weiterzugeben, der keine Stimme hatte, nur die schönere Statur. Ich beschloß, die Toilette zu suchen, so hätte ich einen Vorwand, und fing an, von Tür zu Tür zu gehen. Tasche mit Manuskript und Photoapparat ließ ich in der Nische. Die Zimmer waren alle winzig, es waren wohl an die zwanzig im ganzen Haus. Es gab kleine Salons mit Tapeten in verschiedenen Farben, mit Kanapees an den Wänden, mit kleinen hohen Tischen in der Mitte des Zimmers, mit einem alten Klavier oder einer Ecke mit Büchern. Fast überall standen Sektkübel und Gläser – da fiel mir ein Laden ein auf dem Boulevard Montparnasse, wo Bars, alte Tresen und Barhocker aus Bistros zu kaufen waren. Aber die Zimmer hier sahen nicht gekauft aus. Seltsam war nur, daß nirgends ein Fernsehapparat, Radio, Stereoboxen zu sehen waren. Eine *maison close,* mit vielen kleinen Salons und vielen kleinen Schlafzimmern, die großen Betten füllten die Hälfte der Zimmer aus, mit vier winzigen Küchen, mit Kacheln aus Rouen. Vermutlich kamen die Speisen vom Traitteur, die Pfannen waren für ein schnelles Rührei, und vermutlich war nur der Weinkeller gefüllt. Alles war leer, geordnet, ein wenig vergilbt. Was hatte ich mir vorgestellt? Einen großen Raum mit breiten Ledercouchs und Cocktailshakern und Photographien an den Wänden, denn man wußte, er sammelte Photographien von Brassai und anderen aus den vierziger Jahren, Nachtphotos, Stadtphotos, Hotel-

eingänge mit verwackelter Leuchtschrift, Hotelzimmer mit
Kunden, Bäder mit Frauen in Bubikopf und Charleston-Un-
terröcken und Bidets. Die Zimmer waren unbenutzt, aber
nicht museal, wenn der große Maugris je in einem der Betten gelegen hatte, mußte er darin wirken wie Schwarzeneg-
ger im Salon von Maupassants Mutter, denn das Haus hatte
kaum etwas von einem Puff, und Champagner tranken auch
echte Mütter. Unten neben der Treppe hing ein dunkles
Schlüsselbrett mit vielen alten Bartschlüsseln, die hatte er behalten, und auch die Namensschilder für die Zimmer. Das
Holz im Kamin knackte, die getäfelten Wände waren warm
im Feuerschein, und niemand war gekommen. Ich nahm
meine Fragen vor und dachte, hoffentlich werden sie mich
nicht vergessen und das Haus abschließen, wenn sie gehen.
Wieder ein Ort, wo niemand zu bleiben schien, niemand zu
wohnen. Es gab Gerüchte, Maugris habe das Haus seiner
Frau überlassen und halte sich meist in seinem Château an
der Loire auf. Ich zog an meinem Rock, ich zog an meinen
Strümpfen, und das Feuer knackte im Kamin. Ein Gelächter
schnitt durch die Stille – so absurd war der Gedanke, dies
Haus mit dem Wort Bordell, Puff oder Zuhälter in Verbindung zu bringen. Am Schlüsselbrett hingen nur wenige
Schlüssel, und der Portier brutzelte sich im Hinterzimmer
ein Rührei, als Jojo das Hotel verließ. Unten im Hausflur
kreuzt er den Blick mit einer der zwei Dauermieterinnen, die
manchmal einen Kunden ins Hotel mitbringen, das Hotel
vermietet zur Zeit nur wenige Zimmer für Stunden. Sie
wohnt am anderen Ende des Flurs, und Jojo weiß nie, ob es
Lolo oder Lulu ist, die seinen Weg kreuzt, in durchsichtigen
rosa Strümpfen, engem, kurzem Rock, der Falten um die
Fleischwülste wirft, kleinen Pumps, rosa Häkelpullover und
einem toupierten Pony, der tief in die Augen fällt und beide
ununterscheidbar macht. Er glaubt, Lolo sei die mit der tie-

fen männlichen Stimme, aber da sie nie miteinander reden, wenn sie einen Kunden im Schlepptau hat, weiß er nicht, wer es ist. Wenn es regnet, stellen sie sich manchmal im Türeingang gegenüber unter, und manchmal laufen sie im Regen quer über die Straße, mit nackten Armen und hochgezogenen Schultern, und holen im Café zwei Exprès für sich und Tipsy, die Besitzerin des Perückenladens. Die tragen sie übereinandergestapelt mit ihrem stöckelnden Schritt im engen Rock durch den Säulengang und schließen die Tür mit dem Hintern. Jojo verließ das fast vollbesetzte Hotel, es war Siesta, gegen Abend, die Zeit, in der auch in diesem Hotel jeder sich wusch, rasierte und für den Abend präparierte – jedenfalls hörte man viel Wasserrauschen, Klospülen und Gurgeln. Lulu oder Lolo drückte sich an ihm vorbei die Treppe hoch, sie trug eine schwarze Unterarmtasche genau in die Achsel geklemmt, und Jojo trug ein Päckchen im Bauch seiner Windjacke und wechselt die Passage. Er rennt mit langen nassen Haarzotteln über die Rue Saint-Denis, rempelt niemanden an und biegt in die Passage Brady. Die ist ein indischer Bazar, Armut und Überfluß, auf den Kacheln stehen Säcke mit Hülsenfrüchten und Gewürzen, und für Fremde ist die Passage ein Spießrutenlaufen. Ein Straßenmarkt unter dreckigem Glasdach, gleich vorne ein indischer Supermarkt, daneben ein Fast food mit Deckenlicht und drei Plastiktaschen, je weiter die Kamera durch das Gewimmel von Kindern und Frauen fährt, desto mehr verschwindet die bunte Kahlheit. Auf dem Boden liegen Teppiche vor den Restaurants, an den Wänden Stoffgemälde mit indischen Tempeln. Jojo berührt mit dem Daumen das indische Kastenzeichen einer Frau im Sari, die in einem Eingang steht, und verschwindet in einem hellerleuchteten Raum, der voll von Indern in abgetragenen Anzügen ist. Er gibt sein Päckchen dem Mann an der Kasse, bekommt ein Päckchen zurück, ein

Päckchen mit Videokassetten. Die indische Filmproduktion ist die größte auf dem Markt, sieht man die Menge in diesem winzigen Videoshop, glaubt man es. Überall Cover mit feuchten Lippen, sehnsüchtigen Blicken und nächtlichen Regenbogen über liebeszitternden Schultern. Und Kopf an Kopf vor den Regalen. Jojo nimmt den Ausgang zum Boulevard de Strasbourg, drei Stufen auf einmal, der Regen hat aufgehört, es ist die Zeit vor dem Abendessen, und die Angestellten sind schon weg aus den Büros und aus der Stadt, nur vor dem Théâtre Saint-Antoine steht eine Schlange vor der Abendkasse. Und Jojo biegt von der Hinterseite ein in die Passage de l'Industrie.

Der große Maugris ist da, füllt den Raum vor den dunklen Täfelungen aus und bleibt stehn, steht im Licht, im vollen Licht, das durch das kleine Fenster fällt, und ich saß immer noch in der Nische. Die Elevin mit dem ausgeleierten Pullover bringt einen Zinkeimer voll Eis und eine Champagnerflasche. Das Eis klirrt mit großem Getöse in den Silberkübel, und das Mädchen verschwindet. Meine Tochter, murmelt Maugris, und ich sage, ich vergaß, daß Sie Töchter wie Tauben aus dem Zylinder ziehen. Aber Maugris hat heute keinen Sinn für Witze, er vergißt, die Flasche zu öffnen, und wandert im winzigen Zimmer herum, abwesend, nur kann er sich nicht ans Fenster stellen wie damals, dort sitze ich. Ich öffne die Flasche, reiche ihm ein Glas und übe, der Recorder ist eingestellt, mit Probefragen.

Dieses Haus?

Er habe es für seine Frau gekauft, sie stamme aus der Normandie, von einem Bauernhof, der längst an andere verpachtet sei.

Diese Schlüssel?

Er habe sie behalten, vielleicht, weil ihm die Idee gefallen habe, ein geschlossenes Freudenhaus zu besitzen und mit den Namen der Zimmer Anaïs, Rosalie, Paulette einen ganzen Harem zu übernehmen.

Der Vertrag für die Verfilmung von Maupassants Leben?

Noch nicht unterzeichnet, und Bordelle lägen meist in der Provinz. Sie müssen wissen, damals gab es noch keine Kinos, Cabaret und Theater rar in der Provinz, zu Hause die Langeweile mit stickenden Töchtern. So ein Haus sei für die Bourgeoisie geradezu die Rettung der Moral gewesen. Die Herren wußten, wo sie einen guten Punsch trinken konnten, sich unzensiert unterhalten und nette Rüschen auf dem Schoß halten.

Das Bordell als moralische Anstalt, der Schauspieler als Instituteur?

Keine Zeit, sagt Maugris, zuviel Arbeit, keine Zeit für Stellvertreter-Rollen.

Die Bypass-Operation? Die Zeitungen schrieben, er wolle, er müsse weniger arbeiten?

Nicht weniger arbeiten, nur weniger trinken. (Sein Champagnerglas steht lauwarm auf dem Kamin.) Er habe ein Weingut, an der Loire, ein Weinbauer, der nicht trinke, sei wie ein Bordellbesitzer ohne Nutten. Aber er tränke kaum noch.

Die Qualität seiner Rollen?

Populäre Kunst müsse nicht schlechtere Kunst sein. Und er nennt Namen. Michel Simon, Jean Gabin ... wenn Kunst zur Kirche werde, ohne Witz, ohne Abstand zu sich selbst, werde sie fade ... ob ich mich an die Filme des Poetischen Realismus erinnere, Ausrutscher selbst von Carné und Cocteau? Gérard Philipe in *Les Sept Clés*? Poesie und das Land der Seele und des Traums ... unerträglich heute, triefend vor Geheimnis und den Botschaften eines anderen Lebens, eines höheren Lebens, höher als Pragmatismus und Banalität des Alltags.

Ist der Traum nicht alltäglich?

Sie schaffen es nicht, in diesen Filmen, sagt er, Traum und Alltag zusammenzubringen.

Wie Buñuel, zum Beispiel?

Der Alltag bei Buñuel sei die Folge seiner pekuniären Beschränkungen. Die meisten Filme, die er in Mexiko gedreht habe, habe er ohne Geld gedreht.

Ob er sich als Parvenu fühle mitten in diesen Hügeln, zwischen all den alten Landsitzen alter normannischer Familien? Pause.

Auch die alten normannischen Familien zerfielen oder brauchten Geld. Sie verkauften, verpachteten, und es gäbe bald mehr Filmschauspieler hier als Familiensitze.

Das Haus?

Françoise Sagan habe sich, die Tasche voll Geldscheinen, vor Jahrzehnten hier ein Schloß gekauft. Sie habe es gekauft und gleich, nach einer durchsoffenen Nacht, auf einem der verschossenen Schloßsofas geschlafen. Er dagegen habe eine Nacht im Casino verbracht, ohne zu spielen, am Morgen wollte er mit Freunden ins Café gehen, habe statt dessen das Haus gesehen und einen langweiligen Vorvertrag unterschrieben. Käufe in Bargeld mit nicht ganz nüchternen Käufern wären Gesetzgebern und Immobilienmaklern und Notaren heute verdächtig. Aber vielleicht spiele er den Vater in einer neuen Version von *Bonjour Tristesse* – den Vater der Garçon-Tochter, stumm, revoltierend, traurig und stets bereit, mit Sportwagen die Küstenstraße entlangzurasen. Selbstmord oder Trip zu einer Tanzparty auf einer mondänen Sonnenterrasse. Noch haßte sie das Mondäne. Dazu: die alte Geliebte, die neue, der Krieg zwischen der Abgesetzten und der Rivalin, die sonnenverbrannt, krebsrot, sich schälend während der Sommer-Ménage à quatre im Nachteil war. (Er setzte sich. Streckte die Beine aus.) Ein Parvenu?

Er sei weder Parvenu noch Snob noch Künstler noch Voyou noch ... Er komme zu Weihnachten her, und wenn er nicht herkomme, sei er an der Loire oder in Paris oder in Florida. Nein, nicht Florida. Er liebe die Erde, eine Handvoll von seinem Weinberg. Aber sie müsse ihm nicht gehören, und er sei nicht heimatlos, wenn er sich nur in den Filmstudios zu Hause fühle. Und er sei nicht sentimental, wenn er jeden Abend in seinem eigenen Bett liegen wolle.

Frauen?

Weder Josiane (Balasko) noch Carole (Bouquet). Carole Bouquet werde zu Silvester erwartet, und er habe keine Affaire mit ihr und versammle auch nicht, solche Gerüchte liefen um, unter dem Weihnachtsbaum seine sämtlichen verstreuten Kinder. Er sei ein Gourmet und Gourmand, ein Oger, der alles in sich hineinschlinge, ein Vielfraß der Arbeit, und die Zeitungen machten aus ihm einen Omnipotenten, während Filmbiographien die Qualitäten der Sublimation hervorhöben, die dem Koloß und Elefanten erlaube, gleichzeitig Racine zu spielen oder Rostand und Shakespeare zu synchronisieren.

Kinder?

Selbst wenn sie so verstreut wären wie die Kupfermünzen, die ihm ständig aus der Hosentasche fielen, habe er sie nicht gezählt. Vermutlich, um nicht zahlen zu müssen. Sie langweilten sich am väterlichen Weihnachtstisch, auch wenn er gelegentlich höre, er sei ein Egoist, der sich nie um seine Kinder gekümmert habe. Vaterpflichten vernachlässige und sich ruiniere durch die Obsessionen für seine Kunst. Er trinke nicht mehr, und er habe nie Frauengeschichten. Aber einen Sohn und eine Tochter, die sich mit ihm über das Handwerk unterhielten, über die praktische Seite der Arbeit, auch wenn der Begriff *Eine-Rolle-Lernen, Eine-Person-Verkörpern,* nur erfolgreich die Tradition der Schauspielerei rette, als wenn nichts geschehen wäre. Demontage von Story, von Handlung, von sukzessiver Folge linear konstruierter Szenen. Keine Demontage der Person und der Rolle. Schreiben Sie, sagte er, der Koloß wirkt geschlagen, geschlagen im höchsten Erfolg, er hat den dritten Weg verpaßt, zwischen dem Credo des experimentellen Films und dem der Kassenmagnaten. Schreiben Sie, trotzdem glaubt er, daß er gut spielt. Und vielleicht habe er ein paar Künstler in die Welt gesetzt, oder einen. Manchmal spielten sie Künstlerfamilie, wie die Brasseurs, Vater und Sohn.

Scheidungsgerüchte?

Er wisse noch immer, wo seine Frau sei, gerade sei sie bei Freunden in Grasse.

Warum kein Tennisplatz, kein Swimmingpool, keine großen Räume mit Ledersofas und Cocktailshakern?

Die einzige Angewohnheit, die man einem Parvenu unterstellen könne, sei seine Vorliebe für neureiche Restaurants auf den Champs-Élysées. Er will in Frankreich nicht den Hollywood-Star darstellen, sagte er, und lade nie zu Cocktailpartys. Keine Lust zu sortieren, welche Kunst gerade gesammelt wird und welche Frauen als Geliebte nicht mehr in Frage kommen, weil sie zuviel Amphetamine oder Tranquilizer schlucken.

Kindheit?

Keine Reminiszenzen, keine Nostalgie, keine Sentimentalität. Kindheiten in der Vorstadt gibt es wie Sand am Meer. Keine Photographien für die Presse: die Familie rund um den Sonntagstisch, arm aber glücklich, der Vater ein Garagenpächter. Ein paar geknackte Autos, keine West-Side-Story, nur Bandenlegenden: die Brutalität der Straße. Bandenkrieg, Straßenhelden und früh verknackt. Manchmal, wenn er spazierenginge hier in Trouville, fände er den Geruch seiner Kindheit wieder. Die engen feuchten Straßen ohne Bürgersteige, die Regenrinnen, die sich gleich auf das Pflaster ergießen, die kümmerlichen Hortensien oder Geranien in den winzigen Vorgärten, die vielen Katzen, die Wäsche, die zum Trocknen im Hof hing, die Küchen mit Wachstuch und Kreuz über dem Waschbecken, die hysterisch keifenden Hunde, dreibeinig, blind, Bastarde, ein Gartenzwerg oder ein nachgemachter Engel auf einem Vordach über der Haustür. Die übriggebliebenen Boulangerien, deren Kachelwände noch Fayencen mit ländlichen Szenen bewahrten, deren Regale fast leer wären, weil nur zu frischen Baguette oder zur Tarte am Wochenende die Kunden noch kämen. Manchmal kaufe er ein Sablé, das er später wegwerfe, in ein Stück Papier eingewickelt, an den Enden zusammengedreht. Immer wolle er sie essen, aber immer werfe er sie dann doch weg. Die Frauen in Kittelschürzen, die mit Eimern und Schrubbern vor der Haustür ständen. Scheuerwasser, ausgegossen und schaumig in den Gully fließend. Manchmal ginge er dort spazieren, keine Gefahr, daß er jemanden dort begegnete, der ihn anspräche, wie unten am Meer, im Casino oder im Restaurant *Les Roches Noires*. Ab und zu besuche er die alte Kröte in ihrem Zimmer mit Blick aufs Meer, in ihrem alten Kasten für alte Leute, und sie erzähle ihm was, die Duras, über die Liebe, über den Whisky und über die Zustände der Abwesenheit.

Dann tranken wir doch Champagner, er war noch kalt, und dann gingen wir durch alle Zimmer. Die Zimmer gingen auf jeder Seite des Hauses ineinander über, ließ man die Türen offen, sah man durch eine Flucht von Spiegeln und Kanapees, und die früheren Orgien brauchten keine Gucklöcher in den Wänden, denn jeder Raum war von drei Seiten zu betreten. Durch die Fenster sah man Nebel vom Rasen aufsteigen und den Mangel an Tageslicht in den kleinen Zimmern mit dunklen Möbeln verstärken. Sie waren intim, privat, die kleinen Zimmer mit niedrigen dunklen Türen, abgesehen von den bonbonfarbenen Seidendecken auf den Betten erinnerte nichts an halbseidene Boudoirs. Der große Maugris ließ sich auf zierlichen Kanapees nieder und auf langen Bergèren und wirkte wie Chateaubriand, der Jahrhundertkoloß, der sich zum Mokka bei Juliette Récamier einfindet. Auch eine Mokkatasse – undenkbar in diesen Händen. Erst das Hälschen Juliettes. Er ließ sich auf ein gelbes Damastbett fallen, die weichen Kissen gaben unter ihm nach, und ich machte eine Aufnahme von einem das ganze Bett einnehmenden Käfer, auf dessen Bauch die auf dem Kamin aufgereihten Biskuitfigürchen und die Stuckpüppchen von der Decke herabfielen. Erst als wir alle Zimmer durchschritten hatten, ließ er mich raten, welcher Salon und welches Schlafzimmer wem gehöre. Es fanden sich aber keine privaten Spuren dort, so daß ich nach einiger Überlegung sagte, die Bewohner hätten wie die ehemaligen Mädchen die strenge Zucht der Uniformierung eingehalten. Er lud mich ein, über Nacht zu bleiben und eines der Betten für Gäste auszuprobieren. Ich zitierte ihm ein altes Motto: chacun a sa chacune oder chacun à sa chacune und überlegte, ob ich ohne Nachthemd und ohne Zahnbürste zu Rosalie oder Anaïs werden wollte. Wir tranken unten wieder Champagner, der Kamin brannte und zog wie von selbst, wenn man alle halbe Stunde ein Scheit nachlegte. Gegen Abend kam ein Anruf, und Maugris mußte kurz weg, eine knappe Stunde, sagte er, und ihr wartet auf mich mit dem Abendessen. Die anderen, die ich am Nachmittag von ferne gehört hatte, mußten längst weg sein, das Mädchen telephonierte zwei Stunden, und ich blätterte in einem Heft mit Dialogen aus *India-Song* und Photographien vom weiten leeren Strand von Trouville und einer großen Freitreppe im Sand, auf der Leute in Gesellschaftskleidung standen. Gegen neun kam das Mädchen mit einer heißen Quiche, sie trank nur Wasser und sagte, von Streisand bis Madonna führen alle Show-Stars im Augenblick auf den spiritualistischen Trip ab, und ich sagte, Adjani auch, aber Chéreau habe für nächstes Jahr ohnehin alle Theaterpläne mit ihr dementiert. Sie kaute ein bißchen auf ihrer Haarsträhne und wollte früh schlafen. Schönheitsschlaf, sagte sie, in New York bekäme sie gleich wieder Falten. Die Luft hier sei besser. Es wurde elf, der letzte Zug nach Paris war weg, und Maugris kam nicht zurück. Er sitzt sicher wieder im Casino, sagte das Mädchen, immer wenn er deprimiert ist, setzt er sich ins Casino, ohne zu spielen. Vielleicht studiert er die Gesten der Croupiers, schlug ich vor. Sie schüttelte den Kopf. Er arbeitet nie, wenn er die Zeit totschlägt. Und reiche Leute im Smoking hat er schon oft gespielt.

Gegen halb zwölf ging ich ins Bett, in ein mauvefarbenes, und die Tapete hatte ovale Girlanden auf blassem Dunkelgrün. Die Wäsche war feucht und klamm, und ich hatte vergessen, auf dem Schlüsselbrett nachzusehen, wie das Zimmer hieß. Ich ließ die Vorhänge offen und den Nachthimmel auf das Parkett scheinen. Im Kamin lag frisches Holz, aber ich war zu faul, um zu heizen, und ging im Hemd und in Strümpfen ins Bett. Unter der Nackenrolle fand ich ein zusammengepreßtes Säckchen mit Lavendel – sollte es noch aus dem Bordell stammen, bewies es nur, daß auch Huren frische Wäsche liebten und bürgerliche Gewohnheiten hatten. Jojo bog um die Ecke und ging vom anderen Ende her in die Passage de l'Industrie. Am falschen Ende sieht die Passage aus wie eine biedere Kleinbürgerstraße. Eine Frau schüttet vor ihrer Parterrewohnung einen Eimer mit Scheuerwasser in den Rinnstein. Eine andere setzt eine Schale mit abgekochter Milch für die Katze vor das Küchenfenster. Hinter einer dichten Gardine sieht man bunte Fernsehbilder ohne Ton in einem leeren Wohnzimmer. An der Tür des Perückenladens hängt ein Schild: *Je reviens tout de suite.* Jojo deponiert die Videokassetten auf dem Boden im Türeingang. Nach ein paar Sekunden kehrt er um und steckt sie in seine Windjacke. Niemand im Hotelflur. Die Klospülung rauscht im Hinterzimmer. Er schleicht leise die Treppe herauf, läßt den Schlüssel hängen. In seinem Zimmer liegt die Perückenverkäuferin angezogen auf dem Bett und schläft. Der Schlüssel steckt im Schloß. Jojo deponiert die Kassetten im Lichtschacht, zählt Geldscheine, die er aus seiner Hosentasche zieht, und steckt sie unter das Futter einer Schlägerkappe, die an einem Haken an der Tür hängt. Er zieht die Windjacke aus, legt sich aufs Bett und schiebt Tipsy den Rock hoch. Sie seufzt im Schlaf. Er steht auf und zieht die Vorhänge zu. Sumpflicht. Er legt sich auf sie, und man sieht lautlose, gleichmäßige Bewegungen. Die Frau schläft weiter, und Jojo starrt ein Loch in der Wand an. Als er fertig ist, legt er sich auf die Seite und starrt eine andere Stelle auf der Wand an. Eine verschmierte Tintenschrift und eine Zahl: 1971.

Paravents

Da sitzen sie, eine kleine Schloßgesellschaft, im Salon des Schlosses zu N., es ist Abend, nach dem Diner, und draußen noch nicht ganz dunkel. Sie sitzen und reden, in Gruppen, zu zweit, zu dritt, sie reden mit leisen Stimmen, ab und zu ein Gekicher verrät ein gewisses Übergewicht der Frauen, und manche sitzen allein und blättern in einer Zeitschrift.

Ich sitze an einem kleinen Schreibtisch neben dem Eckfenster und erledige einige Briefe, denn heute geht es ganz familiär zu, auch wenn Gäste anwesend sind wie ich. Später werde ich zu den anderen stoßen, wir werden vielleicht den Kamin anmachen und mit den Kleinen eine Partie Backgammon spielen. Aus dem Fenster sehe ich auf die Terrassen im Park, die gerade gepflanzten Fuchsien in den Amphoren haben den Sturm überstanden, der die Normandie an der Küste seit einer Woche heimgesucht hat, auch die Taxuskegel sind nicht umgekippt, und kein Baum ist entwurzelt. Im Netz über dem Swimmingpool haben sich eine Menge Dinge verfangen, ein Tennisball liegt neben einem rostigen Stichel inmitten einer Unmenge herabgeschlagener Apfelblüten. Die Pfauen lassen sich nicht blicken, und die Wege müßten neu geharkt werden, aber das Schlimmste, so scheint es, ist überstanden, und die Fürstin sagte gerade, wenn das Wetter morgen schön ist, können wir die Lorbeerbäume aus den alten Stallungen holen und im Park aufstellen. Sie haben lange genug überwintert. Das Schloß hat so viele Stallungen, daß die zwei Pferde, zehn Autos, fünfzig Orangen- und Lorbeerbäume alle dort Platz finden.

Das Schloß liegt auf den Höhen über Villerville, mit dem Auto jedoch am besten über die Landstraße von Trouville aus zu erreichen, ein kleiner Renaissancebau um mehrere Höfe, mit Zinnen, getreppten Giebeln und vielen bunten Fenstern. Klein, weil keiner der Nachfahren auf die Idee gekommen ist, je nach Epoche anzubauen. Die Familie geht nicht ganz auf die heilige Genoveva zurück, es heißt, der Erbauer des Schlosses habe während des Hundertjährigen Krieges einige Schlachten zur See geschlagen und sei von François I in den Fürstenstand erhoben worden. Honfleur liegt nebenan und war im 16. Jahrhundert Flottenhafen. Auch heute leben die Princes de Meurny von ihren Wäldern und Holzbeständen, ihrer Cidre- und Calvados-Herstellung, und noch hält sich die kleine Privatbank in der Normandie gegenüber den großen Gesellschaften.

Es gibt keine Gebäude aus anderen Jahrhunderten, doch wird der strenge Bau durch die Terrassenanlage des Parks und den englischen Garten innerhalb der Schloßmauern gelockert, in den Höfen durch hellen Kies und Springbrunnen. Als ich das erste Mal nach Schloß N. kam, war strahlendes Wetter, und bei meiner Ankunft liefen die Schatten der Wasser über die alten und groben Quader aus rotem und gelblichem Backstein. Welche Enttäuschung war dagegen der Salon, Enttäuschung und Überraschung über die Gleichgültigkeit der Bewohner angesichts gewisser Verpflichtungen, die das Haus ihnen auferlegte. Verpflichtungen, Erwartungen? Vielleicht wollten sie mit dieser Musiktruhe, diesen roten Plüschsesseln mit Metallfüßen, die unter dem Stoff hervorkamen, einer erdrückenden Tradition von Gobelins und Louis-quinze-Sesselchen entfliehen? Doch dieses Fünfziger-Jahre-Mobiliar wirkte, als hätte man spät im Krieg aus

Not verbrannte Möbel ersetzt. Flucht vor der Tradition oder Notmobiliar – ich kenne diesen Salon seit zwanzig Jahren, seit Mitte der siebziger Jahre, die Plüschsessel sind durch ähnliche ersetzt, die Musiktruhe hat nur noch musealen Wert, und die niedrigen Couchtische und Zeitungsständer sind modern. Das Haus gibt sich unpolitisch, unverblümt und diskret konservativ, und nicht einmal ein Gast hätte *Le Monde* oder *Le Canard enchaîné* dort vergessen. Immerhin, nebenan im Kaminzimmer hingen damals zwei Gobelins, Jagdstücke aus dem 17. Jahrhundert, die bauchigen Kommoden waren barock, auch wenn der Teppich aus einem Warenhaus stammte, und in dem schmalen Eßzimmer, das alltags benutzt wurde, hing ein Canaletto mit venezianischer Flotte. Es hieß, und die heute erwachsenen Kinder hatten ihn längst zum Familienwitz gemacht, ein Kunsthistoriker, der sich monatelang in der Schloßbibliothek eingenistet hatte, sei entsetzt gewesen, daß der Nachwuchs diese Räume mit Papiertaschentüchern, Plastiktüten und Tennisschuhen schände. Dafür war er ein besonderer Verehrer jener speziellen Begabung der Fürstin geworden, in deren dilettantische Ausübung sie, wie die meisten ihres Standes, ihren Stolz setzte, mehr als in echte Profession. Auf solchen Schlössern bekäme man Ehrenhüte für Dilettantismus, während man auf angestrengte und ehrgeizige Profession ein wenig herabsah. Das komplizierte Verhältnis von Professionalität und Dilettantismus hat zwar dazu geführt, daß die Produkte dieser Begabung inzwischen auf Versteigerungen gehandelt und auf Messen verkauft werden, aber im allgemeinen produziert die Fürstin nur nach Lust und Laune, wie seit eh und je. In ihren Mußestunden – die selten genug sind, bedenkt man, daß ihre Tage nicht nur mit Bagatellen gefüllt sind wie der, das Herausstellen der Lorbeerbäume anzuordnen – verfertigt sie Paravents. Sie malt mit langen feinen Pinseln auf transparente Stoffe, meist Seide, in Pastellfarben florale Motive, die durch eine Mischung von Fragonards Hingetupftheiten, Abstraktionen japanischer Holzschnitte und präraffaelitische Rankenmotive inspiriert scheinen. Es kam vor, daß ein Papagei so auf einem biegsamen Zweig saß, daß seine lang herabhängenden Schwanzfedern von üppigen Rispen nicht zu unterscheiden waren. Im allgemeinen sind diese Zweige, Blüten und Vogelmotive sparsam und diagonal über die Stofffläche gezogen, je nachdem, ob es sich um zwei, drei oder vier Paraventflügel handelt. Symmetrisch aufeinanderzu komponiert und die Teile so verbunden, daß die Flügel aufgeklappt ein ganzes Bild crgeben. Meist wird der Stoff in Holzrahmen gespannt, Eibe oder Mahagoni oder schwarzer Lack, selten in präparierte Eisenstäbe. Obwohl ich jedesmal, wenn ich auf dem Schloß war, über die Herkunft des Namens nachgedacht habe, habe ich doch nie in einem etymologischen Wörterbuch nachgeschlagen. So buchstabierte ich mir von Parapluie über Parasol zu Paravent zusammen, daß es sich wie bei den anderen um einen Schirm zum Schutz vor Regen, Sonne, Wind handle, nur daß die beiden anderen ihrer Bestimmung gemäß im Freien benutzt wurden, während der dritte eine Verfremdung erfuhr. Die Wandschirme, vor welchem Wind mußten sie schützen? Wenn Blicke Wände wären... Waschtische, Schüsseln, Frisiertische und die mit der Toilette verbundenen Intimitäten: nackte Schultern, Spitzenhemden, aufgelöste Haare, wurden hinter spanischen Wänden verborgen, als man sich noch in Schlafzimmern wusch. Zum Schutz der Intimität kam der Schutz vor Störung. Eine Gruppe von Zeitungslesern zum Beispiel trennte in einem Club ein alter lederner Paravent von einer Gruppe von Würfelspielern. In monotonen Sälen ist der Paravent weniger Schutz als Dekoration, Unterbrechung der Eintönigkeit. Raucher und Nichtraucher werden

durch einen Paravent nicht sehr nützlich voreinander geschützt. Ich hatte lange den Verdacht, daß diese beweglichen
Wände die Fürstin unbewußt an frühere Pflichten erinnerten, als hätte die Landesmutter noch immer hinter einem
Wandschirm zu sitzen – ein Laienpriester und -richter – und
den Sorgen des Volkes zu lauschen. Aber hatte sie nicht
längst die Schirmherrschaft über Häuser für unverheiratete
Mütter und elternlose Kinder übernommen, bevor auch
die Gemeinden und Kirchen sich offiziell dieser Nöte an-
nahmen?

Als ich das erste Mal auf das Schloß kam, war ich unglücklich, so unglücklich, wie man nur mit zweiundzwanzig
zu sein glaubt – glaubt man solchen Redensarten, die das
Unglück relativieren, die es in Altersgruppen klassifizieren,
die der Jugend das Recht auf eigenes Unglück geben und den
Älteren das Recht, dieses spezifische Jugendunglück durch
Formung des Menschen nach eigenem Gusto zu vertreiben.
Ich hatte ein Zimmer mit Blick auf den Schloßgraben und
auf die grauen Dächer von Villerville in der Ferne. Im Zimmer war alles, was im Salon fehlte, Sessel mit Gobelinstik-
kerei, wacklige Tischchen mit bröckelndem Blattgold auf
den geschweiften Beinen, ein Bett mit Damastdecke und Ah-
nenbilder an den Wänden. Dienten die Gästezimmer als
Rumpelkammern, da im Haupttrakt für die Bestände des
Schlosses keine Verwendung war? Die Gäste hatten es besser, auch wenn sich am Ende des langen Flurs nur ein einziges Bad fand. In den Zimmern waren Ecken – mit Paravents,
Waschbecken, Spiegel. Ein kleiner zierlicher Paravent, der
mir nur bis zur Brust reichte. Am Morgen warf ich meine
nassen Handtücher darüber und fand am Mittag frische
über den Stangen neben dem Becken. Vom Bett aus konnte
ich den blauen Pfau sehen, der auf einem Zweig thronte, im
Gegenlicht war der Schirm hell und transparent, und der

zusammengelegte Schweif hing wie ein Blätterbündel vom Ast herab.

Mein Vater, als junger Mann französischer Gesandter in Paris, war seit jenen Jahren mit der Fürstin befreundet, und als ich das erste Mal auf das Schloß kam, wußte ich noch nicht, daß ich ihn als Vorgänger in der besonderen Gunst der Fürstin hatte. Dieses Geheimnis lüftete sich erst nach seinem Tod, als ich seine Briefschaften ordnete. Damals war ich unglücklich, und mein Vater hatte mich zu seiner Freundin geschickt, damit ich lerne, daß auch einem *homme de lettres* eine Profession nicht schade. Er hatte sich mit meinen Neigungen abgefunden und sah in mir den zukünftigen Historiker auf einem Lehrstuhl. Ich hatte aber keine Neigung zu einer akademischen Laufbahn, ein Seminararbeiten korrigierender Federfuchser in einem Provinznest wollte ich nicht werden. Festgehalten im alltäglichen Sumpf von Fakultätsquerelen langweilige Abende mit Kollegen zu verbringen schien mir die Hölle auf Erden. Solche Leute, selbst große Gelehrte, das war meine Ansicht, guckten über den Rand ihres seminaristischen Eintopfs niemals hinweg. Doch wie sollte ich meinem Vater erklären, nachdem er andere Hoffnungen für mich als Notar oder Verwaltungsjurist bereits aufgegeben hatte, daß ich *frei* bleiben wollte. Wenn er solche Freiheit als falsche Freiheit mißbilligte, die eine Begabung zur Illusion aufblase, zu einer verkrampften Anstrengung und zur verschwitzten Inthronisierung des freien Intellektuellen. Offiziell studierte ich Neue Geschichte in Paris, in Wirklichkeit verbrachte ich meine Tage mit Notizen für eine Biographie Camille Desmoulins'. In jenen Jahren waren heute modische Begriffe in den Geschichtswissenschaften, wie *Situationismus,* noch nicht entwickelt, wohl aber Thesen über den plötzlichen Umschlag politischer Stimmung, den Schwellenmoment, in dem Saint-Just plötzlich rufen kann: köpft den König! Auf solche historischen Momente, Zustände kam es mir an, und an ihnen wollte ich historische Biographien ausrichten, nicht am alten Stil kontinuierlich sich entwickelnder Erzählung. Der sanfte Desmoulins, der der Revolution mit der Erfindung der *Marseillaise* Feuer unterm Hintern machte oder der Aristokratie den Scheiterhaufen errichtete, schien mir ein geeignetes Beispiel für eine unschuldige Form des politischen Abenteurers, der kein Hasardeur und kein Fanatiker der Guillotine war oder ein Bruder Leichtfuß mit einem zu seriösen Herzen, das voller Idealismus für die Revolution schlug. Wir gingen spazieren, und ich las der Fürstin aus Briefen Desmoulins' vor. Wir lagen am Swimmingpool, und sie erzählte mir von den letzten Tagen Marie Antoinettes in der Conciergerie. Ich fand es nicht ohne – die Fürstin würde sagen: Pikanterie, daß ich die Revolution im Kassiber von Desmoulins' Briefen in dieses Schloß trug. Hätte mir einer prophezeit, daß ich in dieser historische Biographien wie Romane verschlingenden Gesellschaft eines Tages so favorisiert gelesen würde wie Troyat oder Gallo, ich hätte ungläubig den Kopf geschüttelt. Sie mögen ihre Grenzen haben, die Prinzen und Ducs, wie die Kollegen an der Universität, die mir erspart geblieben sind, aber wer denkt, sie beschäftigten sich nur mit Entenjagd oder Familiengeschichte, hängt einem alten Klischee an. Nicht nur diese Klischees hatte ich im Kopf, als ich hierhergeschickt wurde. Ich war unglücklich, und ich war noch unglücklicher, wochenlang dem dümmlichen oder arroganten oder mondänen Blabla an der Tafel der Fürstin ausgesetzt zu sein. Ich verlegte mich aus Verzweiflung auf das Studium der Redeweisen der Leute im Schloß und nährte zuweilen die Illusion, daß zumindest die Redeweisen weder schlechter noch besser waren als an anderen Tafeln. Ich gebe zu, wir streiften selten Themen wie das der Abschaffung der Todesstrafe

189

und des Verbots von Abtreibung und Homosexualitä. Und was die sozialen Verpflichtungen des Staates betrifft, so war die private Generosität und das Engagement der de Meurny für Kranke, Witwen und Waisen bekannt. Nur bezichtigte man die Stifter eines blinden und überflüssigen Luxus – wenn in Krankenhäusern statt des billigen, nach Sozialtarif vorgeschriebenen Linoleumbodens Holzbohlen gelegt worden waren. So kamen wir uns näher, die Fürstin und ich, sie, die unter Freunden den Namen Ataraxia trug, und ich, der Deserteur der Akademien, und wir begnügten uns nicht mit Spaziergängen, Entsagung und Gesprächen. Auch wenn ich am Swimmingpool Gelegenheit hatte, die bereits ein wenig ramponierten hoheitlichen Schenkel in Augenschein zu nehmen, war ich desto empfänglicher für die blauen Blitze aus ihren schmalen Augen und die Geste, mit der sie ihre blonde Rita-Hayworth-Mähne zurückwarf. Sie trug die Haare nie aufgesteckt, keine Schleifen und Spangen oder sonstiges Zuchtmaterial und fuhr einen offenen, höchst putzigen Triumph über die Landstraßen an der Küste – ohne Kopftuch. Und in der Nacht, wenn sie mich in meinem Zimmer besuchte und keine Lust hatte, durch den langen Flur bis zum Bad zu laufen, drehte sie den Wasserkran auf, und ich sah durch den transparenten Stoff ihre langen Beine, wenn sie sich – ganz aristokratische Freiheit – hinter dem Paravent auf das Waschbecken setzte.

Da sitzen sie – und ich, ich hinter dem Paravent, an dem Tisch neben dem Eckfenster, ihre Stimmen wispern, murmeln, kichern, räuspern sich ... ich höre sie, der Wind draußen hat sich gelegt, eine kleine Bö von Stimmen, dann Windstille, Säuseln, ein Zischen ... aber das ist doch gaga, sagt einer, und ich weiß, er sagt das alle fünf Minuten, Giacomo (Jacques, Jacob), der italienischste unter den Söhnen des

Hauses, der Älteste, der seine Titel und Würden abgab und wieder wurde, wonach er aussah. Diese normannische Familie hat einen so starken italienischen Einschlag, daß die männliche Linie seit Jahrhunderten Nachkommen hervorbringt, die sich als Besetzung in heutigen Historienfilmen eigneten. Die gesamte Aristokratie sieht dort aus wie ein Bündel von Spitzbuben, Strizzis und Mafia. Dunkle Haut, pechschwarze Augenbrauen, stechende oder samtige braune Augen, eine dichte, fast schwarze Mähne. Ob pyknisch oder asthenisch, ob mit rundem Gesicht oder mit scharfen Zügen, kein Beobachter hätte die fünf Kinder der Fürstin zugeschrieben, die echte aschblonde Haare, blaue Augen und helle rosige Haut hatte. Das ist doch gaga, sagt Ciacomo, und er meint bestimmt nicht seinen Vater, den alten Fürsten. Ihn hätte er kaum mit dieser halb herablassenden, halb amüsierten Bemerkung bedacht. Er hatte damals den Kopf voll wilder schwarzer Locken und sah aus wie eine der aus dem Volk stammenden Figuren von Caravaggio. Listig, verschmitzt, unschuldig, lustig ... und niemand hätte ihm zugetraut, daß er mühelos über sieben Fremdsprachen verfügte und über mehr kunsthistorische Kenntnisse als mancher Spezialist der italienischen Renaissance. Doch all diese Kenntnisse und Begabungen – konnten sie für ein bürgerliches Auge existieren, wenn sie sich nicht niederschlugen in bürgerlicher Arbeit? Ohne es zu wollen, hatte mein Vater mich in die falsche Richtung geschickt. Hier saß ein junger Mann von Ende Zwanzig, der seine Begabungen ausschließlich zum eigenen Vergnügen und zur Unterhaltung anderer förderte – und bei den sieben Sprachen sollte er nicht stehenbleiben. Sein eigener Vater schien seit langen Jahren ähnliche Gedanken gehegt zu haben wie mein Vater. Die musischen Neigungen des Ältesten, die Kenntnisse auf Kenntnisse häuften und verhinderten, daß er sich an seine späteren Pflichten als Erbe des Fürstentitels, als Familienoberhaupt und ökonomischer Chef des Unternehmens erinnerte, brachten ihm beim Vater nur den Ruf eines verantwortungslosen Halodris ein. Er lebte von seiner Apanage, verbrauchte ein nicht allzu kleines Erbe, das ihm von einer Großtante zugefallen war, und dachte nicht im geringsten daran, sein Leben auf Pflicht und Verantwortung umzustellen. Schließlich führte sein Umgang mit Pariser Party-Homosexuellen dazu, daß sein Vater ihn per Prozeß zwang, auf Titel und Erbanspruch zu verzichten. Er nannte sich Comte Jacob de Meurny und mußte sein Leben von einer Abfindung von dreißig Millionen fristen. Die jahrelange Verfolgung und öffentliche Herabsetzung hatten in seinem Gesicht keine Spuren hinterlassen. Immerhin war er nicht allein. Jeder in der Familie zitterte vor den Audienzen beim Fürsten, seinen unnachgiebigen Verhören und unbarmherzigen Urteilen. Aber als hätte der Ruf, ein Schwuler zu sein, den er in seiner Jugend so leichtfertig auf sich gezogen hatte, Giacomo doch gekränkt, hatte er nichts Eiligeres zu tun gehabt als zu heiraten, eine süddeutsche Prinzessin aus dem Haus Witenstein. Bei meinem ersten Besuch war er mit Architekturentwürfen beschäftigt – auch dieses Talent besaß er: er ließ ein Haus für sich und seine junge Frau bauen nach eigenen Plänen. Es lag etwa fünfzig Kilometer von Schloß N. entfernt, auf einem großen Stück Land nahe der Seinemündung. Und jetzt, zwanzig Jahre später, hat er vielleicht doch seinen Vater gemeint, der vor wenigen Jahren gestorben ist. Das ist doch gaga, denn es heißt, der alte Despot habe seine Enkel milder behandelt als seine Kinder.

Ich kam nach Frankreich wie die *Bavaroise* auf den Speisezettel. Es war schwierig, die Lizenz für die österreichischen Dampfnudeln zu erhalten, die Verhandlungen zogen sich hin, und ohne Lizenz gab es auch keine Einführungserlaubnis. So nahmen sie die Bavaroise – ein plustriges Schaumgebäck – und machten aus dem Ersatz einen kleinen Kult.

Das war die Geschichte der jungen Frau des verstoßenen Sohnes. Ihrem Gesicht sah man den Witz eines Brandteigs nicht an. Sie war klein und mager, mit breiten Backenknochen, etwas lederner Haut und blassen Augen. Der entthronte Fürstensohn hatte im Haus ihres Vaters verkehrt und sich zunächst um die ältere Schwester beworben. Die ältere Schwester war umlagert von vielen und heiratete am Ende niemanden. Nachdem Giacomo einige Wochen mit dem Versuch verbracht hatte, Bella am frühen Morgen, wenn die übrige Familie noch nicht erschienen war, im Speisezimmer allein anzutreffen, aber entweder von dünnblütigen Hausgästen oder einem Rudel von Spaniels überrascht wurde, hatte er sich plötzlich der jüngeren Schwester zugewandt. Dieses Veilchen, das im Schatten der üppig besonnten Rose stand, war zu entdecken, erzählte er später. Und sie verglich sich mit einer Bavaroise, einer leichten schaumigen Nachspeise. Sie hatte eine dunkle, rauchige Stimme, die kein Mensch je gern geölt gehört hätte. Warum sie sich nicht mit einer Charlotte verglich, obwohl sie Charlotte hieß – Charlotte aux fruits, Charlotte au chocolat? Sie blieb ein Importartikel, der den lichten Birkenalleen ihrer Heimat manche Erinnerung widmete, obwohl sie sich für nichts so sehr begeisterte wie für französische Mode, die ihr auf den kleinen Leib geschneidert schien, aus dem diese rauhe Garçon-Stimme kam. Sie war bei weitem nicht so begabt wie Giacomo, sprach leidlich Französisch und ein wenig Englisch, interessierte sich kaum für Gardening oder Architektur, und die Kenntnisse der Desserts verdankte sie den wenigen Einladungen, denen Giacomo zu folgen bereit war. Er war ein Eigenbrötler geworden, der Halodri war verschwunden.

Aber sie blieb mit ihm in seiner selbstentworfenen Einöde, da das Zentrum ihres Lebens seine Person war, sie ließ sich von ihm belehren und stellte ihn auf einen Sockel, und zum Glück hatte er seine Lockenpracht behalten, während er eine neue Sprache lernte, eine Studienreise nach Italien oder Ägypten plante oder einen Anbau aus Glas konstruieren ließ, in dem er seinen Gästen Vortragsredner über Caravaggio oder Palladio vorsetzte. Charlotte, oder Chacha, wie sie genannt wurde, versteckte weder ein gewisses Desinteresse noch spielte sie das ewige Mauerblümchen, sie fuhr alle paar Wochen nach Paris, wo sie sich ein winziges Pied-à-Terre erkämpft hatte, und kam mit Bergen von Einkaufstüten zurück – Mode für alle. Was wieder beweist, daß die wahren Dialogpartner der Modemacher nicht die Schönheiten, sondern die Exzentriker sind. Ihre Mutterpflichten behandelte sie lässig, ihre Zwillinge gediehen gut in der ländlichen Umgebung und wurden später auf die vorgeschriebenen Internate geschickt. Gerade erzählt sie einer russischen Prinzessin, die es nach Deauville verschlagen hat, weil sie nicht wußte, daß dies mondäne Seebad nur ein paar Monate im Jahr bewohnt wird, und deshalb über Einsamkeit klagt, von einer Modenschau bei Lagerfeld. Die neuen Dreiviertel-Jacken mit großen Messingknöpfen paßten nicht zu kleinen Frauen, sie habe der Fürstin eine mitgebracht, die liebe nichts so sehr wie Metallapplikationen auf Schuhen, Taschen und Kleidern. Sie habe Lagerfeld bei einem kleinen Essen vorgeschlagen, als guter Deutscher zu seinen Wurzeln zurückzukehren und eine Kollektion mit Glückskleeblättern zu schaffen – der Vater besaß eine gleichnamige Kondensmilch-Marke. Und sehen Sie, sagt sie mit einem selbstgewissen Lächeln, ob Glücksklee, Mode oder Bavaroise – das war die Spezialität auf dem Schloß meines Vaters –, auch ich bin ein Importartikel.

Es stimmt, die Fürstin wurde in der Nachbarschaft nicht nur wegen ihrer auffällig offen getragenen blonden Haare und ihrer Vorliebe für kleine Sportwagen die Hollywood-Fürstin genannt. Sie behängte sich gern mit Klunkern und Modeschmuck, trug Metallabsätze und glitzernde Ketten als Taschenriemen von Gucci, zeigte kaum alten Familienschmuck und galt in der konservativen Umgebung als ein wenig halbseiden. Sie trug ihre Klunker und kümmerte sich nicht um das Gerede. Nicht daß sie keine Beziehungen zur Nachbarschaft pflegte – ihre besten Freunde sind jedoch ein schottisches Paar, das bei Houlgate auf einem der schönsten Landsitze, die ihr bekannt sind, ihre Kohle-Millionen aus dem 19. Jahrhundert verzehrt. Sie hält sich an Traditionen, weiht Schulen ein, tauft Schiffe – aber sie zeigt seit je eine gewisse Gleichgültigkeit gegenüber gesellschaftlichen Verpflichtungen und eine Neigung zu kontemplativem Rückzug. Dennoch bestehen ihre Zerstreuungen in *castle-hopping:* das Wort ist ihre Erfindung und eine Persiflage auf die Rituale jährlicher Schloßbesuche. Sie stammt aus einem kleinen, aber alten Adel aus der Haute-Normandie, die Vorfahren ließen sich bis zu Guillaume le Conquereur zurückverfolgen. Es scheint, daß sie sich in die frühe Liebesheirat mit dem Fürsten gestürzt hat, um den politischen Abrechnungen der Nachkriegszeit mit dem elterlichen Haus zu entfliehen. Der Vater hatte während der ganzen Zeit des Nationalsozialismus in Deutschland und während der deutschen Okkupation in Frankreich nicht nur durch Verwandtschaftsbeziehungen mit Deutschland verbundenen Familienmitgliedern und Freunden ein gastfreies Haus geboten, er stand, obwohl selbst betont neutral, im Verdacht, Spionage und Beweismaterial gedeckt und versteckt zu haben. Nach und nach tauchten Photos auf, auf denen er mit hohen deutschen Offizieren und in deutschen Diensten stehenden französischen

Spionen, die später, zum Tode verurteilt, nach Sigmaringen geflüchtet waren, zu sehen war. Ein Gemisch aus Vichy-Anhängern, Organisatoren von Zwangsverschickungen und Antisemiten aus Großbürgertum und Aristokratie. Direkt nach dem Krieg gab es eine Säuberungswelle der Résistance, der der Vater der Fürstin um ein Haar zum Opfer gefallen wäre, er hatte seitdem ein steifes Bein, das sich angeblich einem Jagdunfall verdankte, und die ganze Familie lebte jahrelang in der Erwartung weiterer Nachforschungen und Veröffentlichungen von Tagebüchern und Zeugnissen ehemaliger Widerstandskämpfer. Ataraxia hatte sich bei der ersten Gelegenheit abgesetzt, doch hieß es, sie sei wahnsinnig verliebt gewesen in den um Jahre älteren Prince de Meurny. Die politischen Schwierigkeiten seines Schwiegervaters schienen ihn nicht zu stören, er betrachtete das Elternhaus seiner Frau ein wenig wie einen Kuriositätenladen, dem man den nötigen Respekt nicht versagt. Die de Meurny waren erzkonservativ, antidemokratisch, Anti-Vichy, keine Royalisten, und hegten vage Vorstellungen von einem neuen oligarchisch geregelten Europa. Aber sie schickten sich nie an, sie in die Praxis umzusetzen. Was zählte, waren die eigene und ein paar andere *Familien,* verstreut auf dem Kontinent und England, das Land, der Besitz, und mit der Trennung von Kirche und Staat waren sie paradoxerweise recht einverstanden. Ungefähr fünfzehn Jahre galten Ataraxia und der Fürst als glückliches Paar. In den sechziger Jahren bereitete sich langsam die von mehreren Juristen ausgearbeitete Trennung vor – die Aufgaben der Fürstin waren in einem zwanzig Seiten langen Dossier festgelegt, sie behielt ihren Wohnsitz auf Schloß N. und die Erziehung der Kinder, während der Fürst in ein Schloß nördlich der Seine zog, das einer Burg eher glich als einem Ort zum Wohnen. Auf eine Scheidung wurde verzichtet. Wären die Gründe der Trennung vor ein Gericht gekommen, hätte selbst der Fürst kaum mit Schuldminderung rechnen können. Er hatte seiner Eifersucht mit den Jahren immer weniger Zügel angelegt. Die Fürstin hatte in zwölf Jahren sechs Kinder geboren, eins davon war nach der Geburt gestorben. Trotzdem schien der Fürst Anlaß zu Mißtrauen und Überwachung zu haben. In dem Dossier, an dessen Abfassung mein Vater nicht unmaßgeblich beteiligt war, stand als Trennungsgrund wiederholte Nötigung zum ehelichen Verkehr unter Anwendung physischer Gewalt und psychischer Bedrohung. Sie war nur noch ein Gespenst, sagte mein Vater, als ich sie kennenlernte, und ich sperrte sie in ein Kloster, um sie vor schlimmeren Nachstellungen der Familie zu bewahren.

Hornknöpfe auf grauem Flanelljankerl mit grünem Stehkragen – diese Beschreibung ruft gleich die Vorstellung einer bajuwarischen oder österreichischen Operetten-Aristokratie hervor, die sich mit Wanderstock und Feder am Hut ein leutseliges Picknick im Wald gibt. Bertrand, der zweite Sohn, kann französischer nicht sein, als er ist. Er hat eine Cousine seiner Schwägerin geheiratet, aus dem Hause Oettingen, und trägt dieses Wams, weil er mit seiner Frau gerade von einer Hochzeit in Süddeutschland kommt. Er ist ein Spottvogel, der ein wenig näselt, und wenn er auch seine Pflichten als nachgerückter Fürstenerbe ernst nimmt, gelten ihm Hornknöpfe und Desserts nicht als Anlaß zu tieferen Überlegungen. Er verbrauchte viele Seidentücher und viele Frauen und hatte vor der Ehe eine lange Affaire mit einer Seidenfabrikantentochter aus Lyon. Sie war, wie sein schwarzer Labrador, seine ständige Begleitung, so daß ängstliche Zungen schon befürchteten, es werde doch noch ein offizielles Paar aus ihnen. Er schenkte ihr lediglich einen taubeneigroßen Saphir, um ihn, wie er sagte, zwischen ihren Brüsten, am geeigneten Ort, wie er sagte, gebettet zu sehen. Er variierte diese Formulierung ein wenig, und wenn sie ihn in Gesellschaft fragte, ob er, der Stein, richtig liege, sagte er etwa, wer ihn, wie du, da trägt, da ... der bettet ihn richtig. Er hat in Oxford und Sankt Gallen Nationalökonomie studiert, die Semester regelmäßig unterbrochen, um an die Côte d'Azur oder nach Düsseldorf zu Freunden zu fahren, und hat nach etwa zehn, zwölf Jahren die Colleges ohne Examen verlassen. Der ältere Bruder hatte gerade abgedankt, und so wurde er in die Pflicht genommen, um seine Kenntnisse auf Cidre-Fabrikation, Holzverkäufe und Aktienspekulation anzuwenden. Zur selben Zeit, als er, schon über die Mitte der Dreißig, sich der konservativen Partei anschloß und bei regionalen Wahlen aufstellen ließ, verbannte ein Lungenemphysem den Vater in den Rollstuhl. Obwohl noch immer Patriarch, dem die Söhne monatliche Besuche und Rechenschaft schuldeten, war ihm das Rückgrat geschwächt. So daß Bertrand, mit Adlernase und schulterlangen dunklen Haaren, ein freieres Auftreten möglich war. Er bezog den Alten nur noch scheinbar in die Geschäfte ein, überließ, nach Ansicht der Fürstin, alle Arbeit den Verwaltern, widmete sich seinen kurzen politischen Repräsentationen und langen Reisen in die Verstecke der Jeunesse dorée und lieferte der Familie durch eine späte Ehe drei Nachfolger. Obwohl er seinen Verpflichtungen quer durch Europa eifrig nachkommt, Jagen, Fischen, Tennis, Golf, scheint ihm alles gleich interessant und gleichgültig – von den Büchern über Nationalökonomie eilte er zu einem Ball, vom Ball zu einer Ausstellungseröffnung in Holland, von der Ausstellung zu einem Treffen in Baden-Baden. Gelegentlich gewinnt er mit seinem Schwiegervater ein paar tausend Franc dort im Casino – aber er scheint die Unrast zu behalten, die ihm weder die Bücher, für die er einen seriösen Sinn besaß, noch die eigene Familie nehmen können.

Seine Seßhaftigkeit als Titelerbe und Vater ist scheinbar. Nur Affairen mit Frauen läßt er vermissen, so daß seine jüngeren Geschwister, hinter einem Paravent steckend und sich Klatschgeschichten erzählend, sagen: erinnerst du dich noch an den Saphir von Joye – er nannte sie so nach dem Parfum von Patou, das sie trug –, taubeneigroß war er, und er sagte, wenn sie ihn anlegte, du hast ihn gebettet am einzigen Ort, wo er hingehört.

Die junge Fürstin war allerliebst. Schon Ende Zwanzig, als sie sich verheiratete, trug sie im ungeschminkten Gesicht mit aschblonden Haaren – aschblond, nicht hellblond, der bevorzugte Ton – ein paar Pockennarben am Kinn wie das Mal einer frühen Einübung in jene Gleichgültigkeit, die der Upperclass nachgesagt wird, die in der Jugend keine kleinkarierten Konkurrenzkämpfe zuläßt und im Alter aus solchen feinen Gebrechen Anekdoten macht. Sie hatte, fleißig und pflichtbewußt, ein Schweizer Internat besucht und die nächsten zehn Jahre, ohne etwas Genaues zu lernen, versucht, dem Heiratsmarkt zu entkommen, der aus Festen und Einladungen einen Kuhhandel macht. Geheiratetwerden – das Unbehagen an den Nebenmotiven solcher Begegnungen blieb halb unbewußt, da allein die Vorstellung ihren Stolz verletzte. Doch man sah sie sich so geduldig den alten Tanten (auch Enkeln) widmen, als sei sie die geborene Schloßherrin. In Wirklichkeit liebte sie die Gesellschaft der Älteren; ohne an Mangel an Selbstbewußtsein zu leiden, fühlte sie sich in der ewig unternehmungslustigen Gesellschaft ihrer Freunde ein wenig fremd. Sie war ernst, lächelte fast nie und ging gern allein im Wald spazieren, um Pilze zu suchen. Sie ritt ein wenig und spielte ausgiebig mit ihrem Vater, der ein Spieler war und sich ein eigenes Spielzimmer hatte einrichten lassen auf seinem Schloß, Roulette oder

Poker. Ein wenig verstand sie auch von Gardening, ohne ihrer Mutter das Heft aus der Hand zu nehmen, begleitete sie sie an manchen schönen Tagen durch die Gärten und assistierte bei Rosen oder Mirabellen. In einer ungeöffneten Kammer ihres Herzens schien sie entschieden zu haben, der junge Fürst habe eine passende Wahl getroffen, und, der Schönheiten müde, die in seinem Leben vorbeidefiliert waren, habe er in ihr ein vielleicht zu ernstes, aber nötiges Gegengewicht zu seinen frivolen Schwächen gefunden. Wenn sie Bertrand auch nach außen nicht so anbetete wie Charlotte Giacomo, so schien ihre zuweilen ein wenig finstere Zuneigung doch ebenso gefeit vor Schwankungen, Launen und Eifersucht. Die junge Fürstin, Yolanthe, war allerliebst. Zuweilen sagte sie leise und deutlich *fuck*, meist war sie allein im Raum und in Gedanken. Manchmal rutschte es ihr auch heraus in Gegenwart anderer – aber eine alte Tante oder ein abgesetzter Botschafter kannte das Wort entweder nicht oder war schwerhörig, und ihre Familie hatte sich daran gewöhnt, als ob sie *luck* sagte. Denn ihre Sprache war von wenigen englischen Wörtern durchsetzt wie von Mottenlöchern, die sie sich nicht auf dem Internat zugelegt hatte, sondern durch die Texte einer wenig bekannten Underground-Popmusik, in deren Abgründe sie, wegen chronischen Desinteresses, niemanden einweihen mußte. Gott sei Dank trägt sie keine Rasierklingen, Sicherheitsnadeln und schwarzen Nägel, sagten ihre Schwager. Sei trug meist Jeans, weite Pullover, Parkas und jene undefinierbaren Gebilde aus Wildleder, indischer Stickerei und zotteligem Futter, die in den siebziger Jahren an Universitäten und auf politischen Demonstrationen Mode waren. Seitdem sie die Kinder hatte, die sie keiner Gouvernante überließ, sondern selbst in den Sandkasten begleitete, war eine leise Spannung zwischen ihr und der Fürstin entstanden. Denn die Fürstin, seit Jahrzehnten daran gewöhnt, im Haus zu bestimmen, dachte nicht im geringsten daran, ihren Platz zu räumen oder ihrer Schwiegertochter Kompetenzen zu übertragen. Das junge Paar hatte sich zwar angewöhnt, die gemeinsamen Räume im Schloß – in denen wir uns auch jetzt befinden – für eigene Einladungen zu benutzen, aber sie mußten nach wie vor, wie Kinder, die Tage und Stunden anmelden, an denen ihnen Salons und Eßzimmer überlassen wurden. Die Fürstin bestimmte über alle Haus- und Gartenarbeiten, über die Verteilung der Gästezimmer, über Speisezettel und den Weinkeller. So daß der junge Fürst anfing, sich einen eigenen Weinkeller zuzulegen und auch den eigenen Anteil des in eigenen Wäldern erlegten Wildbrets gesondert einfrieren zu lassen. Das Leben aus dem Familientopf wurde zunehmend schwieriger. Alle lebten vom Familieneinkommen und in denselben Gebäuden. Aber einer mußte die Verantwortung übernehmen und bestimmen – der Fürst, was die Kosten für Schloß, Gärten, Tennisplätze, Garagen, zehn Autos, Swimmingpool betraf, die Fürstin, was Speisen, Keller, Wäsche, Einladungen anging. So sagte die junge Fürstin leise *fuck*. Sie konnte durchaus auftreten, aber sie steckte sich mehr und mehr hinter den Fürsten. In einem Streitgespräch ging er so weit, der Fürstin anzubieten, die Kosten für den Ausbau eines Alterssitzes zu übernehmen. Es handelte sich um jenen Seitenflügel, in dem sie seit Jahren ihre privaten Räume bewohnte. Der ganze Flügel sollte renoviert werden – im Erdgeschoß würden ihr Salon, Eßzimmer, Halle mit Kamin, Gästezimmer eingerichtet. Zum ersten Stock mit den Schlafzimmern sollte eine bequeme neue Treppe führen. Die Fürstin zeigte sich über ihre Zwangspensionierung beleidigt und ging einige Monate auf Reisen. Yolanthe schaffte einen kleinen Hund an für die Kinder, einen King Charles, und ließ ihn durch die offiziellen Räume toben. Noch immer war sie ein Kind im eigenen Haus, das sich freute, wenn die Eltern auf Reisen waren.

Man sagte ihm kein einziges Laster nach, weder Verschwendung noch Geiz, keine Trunksucht, kein Spiel, keine Frauen; und keine Askese. Es sei denn, man folgt den Gerüchten über seine Grausamkeit und rechnet sie zu den Lastern. Wären die Kinder im Zeichen der Psychoanalyse groß geworden, wären sie sicher von Hand zu Hand weitergereicht worden, sosehr beherrschte der Alptraum des Vaters die schönen Schloßmauern. Selbst der nun abwesende Fürst hatte sich unvergeßlich gemacht – er war für die Kinder noch jahrelang anwesender als alle anderen. Die Gänge waren endlose Gänge, die zu immer gleichen und peniblen Verhören führten. So jähzornig und ungeduldig der Fürst von Natur aus sein mochte – seine Erziehungsappelle führte er eiskalt bis unter den Gefrierpunkt und ohne hitzige Zornausbrüche durch. Jedes Kind, das dem Fürsten im Alltag ausweichen konnte, solange der kindliche Stundenplan gesonderte Zeiten für Lernen, Spielen, Essen, Schlafen vorsah, war gezwungen, sich am Wochenende ein bis zwei Stunden der Audienz zu stellen. Die kurze Züchtigung mit der Reitgerte gehörte zum Ritual. Aber die eigentliche Grausamkeit zeigte sich in Fragen, die insistierten, bis sie die Grenzen tödlicher Selbstdenunziation überschritten hatten. Schule, Freunde, Spiele, Geld, Kleidung, Sport – alles wurde zum minutiösen Detail einer hinter verschlossenen hohen Türen sich abspielenden Tortur. Dabei war der Vater groß, schön, mit dunkelblasser Haut, funkelnden schwarzen Augen – viele verglichen ihn mit Portraits Karls I. von Spanien. Da die Zeitläufe demokratisch waren, schikanierte er seine Verwalter in Maßen und behielt sich seine Regel: herrschen durch Furcht, für die Familie vor. Einer der Söhne sagte einmal zu mir, vermutlich habe der Vater nicht nur aus dynastischen Gründen ein Kind nach dem andern zeugen wollen, sondern um stets über neues Züchtigungsmaterial verfügen zu können. Aber was sich in anderen Familien als schwelender Haß erhalten hätte, der sich erhoben hätte, sobald die ohnmächtige Wut der Unterlegenen erwachsen geworden wäre, wurde hier mit den Jahren gelockert durch das leichtfertige, »italienische« Element im Charakter seiner Kinder, das er so haßte. Lange konnten sie die düsteren Jahre des Zitterns und der Bedrohung nicht vergessen. Aber sie hatten anderen gegenüber doch das selbstbewußte Auftreten, das man erwarten konnte, und nicht die Spuren von Züchtigung, Ausforschung, Demütigung.

Wie die Redeweise des alten Schloßherrn ging, daß ein jeder eines Tages seinen Meister fände – eine Redeweise, die er eigentlich für ein verstocktes Kind bereithielt –, so fand auch er selbst seinen Meister. Er trug seine Krankheit, seine Erstickungsanfälle und Erschöpfungszustände, die Fesselung an den Rollstuhl und all die vielen kleinen Anwendungen der Ärzte mit guter Haltung, man hätte sagen können tapfer. Doch da er ohnehin nie zu Klagen geneigt hatte, behielt er scheinbar seine alte Gleichgültigkeit, besonders gegenüber *Wehwehchen*. Und nun hatte er einen Meister. Nicht in seiner Krankheit, sondern in seiner Krankenschwester. Und nicht in dem Sinn, daß er einem Drachen ausgeliefert gewesen wäre, der ihm seine »gesunde« Herrschsucht vergolten hätte. Er tyrannisierte sie, gewiß, aber die Schwester, im grauen Kleid mit weißem Häubchen so erotisch wie Joan Fontaine in einer Lazarettrolle, nahm seine Sottisen auf wie Pingpongbälle und servierte sie zurück. Sie wurde ihm von Tag zu Tag unentbehrlicher, die schöne Vierzigjährige, bald erschien sie auf Hochglanzphotos in Jet-set-Illustrierten neben dem Fürsten im Rollstuhl – mit großem Hut und einfachem Kostüm. Und obwohl seit Jahren getrennt, schien die Fürstin beunruhigt. Es entschlüpften ihr einige Bemerkungen, die ein unfürstlicher Unmut ihr diktiert hatte. Muß sie sich so in den Vordergrund spielen, klagte sie Charlotte. Die ganze Art, wie sie die Gräfin spielt, dezenter, als meine Schwiegermutter von mir verlangt hätte, ein paar Perlen, ein schmaler Saphirring, ein schlichtes Kostüm. Nur ihre Hüte bei Familienfesten sind zu groß für ihre Stellung. Und sie fürchtete, daß der Fürst – er würde doch … krank und abhängig, wie er geworden war von dieser Person … keine Dummheit des Alters begehen? Der Fürst schien nicht daran zu denken. Aber … was bliebe, wäre das Testament. Und wenn er ihr nun … etwas vermachte? Etwas, ein wenig, etwas viel? Aber die Kinder stellten sich seltsam taub. Offensichtlich waren sie froh, daß jemand ihnen die undankbare Aufgabe abnahm. Und sie schenkten der Schwester, wenn sie Weihnachten zu Besuch fuhren, Batisttaschentücher, Cashmereumhänge, Perlenbroschen, ganz, fast ganz, als wenn es eine ältere Cousine wäre. Und der Fürst ließ sich vorlesen, die großen Autoren, die er seit seiner Schulzeit nie mehr gelesen hatte und die sie auswendig kannte. Und sie stritten: über Madame de Rênal und Julien Sorel und die philiströse Gesellschaft im *Pfarrer von Tours*. Dann bekam er einen Anfall und mußte seinen Inhalationsapparat aufsetzen. Die Schwester sagte, mit dem Apparat auf der Nase sähe er aus wie ein Roboter als kastriertes Rhinozeros. Sie durfte das. Er legte den Apparat aus der Hand und sprach über den erwarteten Besuch seiner Enkel zu Beginn der Ferien. Seine Reitgerte aber kam ins Familienmuseum.

Daß Müßiggang aller Laster Anfang sei, auch diesen Spruch hatte sich der dritte der Söhne oft genug anhören müssen. Zaghaft hatte der sich an Cicero und Quintilian schulende

Knabe darauf hingewiesen, daß den Antiken gerade Müßiggang eine Tugend gewesen sei, eine Tugend, die die verhetzte Angestelltenwelt seiner Epoche weder verstehen noch bewahren könne. Das Zitat, mit dem er seine Ausführungen belegte, lautete: *cum dignitate otium*. Was darauf hinauslief, daß dieser Müßiggang nichts mit dem Sichgehenlassen einer sich langweilenden Jeunesse dorée und ihrem *dolce far niente* gemein hatte. Seine Brüder neckten ihn bisweilen und verwandelten das otium, die Muße des Zitats, in odium, Haß, und behaupteten, daß auch zum rechten (aristokratischen, kämpferischen, kriegerischen) Haß Würde gehöre. Sie stellten eine Gegenforderung auf: wenn Muße Sichgehenlassen verböte, so auch Haß die Blindheit. Sie nannten ihn, der in solchen Gesprächen wie die Sophisten stundenlang haarspalten konnte, Häkchen. Verhakt, verhäkelt – der kleine Bruder der älteren Geschwistergruppe. Bevor nach einer jahrelangen Pause und dem Tod einer kleinen Schwester die zwei Nachkömmlinge kamen, blieb er der Kleine, der Sophist, der Jesuiten-Schüler, der Zarte, Unsportliche, Mädchenhafte, der sich nie mit Wirtschaftswissenschaften oder ähnlichen, den Söhnen abverlangten Realien abgeben würde. Es hieß, er habe schon mit achtzehn eine Million geerbt von einer Patentante, und deshalb, und weil er nur der dritte war und mehr Freiheit beanspruchen konnte, schickte er sich gleich an zu privatisieren. Er blieb auf dem Schloß wohnen, legte sich ein kleines Pariser Appartement am Boulevard Raspail zu, belegte einige Semester Kunstgeschichte und wechselte dann zur Photographie. Obwohl auch ihm böse Familienzungen homosexuelle Vorlieben nachsagten, lebte er jahrelang in einem halboffiziellen Dreiecksverhältnis mit einer verheirateten Cousine dritten Grades, deren Mann die meiste Zeit des Jahres auf Geschäftsreisen in Asien unterwegs war. Mit ihr verband ihn die gemeinsame Liebe zur Photographie. Er verlegte sich mehr und mehr auf Objekte – Kunstobjekte, Gegenstände des Kunsthandwerks –, und so entstand, gleichzeitig mit dem ersten Photoband, die Idee eines kleinen Museums in Schloß N. Es sollte in einem Eckturm des Schlosses untergebracht werden und von der Gemeinde finanziert. Die meisten Objekte würden aus den Beständen der Familie de Meurny zur Verfügung gestellt. Der Turm wurde renoviert, mit Klimaanlagen, Doppelfenstern, mit Sonnenschutz versehen und dienstags und donnerstags für zwei Stunden dem Publikum geöffnet. Wenn auch auf die Dauer ein Historiker und ein Kunsthistoriker, die als Spezialisten einige Bücher über die Geschichte der de Meurny veröffentlicht hatten, zu Museumsleitern bestellt wurden, opferte Häkchen, oder offiziell Thomas de M., zunächst Jahre, um die Objekte zusammenzutragen, ihre Herkunft nachzuweisen und Legenden zu erstellen. Eine rechte verhäkelte Tüftlerarbeit und die Gefahr, sich im Detail zu verlieren. Waffen und Kleidung, Möbel und alte Handschriften verteilten sich, nach Sprachen getrennt, in den dunkelblau oder dunkelrot austapezierten Räumen des Turms. Es gab Postkarten und eine kleine Broschüre, bald einen Katalog, und mehr und mehr verirrten sich ein paar Reisende in dieses historische Archiv. Thomas de Meurny bekam früh graue Schläfen und verbrachte seine Tage als geselliger Eigenbrötler über Handschriften und Gutachten. Manchmal zog er einer alten Tante einen Pokal aus dem 17. Jahrhundert aus der Nase, mal ging ihm auf einer Auktion ein Satz Gläser durch die Lappen, und dann wieder verschwand er auf Wochen im lasterhaften Sumpf von Paris. Er bereicherte das Haus vorerst nicht um einen weiteren Erben – und vorerst dauerte lang –, aber wenn ich auf das Schloß kam, empfing er mich immer mit neuen Funden über einen Ahnen aus dem 18. Jahrhundert, der den Namen der *Englische* trug.

Denn der hatte eine Marlborough geheiratet und sein Domizil in Kent aufgeschlagen, um wie ein Scarlett Pimpernell der vor der Guillotine flüchtenden Aristokratie Unterschlupf zu bieten. Daß in einer Welt der Tapetentüren und der geheimen Schloßtreppen, die zwar romanesk war, aber nicht erfunden, die Fluchten und Maskeraden oft doppelt gewendet waren, beweisen eine Reihe von Figuren in jenem Revolutionsdrama, die unter dem Cape eines Aristokraten die Kleider eines jetzt abgesägten Anhängers von Robespierre und Danton trugen. Häkchen selbst hatte vor seiner Familie erfolgreich verborgen, daß er mit achtzehn, gerade im Besitz seines kleinen Vermögens, in die Fänge einer Gruppe von gnadenlosen 68ern geraten war. Drauf und dran, sein Vermögen den Arbeitern einer Renault-Niederlassung in der Banlieue zu überlassen, war er dennoch so taktvoll, an den Wochenenden zu Hause seine Skrupel und Gewissensbisse wegen der jahrhundertelangen Ausbeutertradition zu verbergen und auch die gelernten Slogans zu verschweigen. (Ich erwähnte es schon, die Familie Meurny galt seit Jahrhunderten als vorbildlich, was soziale Verantwortung betraf, nicht nur wegen des Parketts in Krankenhäusern.) Ich glaube, Thomasino – so wurde er auch genannt – pendelte sich später auf eine gemäßigt liberale Linie ein. Weniger konservativ als seine älteren Brüder, war er für das utopische Denken der 68er Revolution ebenso empfänglich gewesen wie der *Englische,* sein Vorfahr, für die Ideen von 1789. Soziale Gerechtigkeit, nicht nur vor dem Gesetz, fand er einleuchtend. Doch die Krallen eines kleinkarierten Unglücks, mit denen die Jünger dieser Ideen alle Welt schlagen wollten, waren dem Jüngling zu schmerzhaft. Zu lebensfeindlich und zu konträr den Glücksversprechen der Utopie, mochte er sich sagen, wenn er über seinen Dokumenten saß. Und das antike *cum dignitate otium* hätten seine einstigen

Freunde sicher nicht in *odium* umgewandelt. sondern als typisches Beispiel gelesen für bildungsaufgeblasenes Umdeuten spätkapitalistischen Nichtstuns.

Und dann sollten wir raten. Silvester war's, und vor den dunklen hohen Fenstern klirrte der Frost und schmetterten die ersten Raketen. Im Zimmer loderte das Feuer, und die Sofas waren vor den Kamin gerückt. Alle Frauen trugen lange Röcke und Ohrgehänge und jede ein anderes Parfum, die Herren hatten Blumen in den Knopflöchern, und die jüngsten zeigten ihre zum achtzehnten Geburtstag geschenkten Ringe mit hellen Rubinen oder grasgrünen Smaragden. Auf der freigewordenen Fläche lag ein großer persischer Teppich und stellte die Bühne dar. Auf der Bühne standen zwei Schauspieler mit hoher weißer Kochmütze und weißem Kopftuch, mit weißen Schürzen und langen Kochlöffeln und hochrot geschminkten Backen, das war die offene Lohe, Ofenhitze. Beide Akteure standen mit leicht gegrätschten Beinen fest auf dem Teppich und hielten ein langes Stück Tierkörper in den Händen, das mit weißen Lappen wie mit Speckstreifen umwickelt war. Ratet, sagte das Kopftuch, und die Kochmütze echote: ratet. Da war nun teurer Rat. Die beiden Küchengehilfen waren *die Kleinen,* die Nachkömmlinge, acht und neun Jahre jünger als Thomasino, die wie Zwillinge immer zusammenhingen, Beatrice, die Ältere, immer voran, Jean der Phlegmatische, immer im gleichen Trott hinterher. Bis wir das Rätsel lösten, tönte das Zimmer von unsinnigen Einfällen. Kriegsverletzter mit Verbänden, hieß es. Tierversuch in Zwangsjacke. Schwimmweste. Lebende Bilder waren beliebt auf Schloß N., ein Spiel, das den halbakademischen Besucher zu falschen Vermutungen hätte veranlassen können, ob die verschwundene Spezies des *homo ludens* sich auf abgelegene Schlösser in der Normandie zurückgezogen habe. Und den Kulturkritiker sein Unbehagen hätte äußern lassen können angesichts dieser ewigen Neuauflage kindischer Aristokraten. Die Lösung hieß Hasenbraten im Speckhemd. Der Hase war der arme Dackel des Verwalters, ein altes Hündchen mit weißem Kinn und kurzem Fell, das sich die Tortur gegen ein Stück Wurst geduldig gefallen ließ. Rate, rate, so überfiel die kluge Beatrice ihre Opfer und hatte sich noch am Morgen auf meine Knie gesetzt. Ich hatte alles durchgeraten, von Semele auf Jupiters Knie bis zu Lolita, aber nicht gefunden, daß Maria Magdalena sich in Beatrices Palimpsest-Abwandlung nicht Jesus zu Füßen setzt, sondern wie Marilyn Monroe im Western Saloon dem einsamen Helden auf den Schoß. Ratet... aber ich möchte keine nostalgische Reminiszenz über die kleine Beatrice verfassen, wie reizend sie war mit ihrem *ratet*, den langen, im Gegensatz zu ihren Brüdern ganz glatten Haaren, die bis zur Taille fielen. Sie ging in Lisieux in ein von Nonnen geleitetes Internat, und am Tag zuvor hatten wir alle auf Tribünen gesessen und in Deauville zugesehen, wie sie bei einem Reitturnier den zweiten Preis gewann. Das Leben im Internat behagte ihr gar nicht, aber in der Umgebung des Schlosses gab es weit und breit kein Lyzeum für Mädchen. Die Fürstin zeigte sich erstaunlich streng, ausgerechnet bei der Erziehung der Tochter. Sie hörte, überhörte, kommentierte und schnitt ab, wenn Beatrice laut oder leise darüber klagte, daß ihr in Lisieux ihr Pferd Barnabas oder die alte Eiche auf dem Hügel hinter dem Seerosenteich fehle. Für empfindsame Spaziergänge junger Seelen in Naturschönheiten mangelte es der Fürstin ein wenig an Geduld oder Gelassenheit, Schwärmerei war ihr zutiefst zuwider. Verschwärmt wirkte sie nicht auf dem Sattel, sondern in guter Zucht, Beatrice mit dem kernigen, ernsten Gesicht und dem streng zusammengebundenen Zopf, der unter der schwarzen Reitkappe hervorkam und über die Reitjacke fiel. Sie gewann den zweiten Platz, mußte sich auf der Siegertribüne aufstellen und sich vielleicht später sagen lassen, eine de Meurny gewänne den ersten. Und zum anschließenden Tanz im Festzelt mit der reitenden Jugend wurde sie nicht länger als für zwei Stunden zugelassen. Aber sie hatte Jean, den Phlegmatischen, Chaperon, Begleiter und Spielgefährten. Jean schien von Anfang an alle Hoffnung fahrengelassen zu haben. Er war ganz und gar aus der Art geschlagen. Von Anfang an ruhig, mit runden roten Backen und stämmigen Gliedern, hatte er nichts vom nervösen, auffahrenden, leichtsinnigen Temperament der anderen Geschwister. Keiner hatte sich je gefragt, ob hinter diesem für alle bequemen Mittrotten die Einsicht in die Aussichtslosigkeit aller Familienkämpfe versteckte. Er wirkte nicht einmal traurig, wenn er sich von den Älteren anstellen ließ, zu Botengängen und anderen Handreichungen. Er war da, er war nicht bemerkenswert, er war der fünfte, und er war schlecht in der Schule. Sie ließen ihn bis zum Abitur durchlaufen und steckten ihn in eine Lehre in der hauseigenen Bank. Er ließ alles mit sich geschehen, doch als wolle er sich auf seltsame Weise rächen, machte er von einem Tag auf den anderen einen Sprung und wurde vom phlegmatischen Kind zum trägen Bonhomme. Er ertrug die Langeweile in der Bank wie die anderen das Fehlen jeder Art von Ehrgeiz in ihm, er trug mit neunzehn Westen und goldene Uhrkette über einem Embonpoint wie ein Vierzigjähriger und verbrachte viel Zeit an gedeckten Tafeln, an denen er oft mit hochrotem Kopf und in Zigarrenqualm eingehüllt einschlief. Durch Zufall gelangen ihm einige glückliche Transaktionen, die ihn auf Geschäftsreise nach Zürich führten. Er wechselte auf einen hohen Posten an eine dem eigenen Haus verbundene Schweizer Bank und führte ein bürgerliches Leben. Frei von aristokratischen Querelen um die Benutzung des allgemeinen Salons, der Weinkeller, und befreit von Kriegen um Kostenanteile an Kaminholz oder Sprit fürs Auto. Er bezog eine große Wohnung über dem See und befreite auch seine Schwester von den Zwängen des Schloßlebens. Ohne weiteres Bedauern verzichtete sie auf standesgemäßige Heirat und Schloßgespenster, ließ Jean, was später Mode wurde, eine Geldheirat einfädeln, und begann ein recht verliebtes Eheleben mit dem Sohn des Schweizer Bankbesitzers, der so freundlich war, den Platz bald abzutreten, indem er einem Schlaganfall erlag. Und Jean, der im Haus der Schwester bald Taufpate wurde, sagte im Salon der Fürstin, wenn man ihm wieder einen Familienauftrag gab, auf schwyzerdütsch: is scho rescht.

Da sitzen sie, eine kleine Schloßgesellschaft, der Abend ist fortgeschritten, und über den frisch gepflanzten Stiefmütterchen liegt schon die Dämmerung. Gerade hat die Fürstin wiederholt, wenn das Wetter morgen schön ist, lassen wir die Lorbeerbäume herausstellen. Charlotte und Yolanthe wechseln einen amüsierten Blick und überlassen ihr für heute die Regentschaft. An ihrer Seite sitzt der alte Baron von Boulbec, der seit Jahren ihr Cicisbeo, Begleiter und Verehrer ist. Im Augenblick erzählen sie sich ein Kapitel aus dem gerade neu übersetzten Buch *The Edwardians* von Vita Sackville-West. Da sitzen sie, die Fürstin, der ein wenig gichtige Baron mit alter Silberkrücke und gestreifter Weste und ein junger Verwandter aus dem Haus der englischen Schriftstellerin, der bei der hiesigen Bank der de Meurny volontiert. Er prescht mit einem kleinen aufheulenden Triumph und feuerroten Haaren in den Schloßhof und erzählt den Enkeln am Wochenende englische Gespenstergeschichten. Sie reden über ein Wochenende, an dem die Herrin von Schloß Chevron sich Gedanken über die Etikette macht. Feinstes Fingerspitzengefühl erfordert die Verteilung der Zimmer an die erlauchten Wochenendgäste. Welcher Gemahl auf keinen Fall in die Nähe seiner Frau, welcher Liebhaber unbedingt ins Zimmer neben die Geliebte gelegt werden muß. Chacun à sa chacune, lautet die Losung. Der reizende Nachwuchs steuert für die älteren Herrschaften Anekdoten aus dem unerschöpflichen Reservoir an Familienoriginalen bei. Es scheint, wenn diese alten Familien auch über ein Großteil von arroganten Nichtstuern und Quantité negligeable verfügen, so bringen sie doch eine solche Unzahl an Originalen und Anekdoten hervor, den skurrilen Sinn dafür und die Gabe zur pointierten Erzählung, daß sich drei Proust oder Virginia Woolf davon ernähren könnten, wäre nicht Literatur eine andere Art von Erzählung. Ich vermute, die Fürstin wird dem jungen Bankier nicht gefährlich, und der alte Bankier hat ihr schon so oft sein unermeßliches Vermögen zu Füßen legen wollen, daß für dieses Mal kein Eklat zu erwarten ist. Es scheint, als sei die kontemplative Ader der Fürstin wieder durchgebrochen und als hielte sie eine zweite Ehe mit dem Baron wegen ihrer erwachsenen Kinder für unzüchtig. Es scheint weniger frivol, mit dem Baron auf lange Reisen zu gehen und allein mit ihm in seinen Häusern in Rom oder Genf zu wohnen, Empfänge dort zu geben und Hauskonzerte, als den Kindern einen Stiefvater. Einen Baron, dem die Lorbeerbäume vielleicht gleichgültig sind, der vielleicht ein wenig gaga aussieht, als er die Fürstin jetzt mit einem zärtlichen und bewundernden Blick bedenkt. Allein die Tatsache, daß sie die Lorbeerbäume erwähnt, scheint ihm Vergnügen zu bereiten, gewohnt, sich an allen ihren Plänen zu erfreuen, scheint er an keinem ihrer noch so verrückten Einfälle Anstoß zu nehmen. Da sitzen sie, und an einem anderen Tisch ein Freund meines Vaters, aus alter jüdischer Familie, die während der Okkupation im berühmten Lager Les Milles interniert war und bis auf den Vater überlebt hat. Er selbst ist nach Amerika emigriert und hat in einem College in Chicago heranwachsenden Mädchen Französisch und Kunstgeschichte beigebracht, obwohl er sich bei Ausbruch des Krieges gerade habilitiert hatte. Zurückgerufen, hat er bis zu seiner Pensionierung einen Lehrstuhl für Kulturgeschichte besetzt, und nun bespricht er mit Giacomo eine neue Exkursion nach Venedig, ins Guggenheim-Museum. Die Jahre hier werden lange vorher geplant, vom *castle-hopping* bis zum Kindergeburtstag, das Leben steht endlos zur Verfügung, und die Lorbeerbäume werden heraus- oder hereingestellt. Natürlich ist alles Pflicht, höhere Pflicht oder wenigstens die kleine Verpflichtung, sich und andere zu unterhalten. Wie es Pflicht ist, ein Samtband anzulegen und eine alte Camée und den Kopf ein wenig schräg zu halten, weil das nach dem Kanon älterer Damen als anmutig gilt. So die russische Prinzessin, die auf dem kleinen Sofa sitzt und mit den Kleinen Scrabble spielt, gerade haben sie Dostojewskij zusammengesetzt. Die Prinzessin, die eine von Hunderten russischen Prinzessinnen im Ausland ist, hat natürlich ihr eigenes Emigrantenschicksal, und sie erzählt es ein wenig im Stil von Nathalie Sarraute, in Fragmenten, die mehr um sinnliche Impressionen mit Flakons, Zobelstolas und Karussells mit Holzpferden kreisen als um Onkel und Tanten. Da sitzen sie, eine kleine Schloßgesellschaft, und ich, hinter dem Paravent, der Lauscher, der ihre Stimmen auffängt wie der Paravent, der ein Tonschirm ist, durch den die Wellen laufen und gefiltert an mein Ohr dringen ... Rauschen von ferne ... aus einer Nacht vor mehr als zwanzig Jahren, im Gästezimmer des Schlosses, mit offenen Fenstern, knisterte das Haar einer warmen Nackten neben mir im Bett, da – ein Schmerzenslaut, ein Sprung, und fast hätte sie den

Paravent umgeworfen, bevor sie mit nassem Mund – Wasser, aus der Leitung getrunken, aus einem Zahnputzglas, Leitung für eine Fürstin? – zu mir zurückkam. Und morgen, sagte sie, nehm ich dich mit auf eine Tour. Wir machen *castle-hopping* und ziehen allen eine Nase, wenn sie über uns reden. Rauschen, Wellen, Worte, ganz aus der Nähe ... Vor ein paar Stunden gingen wir durch den sturmverwüsteten Park und dann in ihren Witwensitz. Dort zeigte sie mir in ihrem Atelier den Paravent, an dem sie gerade arbeitet. Sie setzte sich auf ihren Schemel, zeichnete ein paar Striche, und so, halb verborgen hinter dem halbfertigen Paravent, sagte sie, junger Freund, ich habe Geld, jetzt, zum ersten Mal in meinem Leben. Ich meine nicht das Geld des Fürsten, das in gewisser Weise seinen Kindern gehört. Ich habe geerbt, sehr viel, von meiner eigenen Familie. Meinen Sie, meine Söhne würden mich entmündigen, wenn ich Ihnen vorschlüge zu heiraten?